REX STOUT

DER ROTE BULLE

Kriminalroman

Aus dem Amerikanischen
von Peter Fischer

GOLDMANN VERLAG

Originaltitel: Some Buried Caesar

Umwelthinweis:
Alle bedruckten Materialien dieses Taschenbuches
sind chlorfrei und umweltschonend.
Das Papier enthält Recycling-Anteile.

Der Goldmann Verlag
ist ein Unternehmen der Verlagsgruppe Bertelsmann

Ausgabe mit Genehmigung des Gebrüder Weiß Verlages
Umschlaggestaltung: Design Team München
Umschlagmotiv: Loh Productions, Heidelberg
Satz: IBV Satz- und Datentechnik GmbH, Berlin
Druck: Elsnerdruck, Berlin
Krimi 2269
Ge · Herstellung: Heidrun Nawrot
Made in Germany
ISBN 3-442-02269-x

10 9 8 7

I

An diesem sonnigen Septembertag gab es lauter Überraschungen. Und das war merkwürdig genug.

Die erste stellte sich ein, als ich nach kurzem Schrecken erkannt hatte, daß sich die vier Räder der Limousine noch unter der Karosserie befanden und daß Windschutzscheibe und Fenster unversehrt waren. Ich stellte den Motor ab und drehte mich zum hinteren Sitz um. Ich nahm nicht gerade an, die Wucht des Aufpralls hätte ihn zu Boden geschleudert, denn ich wußte ja, daß er die Füße immer festgestemmt hatte und sich an die Halteschlaufe klammerte, wenn der Wagen in Bewegung war. Ich rechnete aber damit, die Höllenpein eines Wutausbruchs über mich ergehen lassen zu müssen, der alle früheren überträfe. Statt dessen sah ich ihn ruhig auf seinem Platze sitzen, einen Ausdruck der Erleichterung auf seinem gewaltigen runden Gesicht – wenn ich mich mit seinem Gesicht auskannte, und mit Nero Wolfes Gesicht kannte ich mich doch schließlich aus.

»Gott sei Dank!« murmelte er, und es klang, als käme es ihm aus tiefstem Herzen.

»Wie?« fragte ich.

»Gott sei Dank, habe ich gesagt.« Er ließ die Schlaufe los und fuchtelte mit einem Finger vor mir herum. »Nun ist es passiert, und wir sitzen da! Da ich es Ihnen oft genug gesagt habe, wissen Sie ja, wie ich annehmen möchte, daß mein Haß und Mißtrauen gegen fahrende Vehikel zum guten Teil auf meiner unabdingbaren Überzeugung beruhen, daß ihre vermeintliche Lenkbarkeit eben nur illusorisch ist, daß sie imstande sind, ganz nach ihrem Belieben ihren Launen zu folgen, und dies früher oder später auch tun. Gut denn, dies ist hier der Fall, und wir sind unversehrt geblieben. Gott sei Dank, daß die Laune keinen ernstlichen Effekt gehabt hat!«

»Ach, was – Laune! Wissen Sie denn, was passiert ist?«

»Gewiß doch. Eine Laune, habe ich gesagt. Also weiter!«

»Wie meinen Sie das – also weiter?«

»Ich meine, Sie sollen weiterfahren. Setzen Sie das verwünschte Ding wieder in Gang!«

Ich machte die Tür auf, stieg aus und ging nach vorne herum, um mir die Sache anzusehen. Es war eine schöne Bescherung. Nachdem ich sie sorgfältig in Augenschein genommen hatte, ging ich wieder an die andere Seite des Wagens, zog die hintere Tür auf, schaute zu ihm hinein und erstattete ihm Bericht.

»Eine ganz schöne Laune ist das! Ich lege Wert darauf festzustellen, was hier passiert ist, denn ich fahre Ihren Wagen jetzt seit neun Jahren, und das ist heute das erstemal, daß ich gehalten habe, ehe ich eigentlich wollte. Der Reifen war tadellos; sie müssen also wohl in der Garage, wo ich ihn gestern abend abgestellt habe, damit über Glassplitter gefahren sein, oder vielleicht war ich's auch selbst, aber das glaube ich nicht. Jedenfalls, ich bin kaum neunzig gefahren, als die Luft 'rausgegangen ist. Der Wagen ist von der Straße abgerutscht, aber ich habe das Steuerrad nicht aus der Hand gelassen, habe gebremst und gegengesteuert und hätte es auch geschafft, wenn da nicht dieser blödsinnige Baum gewesen wäre. Jetzt ist der Kotflügel in den Gummi des Reifens gerammt, ein Radlager ist kaputt und der Kühler aufgerissen.«

»Wie lange werden Sie brauchen, um das in Ordnung zu bringen?«

»Ich kann das nicht in Ordnung bringen. Wenn ich einen

Nagel hätte, würd' ich gar nicht erst dran kauen, ich würd' ihn lieber gleich ganz 'runterschlucken.«

»Wer kann's denn in Ordnung bringen?«

»Leute in einer Werkstatt, die das nötige Handwerkszeug haben.«

»Er steht aber in keiner Werkstatt.«

»Sehr richtig.«

Er machte die Augen zu und blieb so sitzen. Bald darauf schlug er sie wieder auf und seufzte. »Wo sind wir?«

»382 Kilometer nordöstlich von Times Square. 29 Kilometer südwestlich von Crowfield, wo jedes Jahr die Nordatlantische Ausstellung stattfindet, die am zweiten Montag im September beginnt und bis zum...«

»Archie!« Er sah mich mit zusammengekniffenen Augen an. »Bitte schenken Sie sich die Possen! Was sollen wir denn jetzt machen?«

Ich muß gestehen, daß ich tief gerührt war. Nero Wolfe fragte mich, was wir machen sollten!

»Ich weiß nicht, was *Sie* machen«, sagte ich, »aber *ich* werde mir jetzt das Leben nehmen. Ich habe neulich mal in der Zeitung gelesen, daß der Japaner immer Selbstmord begeht, wenn er im Dienste seines Kaisers versagt, und ich stehe hinter keinem Japaner zurück. Seppuku nennen die das. Vielleicht sind Sie der Meinung, daß sie's Harakiri nennen, aber das tun sie nicht, oder jedenfalls nur selten. Seppuku nennen sie's.«

Er wiederholte bloß: »Was sollen wir denn jetzt machen?«

»Wir werden einen Wagen anhalten und uns mitnehmen lassen. Am besten nach Crowfield, weil wir da unsere Hotelzimmer vorbestellt haben.«

»Und Sie werden ihn fahren?«

»Was fahren?«

»Den Wagen, den wir anhalten.«

»Ich kann mir schwer vorstellen, daß der Mann mich lassen würde, wenn er gesehen hat, was ich mit dem hier gemacht habe.«

»Mit einem fremden Chauffeur fahre ich aber nicht.«

»Dann werde ich allein nach Crowfield fahren, einen Wagen mieten und Sie dann abholen.«

»Das würde zwei Stunden dauern. Nein.«

Ich zuckte mit den Achseln. »Vor einem oder zwei Kilometern sind wir an einem Haus vorbeigekommen. Da werd' ich per Anhalter hinfahren oder auch zu Fuß hingehen und aus Crowfield telefonisch einen Wagen bestellen.«

»Während ich hier sitze und hilflos in dieser invaliden Teufelsmaschine warte!«

»Sehr richtig.«

Er schüttelte den Kopf: »Nein.«

»Das wollen Sie nicht?«

»Nein.«

Ich trat hinter den Wagen, um einen Überblick über die nähere und weitere Umgebung zu gewinnen. Es war ein schöner Septembertag, und die Hügel- und Tallandschaft des Staates New York lag satt und schläfrig in der Sonne. Die Straße, auf der wir standen, war eine Landstraße zweiter Ordnung, keine Hauptstrecke, und es war noch kein Fahrzeug vorbeigekommen, seit ich gegen den Baum geknallt war. Hundert Meter weiter machte die Straße eine Biegung nach rechts und verlor sich hinter einer Reihe von Bäumen. Das Haus, an dem wir vor einem oder zwei Kilometern vorbeigekommen waren, konnte ich wegen einer weiteren Biegung nicht sehen. Jenseits der Straße lag eine sanft ansteigende Wiese.

Ich drehte mich herum. In dieser Richtung sah man einen weißgestrichenen Bretterzaun, eine glattgrüne Koppel und viele Bäume, und hinter den Bäumen waren noch einige größere, über die das Dach eines Hauses hervorlugte. Es führte kein Fahrweg dorthin, und ich nahm daher an, daß ein Stück weiter vorn, um die Biegung herum, einer von der Straße abgehen müsse.

Wolfe zeterte, was ich denn da eigentlich mache, und ich trat wieder an die Wagentür. »Na ja«, sagte ich, »eine Werkstatt kann ich nirgends sehen. Da drüben zwischen den großen Bäumen liegt ein Haus. Wenn man die Straße entlanggeht, sind's wahrscheinlich anderthalb bis zwei Kilometer, aber wenn man den Weg abschneidet, quer durch diese Koppel, sind's vielleicht bloß vierhundert Meter. Wenn Sie nicht hilflos hier sitzen wollen, dann übernehme eben ich das, ich hab' ja eine Waffe in der Tasche, und Sie gehen auf die Suche nach einem Telefon. Das Haus da drüben liegt am nächsten.«

Weitab bellte irgendwo ein Hund. Wolfe sah mich an. »Da hat doch ein Hund gebellt.«

»Allerdings.«

»Gehört wahrscheinlich zu dem Haus dort. Ich bin nicht in der Laune, mich mit einem frei herumlaufenden Hunde abzugeben. Wir werden zusammen gehen. Aber über den Zaun dort klettere ich nicht.«

»Das brauchen Sie auch nicht. Da ist ein Tor, ein Stück weiter hinten.«

Er seufzte und bückte sich, um nach den Verschlägen zu sehen, der eine auf dem Boden des Wagens und der andere auf dem Sitz neben ihm, in denen die Töpfe mit den Orchideenpflanzen standen. Angesichts der Laune, die unser Fahrzeug an uns ausgelassen hatte, war es ein Glück, daß sie gesichert gewesen waren, so daß sie nicht herumrutschen konnten. Dann begann er herauszukrabbeln, und ich trat zurück, um ihm draußen Platz zu machen, denn Platz brauchte er ja für drei. Er streckte sich, wobei sein Spazierstock aus Apfelholz wie ein Schwert gen Himmel stach, drehte sich rundherum, ließ den düsteren Blick über Hügel und Täler schweifen, während ich die Türen des Wagens abschloß, und folgte mir dann am Rande des Straßengrabens entlang bis zu der Stelle, von der aus wir zu dem Tor abbiegen konnten.

Erst als wir hindurchgegangen waren und ich das Tor gerade hinter uns schloß, hörte ich den Kerl brüllen. Ich schaute über die Koppel in die Richtung des Hauses, und da saß er am jenseitigen Ende auf dem Zaun. Er mußte eben hinaufgeklettert sein. Er brüllte uns zu, wir sollten hingehen, wo wir hergekommen seien.

Auf diese Entfernung konnte ich nicht genau erkennen, ob es ein Gewehr oder eine Schrotflinte war, was er da mit dem Kolben an die Schulter drückte. Er zielte nicht direkt auf uns, doch schienen seine Absichten in dieser Richtung zu liegen.

Wolfe war schon vorausgegangen, während ich das Tor zumachte, und ich trabte zu ihm heran und packte ihn am Arm: »Warten Sie mal! Wenn das ein Irrenhaus ist und der etwa zu den Insassen gehört, hält er uns vielleicht für Waldmurmeltiere oder wilde Truthähne.«

Wolfe brummte. »Der Mann ist doch ein Narr. Das ist ja nur eine Koppel für Rindvieh.« Als guter Detektiv wartete er mit dem Indizienmaterial auf, indem er auf ein kreisrundes braunes Häufchen vor unseren Füßen wies. Dann schoß er einen funkelnden Blick nach der drohenden Gestalt auf dem Zaun, rief: »Seien Sie still!« und ging weiter.

Ich folgte. Der Kerl brüllte immer noch und schwenkte die Waffe, und wir behielten unseren Kurs bei, aber ich gestehe, daß mir nicht wohl dabei war, denn ich konnte jetzt erkennen, daß es eine Schrotflinte war, und so ein Verrückter konnte einem ja leicht eine Ladung verpassen.

Ziemlich genau in der Mitte der Koppel hob sich ein mächtiger Felsblock flach ansteigend bis etwa einen Meter über die Rasenfläche hinaus, und ein wenig rechts davon befanden wir uns, als die zweite Überraschung in der Reihe, von der ich gesprochen habe, sich einstellte. Meine Aufmerksamkeit war so gut wie vollständig auf den Verrückten mit der Flinte konzentriert, der noch immer auf dem Zaune hockte und noch lauter brüllte als zuvor – da fühlte ich, wie Wolfes Finger nach meinem Ellenbogen griffen, und hörte sein plötzlich hervorgestoßenes Kommando: »Stehenbleiben! Nicht bewegen!«

Ich blieb reglos neben ihm stehen. Ich glaubte, er habe irgend etwas Psychologisches an dem Zeitgenossen auf dem Zaun bemerkt, doch ohne mich anzusehen, sagte er: »Bleiben Sie absolut still stehen! Bewegen Sie den Kopf langsam, ganz langsam nach rechts!«

Einen Augenblick lang glaubte ich, der Verrückte mit der Flinte habe irgend etwas Ansteckendes, das bereits auf Wolfe übergesprungen sei, aber ich tat, wie er verlangt hatte, und da war nun die zweite Überraschung: Vielleicht fünfzig bis sechzig Meter rechts von uns kam mit erhobenem Kopf langsam ein Bulle auf uns zu, der größer war, als ich es bei Bullen für möglich gehalten hätte. Er war dunkelrot, hatte weiße Flekken und über der Schnauze ein großes weißes Dreieck, und er schritt gelassen und langsam einher, wobei er den Kopf ein wenig hin und her warf, als wäre er nervös oder als wollte er eine Fliege von den Hörnern abschütteln. Auf einmal blieb er stehen und stierte uns mit gebeugtem Nacken entgegen. Ich hörte Wolfes Stimme, dicht hinter meinem Kopf, freilich nicht gerade laut: »Es wäre besser, wenn dieser Narr aufhören wollte zu brüllen. Kennen Sie sich mit der Verhaltensweise von Bullen aus? Haben Sie einmal einen Stierkampf erlebt?«

»Nein«, quetschte ich durch kaum bewegte Lippen hervor.

Wolfe knurrte: »Bleiben Sie still stehen! Sie haben vorhin den Finger bewegt, und schon hat er die Nackenmuskeln angespannt. Wie schnell können Sie laufen?«

»Bis zu dem Zaun da nehme ich's gegen den Bullen schon noch auf. Aber *Sie* können's nicht.«

»Ich weiß sehr wohl, daß ich es nicht kann. Vor zwanzig Jahren war ich ein Athlet. Das bestätigt mir fast den Gedanken... Doch dies hat ja Zeit. Ah, jetzt stampft er! Er hat den Kopf gesenkt. Wenn er etwa anfangen sollte... Das kommt von diesem verwünschten Gebrüll. Nun also... Gehen Sie langsam zurück, von mir weg! Wenden Sie dabei das Auge nicht von ihm ab! Wenn Sie drei Meter von mir weg sind, schwenken Sie plötzlich zum Zaun hin. Er wird sich in Bewegung setzen, wenn Sie es tun. Solange er gemächlichen Schrittes folgt, gehen Sie immer weiter zurück und behalten ihn dabei im Auge. Wenn er anzurennen beginnt, drehen Sie sich um und laufen...«

Ich kam gar nicht dazu, diese Anweisungen auszuführen. Ich rührte mich nicht und Wolfe ganz gewiß auch nicht. Es muß also wohl unser Freund auf dem Zaun gewesen sein – vielleicht war er in die Koppel hinabgesprungen. Jedenfalls beugte der Bulle den Nacken und setzte zur Attacke an; und wenn es der andere war, auf den er es abgesehen hatte, so half uns das auch nichts, denn wir befanden uns in einer Linie mit ihm, und wir waren ihm näher. Er setzte so an, wie eine Lawine endet.

Möglicherweise wäre er, wenn wir still stehengeblieben wären, einen Meter rechts von mir vorbeigerannt, doch entweder war die menschliche Natur überfordert, wenn man verlangt, ich sollte da stehenbleiben, oder ich bin eben kein Mensch.

Später habe ich immer behauptet, ich hätte mir blitzschnell überlegt, wenn ich mich bewegte, würde ich ihn zu mir heran- und von Wolfe weglocken; aber es hat keinen Sinn, diese Debatte hier fortzusetzen. Außer Frage steht, daß ich mich bewegte, ohne vorher erst rückwärts zu gehen. Und auf wen er es ursprünglich auch abgesehen haben mochte – außer Frage steht, daß er von meiner Bewegung angelockt wurde. Ich hörte ihn hinter mir. Beinahe fühlte ich ihn sogar. Außerdem nahm ich unklar irgendwelche Rufe und etwas Rotes über dem Zaun wahr, nahe der Stelle, auf die ich zusteuerte.

Da war er – der Zaun. Ich bremste nicht erst davor, sondern nahm ihn in vollem Lauf, indem ich mit den Händen nach dem oberen Rande griff und mit einer Flanke darübersetzte. Mit einer Hand griff ich fehl, überschlug mich, landete der Länge nach auf der anderen Seite und wälzte mich am Boden.

Keuchend setzte ich mich auf und hörte über mir eine Stimme: »Herrlich! Das war ein Bild, das hat sich gelohnt!«

Ich blickte auf und sah zwei Mädchen, das eine in weißem Kleid und roter Jacke, das andere in gelber Bluse und Hosen. Ich fauchte sie an: »Soll ich's noch mal machen?« Der Verrückte mit der Flinte kam mit lautem Gekeif angewetzt, und ich sagte ihm, er solle den Mund halten, und rappelte mich empor. Der Zaun war drei Meter entfernt. Während ich darauf zuhumpelte, sah ich mich um.

Dreißig Meter entfernt trottete der Bulle langsam dahin und warf den Kopf hin und her. Inmitten der Koppel stand eine dekorative Statue. Es war Nero Wolfe, der mit verschränkten Armen, den Spazierstock von einem Handgelenk herunterhängend, regungslos auf der abgerundeten Höhe des Felsblockes stand. Es war das erstemal, daß ich ihn in einer derartigen Stellung sah, und ich stand da und glotzte, weil mir nie so recht klargeworden war, was für ein imposant wirkendes Stück er eigentlich war. Er wirkte nicht etwa lächerlich, doch es hatte etwas Pathetisches, wie er da so still stand, ohne sich im geringsten zu regen.

»In Ordnung, Chef?« rief ich ihm zu.

Er rief zurück: »Sagen Sie dem Mann mit der Flinte, ich möchte ihn sprechen, wenn ich hier herunterkomme! Sagen Sie ihm, er möge jemanden holen, der diesen Bullen anbindet!«

Ich drehte mich um. Der Bursche sah nicht aus wie einer, der sich auf das Anbinden von Bullen versteht. Er wirkte eher verängstigt als verrückt, und er wirkte klein und dürr in seinem Overall und Drillichhemd. Sein Gesicht war verwittert, und seine Nase stand ein wenig schief. Er war mir an den Zaun gefolgt und stellte jetzt die Frage: »Was seid ihr denn eigentlich für welche? Warum habt ihr denn nicht kehrtgemacht, als ich euch zugebrüllt hab'? Was macht ihr denn mit dem verdammten...«

»Moment mal, mein Lieber! Vorstellen können wir uns später. Können Sie nicht den Bullen da anbinden?«

»Nee, kann ich nich'. Und ich kann euch bloß sagen...«

»Gibt's hier jemand, der's kann?«

»Nee, gibt's nich'. Die sind alle weg zur Messe. Vielleicht in 'ner Stunde kommen die wieder. Und ich kann euch bloß sagen...«

»Sagen Sie mir das später! Verlangen Sie etwa, daß dieser Herr eine Stunde lang mit verschränkten Armen da oben auf dem Stein stehenbleibt?«

»Ich verlange gar nichts. Er kann sich ja hinsetzen, oder? Aber auf alle Fälle muß er auf der Stelle da raus. Ich bewach' hier nämlich den Bullen.«

»Wird Ihnen guttun. Aber wovor? Vor mir etwa?«

»Vor allen. Sie, wenn Sie sich etwa einbilden, Sie könnten hier Witze machen...«

Ich gab es auf, wandte mich zur Koppel und rief: »Er bewacht den Bullen! Sie sollen auf der Stelle da rauskommen! Er kann den Bullen nicht anbinden, und sonst ist niemand da. In einer Stunde wird jemand hier sein.«

»Archie!« Wolfes Stimme klang wie Donnergrollen. »Wenn ich hier erst einmal...«

»Nein, ich schwör's Ihnen, ich mache Ihnen nichts vor! Mir ist der Bulle auch nicht sympathischer als Ihnen.«

Pause. Dann: »Erst in einer Stunde kommt jemand?«

»So sagt er jedenfalls.«

»Dann müssen eben Sie es machen! Hören Sie mich?«

»Ja.«

»Gut. Klettern Sie wieder in die Koppel und ziehen Sie die Aufmerksamkeit des Bullen auf sich! Wenn er sich bewegt, gehen Sie in der anderen Richtung zurück, immer einige Schritte vom Zaun. War das eine Frau, die das rote Ding anhatte?«

»Ja. Eine Frau oder ein Mädchen. Jetzt scheint sie aber weg zu sein.«

»Suchen Sie sie, borgen Sie sich das rote Ding, und nehmen Sie es mit! Wenn der Bulle anrennt, springen Sie wieder über den Zaun. Gehen Sie daran entlang, bis Sie von ihm weg sind, dann klettern Sie wieder in die Koppel und wiederholen das Manöver. Auf diese Weise ziehen Sie ihn bis ans andere Ende der Koppel und halten ihn dort fest, bis ich heraus bin. Er wird bei solcher Entfernung nicht meinetwegen von Ihnen ablassen, wenn Sie ihn gehörig beschäftigen. Vermitteln Sie ihm das Gefühl, er habe tatsächlich Aussicht, Ihrer habhaft zu werden.«

»Aber gern.«

»Was?«

»Ich hab' gesagt: aber gern!«

»Gut denn, beginnen Sie! Nehmen Sie sich in acht! Rutschen Sie nicht auf dem Gras aus!«

Als ich vorhin das Mädchen gefragt hatte, ob ich es noch einmal machen solle, hatte ich geglaubt, es sei nichts weiter als ein grimmiger Scherz; nun aber... Ich blickte mich nach ihr um. Die mit den gelben Hosen war da und saß auf dem Zaun, aber nicht die andere. Ich tat den Mund auf, um mich zu erkundigen, aber noch ehe ich die Frage gestellt hatte, kam aus einer anderen Richtung die Antwort. Das Brummen eines

Automotors im zweiten Gang war zu hören, und ich sah den Wagen einen Pfad hinter einer Baumreihe entlangholpern, auf den Zaun zu, aber auf eine Stelle etwas weiter hinten. Er hielt mit der Schnauze dicht vorm Zaun an, und das Mädchen mit der roten Jacke beugte sich heraus und rief mir zu: »Kommen Sie doch mal das Tor aufmachen!«

Ich trabte zu ihr hin, ein wenig hinkend, weil ich mir an dem Zaun das rechte Knie geprellt hatte, aber der andere Bursche schaffte es mit ein paar hüpfenden Sätzen schneller. Als ich hinkam, stand er neben dem Wagen, fuchtelte mit der Flinte herum und leierte Regeln und Verbote über Tore und Bullen herunter.

»Reden Sie doch nicht so albern, Dave!« sagte das Mädchen unwirsch zu ihm. »Es ist doch Blödsinn, den da auf dem Stein hocken zu lassen.« Sie drehte sich zu mir herum: »Machen Sie das Tor auf, und wenn Sie mitwollen, steigen Sie ein! Dave macht's wieder zu.«

Ich tummelte mich. Dave tummelte sich ebenfalls und kreischte: »Lassen Sie das Tor in Ruhe! Deibel noch mal, ich schieß'! Ich hab' Befehl von Mr. Pratt, wenn jemand das Tor aufmacht oder in die Koppel klettert, soll ich schießen.«

»Quatsch!« sagte das Mädchen. »Sie haben ja den Befehl schon übertreten. Warum haben Sie denn nicht geschossen, als die das andere Tor aufgemacht haben? Sie kommen vors Kriegsgericht. Warum schießen Sie denn jetzt nicht? Na los, knallen Sie ihn doch von dem Stein runter! Machen Sie das mal!« Sie wurde von neuem unwirsch, diesmal zu mir, und fragte leicht spöttisch: »Möchten Sie Ihren Freund nun gerettet haben oder nicht?«

Ich hakte das Tor los und ließ es aufklappen. Der Bulle, der ein ganzes Stück entfernt war, wandte sich mit seitwärts geneigtem Kopf uns zu. Dave blubberte und schwenkte seine Flinte, aber mir war schon klargeworden, daß man sich um ihn nicht zu kümmern brauchte. Als der Wagen hindurchfuhr – es war ein großes, glänzend gelbes Wethersill-Kabriolett mit heruntergelassenem Verdeck –, sprang ich hinein, und das Mädchen rief Dave zu, er solle das Tor schleunigst zumachen. Der Bulle, immer noch ein Stück entfernt, warf den Kopf nach hinten, senkte ihn dann und begann zu stampfen. Rasenbrocken stiebten rückwärts unter seinen Bauch.

»Moment mal!« sagte ich und zog die Handbremse. »Wie kommen Sie auf die Idee, daß das gehen soll?«

»Ich weiß nicht. Aber können wir's nicht mal versuchen? Haben Sie Angst?«

»Ja. Ziehen Sie das rote Ding aus!«

»Ach, das ist doch bloß Aberglaube.«

»Ich bin abergläubisch. Ziehen Sie's aus!« Ich packte es am Kragen, sie ließ es sich herunterzerren, und ich steckte es hinter uns. Dann griff ich nach der Pistolentasche unter meiner Jacke und zog meine Pistole heraus.

Sie betrachtete sie. »Was sind Sie denn für einer – Geheimagent oder so was? Seien Sie doch nicht so albern! Bilden Sie sich ein, mit dem Ding da könnten Sie den Bullen aufhalten?«

»Ich könnt's jedenfalls versuchen.«

»Machen Sie das lieber nicht, wenn Sie nicht 45 000 Dollar blechen wollen.«

»Was blechen?«

»45 000 Dollar. Das ist nämlich nicht bloß ein Bulle, das ist Hickory Caesar Grindon. Stecken Sie das Ding weg, und lassen Sie die Bremse los!«

Ich sah sie eine Sekunde an und sagte: »Drehen Sie um, und fahren Sie hier raus! Ich werde tun, was ich tun soll, um ihn am Zaun entlang bis ans andere Ende zu locken.«

»Nein.« Sie kuppelte den ersten Gang ein und gab Gas. »Warum sollen Sie den ganzen Spaß alleine haben?« Der Wagen fuhr, und sie ging in den zweiten. Wir holperten und schaukelten. »Ich weiß nicht recht, wie schnell ich fahren soll. Ich habe noch nie jemandem das Leben gerettet. Von mir aus gesehen, scheint's ein ziemlich komischer Vogel zu sein, den ich mir für den Anfang ausgesucht habe. Ob ich hupen soll? Was meinen Sie? Sehen Sie den doch mal!«

Der Bulle spielte Schaukelpferd. Sein Hinterteil ging hinunter und hopste dann hoch in die Luft, während er den Nakken senkte, wobei der Schwanz emporragte und er den uns zugewandten Kopf hin und her warf.

Als wir etwa dreißig Meter links von ihm vorbeifuhren, sagte das Mädchen: »Sehen Sie den doch! Das ist ein Bulle, der Hohe Schule kann!« Der Wagen sprang aus einem Loch empor und schleuderte mich beinahe heraus. Ich kollerte: »Passen Sie doch auf, wo Sie fahren!« und hielt den Bullen ständig im Auge. Er sah aus, als könnte er den Wagen nehmen und auf den Hörnern tragen, so wie Indianerinnen Krüge tragen. Wir näherten uns dem Felsblock. Sie fuhr zentimeterbreit seitlich heran, hielt und rief: »Taxi?«

Während Wolfe vorsichtig von der Höhe des Felsblockes herabkletterte, stieg ich aus und hielt die Tür auf. Ich machte keine Anstalten, ihn am Ellenbogen zu packen, um ihn zu stützen, denn ich sah an seiner Miene, daß man damit nur Öl ins Feuer gegossen hätte. Als er am Rande des Felsblockes anlangte, blieb er stehen.

Das Mädchen fragte: »Habe ich die Ehre mit Dr. Livingstone?«

Wolfes Lippen zuckten ein wenig. »Miss Stanley? Sehr angenehm. Mein Name ist Nero Wolfe.«

Ihre Augen gingen weit auf. »Guter Gott! Doch nicht etwa *der* Nero Wolfe!«

»Nun – der, der im Telefonbuch von Manhattan steht.«

»Da habe ich mir also doch einen ziemlich komischen Vogel ausgesucht. Steigen Sie ein!«

Während er knurrend in das Kabriolett kletterte, bemerkte er: »Sie sind recht holprig gefahren. Holpriges Fahren schätze ich nicht.«

Sie lachte. »Ich werde langsam fahren. Jedenfalls, wenn der Bulle Sie auf den Hörnern hätte, wär's noch ein bißchen holpriger. Nicht wahr?«

Ich war auf die Sitzlehne geklettert, da Wolfes Anwesenheit unten keinen Platz ließ, und sie fuhr an und bog nach rechts. Ich hatte bemerkt, daß sie schöne, kräftige Handgelenke und Finger hatte, und da sie die Jacke ausgezogen hatte, waren ihre Arme bloß, und ich sah das Spiel ihrer Unterarmmuskeln, während sie geschickt steuerte, um Höckern und Löchern auszuweichen.

Ich warf einen Blick nach dem Bullen und sah, daß er seines Schaukelpferdspiels müde geworden war und mit gehobenem Kopf und gesenktem Schwanz dastehend, erhabene Verachtung zur Schau trug. Er wirkte noch größer als zuvor.

Das Mädchen sagte zu Wolfe: »Stanley wäre ja ein ganz hübscher Name, aber ich heiße nun mal Caroline Pratt. Verzeihung, das Loch eben hab' ich nicht gesehen. Ich bin natürlich längst nicht so berühmt wie Sie, aber ich habe seit zwei Jahren die Stadtmeisterschaft im Golf. Hier scheinen sich ja lauter Meister zu versammeln. Sie sind ein Meisterdetektiv, Hickory Caesar Grindon ist ein Meisterbulle, ein Bundespreisbulle sogar, und ich habe die Golfmeisterschaft...«

Aha, dachte ich mir, daher also die Arme und Handgelenke!

Als wir an das Tor kamen, machte Dave auf und hinter uns gleich wieder zu. Sie fuhr gemächlich unter den Bäumen entlang, deren herabhängende Äste mich immer wieder hinunterfegen wollten; wir kamen endlich bei einem geräumigen, kiesbestreuten Platz vor einem großen, neuen Betongebäude mit vier Garagentüren an einer Seite heraus, wo wir hielten.

Dave war hinter uns hergehüpft, immer noch die Flinte schleppend, und das Mädchen mit den gelben Hosen schlenderte uns entgegen. Ich sprang mit einem Satz über die Seitenwand des Wagens auf den Kies. Die Golfmeisterin erkundigte sich bei Wolfe, ob sie ihn irgendwo absetzen könne, aber er hatte seine Tür schon offen und hob seinen mächtigen Wanst vom Sitz ab, so daß sie ebenfalls ausstieg. Dave kam zu Wolfe herangeflitzt und machte ihm mit lauter Stimme allerlei Vorhaltungen, doch Wolfe sah ihn durchdringend an und sagte zu ihm: »Herr, Sie können ein Strafverfahren wegen versuchten Mordes gewärtigen. Ich meine nicht wegen der Flinte, sondern weil Sie da von dem Zaun heruntergesprungen sind!« Dann trat Wolfe hinten um den Wagen herum, ging seiner Retterin entgegen und verbeugte sich vor ihr: »Ich danke Ihnen dafür, Miss Pratt, daß Sie Intelligenz besitzen und sie auch vorzüglich zu nutzen verstehen.«

»Keine Ursache. Es war mir ein Vergnügen.«

Er schnitt eine Grimasse. »Ist dieser Bulle Ihr Eigentum?«

»Nein, er gehört meinem Onkel, Thomas Pratt.« Sie machte eine Handbewegung. »Das hier ist sein Haus. Er wird bald dasein. Inzwischen... Wenn ich Ihnen behilflich sein kann... Möchten Sie einen Schluck Bier?«

»Nein, danke. Bier möchte ich gern, aber der Himmel weiß, wann ich wieder Bier trinken werde. Wir haben einen Unfall gehabt. Mr. Goodwin war nicht imstande, unseren Wagen zu bändigen, und – ich bitte um Verzeihung, Miss Pratt, das ist mein Assistent Goodwin.«

Sie streckte mir höflich die Hand hin, und ich ergriff sie. Wolfe wiederholte: »Mr. Goodwin war nicht imstande, unseren Wagen zu bändigen, so daß er gegen einen Baum geprallt ist. Nachdem er den Schaden in Augenschein genommen hatte, behauptete er, er sei damit über Glasscherben gefahren. Dann hat er mich dazu überredet, verbotenermaßen diese Koppel zu betreten. Ich war es, nicht er, der den Bullen zuerst gesehen hat, als er hinter dem Gestrüpp auftauchte. Er gab vor, keinerlei Ahnung zu haben, wie Bullen sich verhalten…«

Als wir an den Steinblock heranfuhren und ich sein Gesicht sah, hatte ich sofort gewußt, daß er sich wieder kindisch benehmen würde, aber er hätte sich das wenigstens fürs stille Kämmerlein aufheben können. Ich fragte brüsk dazwischen: »Kann ich hier ein Telefon benutzen?«

»Sie haben Mr. Wolfe unterbrochen.« Sie sagte es in vorwurfsvollem Tone. »Wenn er erzählen will…«

»Ich werde Ihnen das Telefon zeigen.« Die Stimme kam von hinten, und ich drehte mich um. Das Mädchen mit den gelben Hosen stand dicht hinter mir. Ich sah mit Verwunderung, daß ihr Kopf mir bis zum Kinn oder ein bißchen höher reichte und daß sie blond, aber keineswegs gebleicht war, daß ihre dunkelblauen Augen nicht ganz offen waren und daß sie einen Mundwinkel lächelnd ein wenig emporgezogen hatte.

»Kommen Sie mit, Sie Escamillo!« sagte sie.

»Sehr freundlich«, sagte ich und zog mit ihr los.

Sie streifte mich, während wir gingen, und sagte: »Ich bin Lily Rowan.«

»Hübscher Name.« Ich lächelte zu ihr hinab. »Ich bin Escamillo Goodwin.«

2

Wolfes Stimme kam durch die offene Tür: »Wie spät ist es?«

Ich warf einen Blick auf meine Armbanduhr, die auf der Glasscheibe über dem Waschbecken lag, und trat aus dem Badezimmer, wobei ich den Unterarm ruhig und waagerecht hielt, damit das Jod trocknete, wo ich es aufgetupft hatte. Ich blieb vor dem großen Polstersessel stehen, in dem er sich niedergelassen hatte, und sagte zu ihm: »3.26 Uhr. Ich habe gedacht, das Bier würde Sie aufmöbeln. Sie müssen ja ganz tief unten sein, wenn Sie nicht mal mehr so viel Freude am Leben haben, um Ihre Uhr aus der Tasche zu ziehen.«

»Freude am Leben?« Er stöhnte. »Nachdem unser Wagen zugrunde gerichtet ist und die Pflanzen darinnen erstikken...«

»Die ersticken schon nicht. Ich habe an beiden Seiten das Fenster einen Spalt offengelassen.«

Ich senkte den Arm ein wenig, um zu sehen, ob das Jod schon eingetrocknet war, und ließ ihn dann hängen.

»Allerdings, Freude am Leben! Haben wir denn was abbekommen, als wir im Vorderreifen Plattfuß gekriegt haben? Nein. Hat der Bulle uns erwischt? Nein. Wir sind netten Leuten in die Arme gelaufen, die uns ein wunderbares Zimmer mit Bad gegeben haben, damit wir uns waschen können, die Ihnen kaltes Bier und mir Jod serviert haben. Und ich wiederhole, wenn Sie immer noch meinen, ich hätte es fertigbringen müssen, daß irgendein Werkstattfritze aus Crowfield kommt und uns samt unserem Wagen abholt, gehen Sie doch bitte und versuchen Sie's selbst! Die haben gemeint, ich wär' verrückt, daß ich jetzt, wo die Ausstellung im Gange ist, so was erwarte. Dieser Mr. Pratt wird jeden Augenblick mit einer großen Limousine zurückkommen, und seine Nichte sagt, sie wird uns mit dem Gepäck und den Pflanzen nach Crowfield fahren. Ich habe im Hotel angerufen, und sie haben versprochen, uns unser Zimmer bis heute abend um zehn freizuhalten. Natürlicherweise sind da ganze Völkerscharen, die sich um die Betten reißen.«

Ich hatte mir die Ärmel heruntergerollt und zugeknöpft und griff nach meiner Jacke. »Wie ist das Bier?«

»Das Bier ist gut.« Wolfe schüttelte sich und brabbelte: »Ganze Völkerscharen, die sich um die Betten reißen!« Er sah sich um. »Das Zimmer hier ist höchst angenehm – groß und luftig, gute Fenster... Ich denke, vielleicht sollte ich mir in meinem Zimmer zu Hause auch moderne Flügelfenster einbauen lassen. Zwei hervorragende Betten – haben Sie eins davon ausprobiert?«

Ich sah ihn argwöhnisch an. »Nein.«

»Sie sind erstklassig. Wann, haben Sie gesagt, wird die Werkstatt den Wagen abholen lassen?«

»Morgen gegen Mittag«, sagte ich geduldig.

»Gut.« Er seufzte. »Ich habe immer geglaubt, ich könnte neuen Häusern nichts abgewinnen, aber das hier ist wirklich sehr angenehm. Natürlich liegt das an dem Architekten. Wissen Sie, woher das Geld stammt, mit dem es gebaut ist? Miss Pratt hat es mir erzählt. Ihr Onkel hat ein Unternehmen mit Hunderten volkstümlicher Gaststätten in New York, ›Pratterias‹ nennt er sie. Haben Sie schon mal so eine gesehen?«

»Natürlich.« Ich hatte die Hosen heruntergelassen, um meine Knie zu betrachten. »Ich habe oft genug da gegessen.«

»Was Sie nicht sagen! Wie ist denn das Essen?«

»So lala. Kommt drauf an, was man für Ansprüche stellt.« Ich blickte auf. »Wenn Sie im Sinne haben, hier ein Abendessen zu schnorren, um nicht im Restaurant essen zu müssen, so spielt der ›Pratteria‹-Fraß dabei absolut keine Rolle. Der Koch hier im Hause ist *a priori*. Übrigens, das ist ja interessant, daß die Dinger sich ›Pratterias‹ nennen, weil der Besitzer Pratt heißt. Ich war immer der Meinung, der Name hätte was mit dem Wiener Prater zu tun.«

Wolfe brummte: »Eine Wissenslücke dürfte wohl die andere aufheben. Ich habe noch nie gehört, daß der Wiener Prater sich mit zwei t schreibt, und Sie wissen nicht, was *a priori* heißt.«

Es klopfte an der Tür, und ich sagte: »Herein.« Ein Individuum mit schmutzigen Flanellhosen, blendendweißer gestärkter Jacke und fettglänzendem Gesicht trat ein. Er blieb unter der Tür stehen und nuschelte etwas davon, daß Mr. Pratt angekommen sei und wir hinuntergehen könnten, wenn wir Lust hätten. Wolfe sagte ihm, wir würden sofort hinunterkommen, und er ging wieder.

»Mr. Pratt muß Witwer sein«, bemerkte ich.

»Nein«, sagte Wolfe, indem er Anstalten machte, sich zu erheben. »Er ist noch nie verheiratet gewesen. Miss Pratt hat es mir erzählt. Wollen Sie sich nicht die Haare kämmen?«

Wir mußten Mr. Pratt erst suchen. Eine Frau mit Schürze, die wir im unteren Flur trafen, schüttelte den Kopf, als wir sie fragten, und wir gingen ins Speisezimmer und danach durch ein großes Wohnzimmer und noch einen weiteren Raum, in dem ein Klavier stand, bis wir sie endlich auf einer fliesenbelegten Terrasse fanden, über der Markisen ausgespannt waren.

Die beiden Mädchen saßen mit einem jungen Mann an der einen Seite und tranken Cocktails. Etwas näher bei uns an einem Tische saßen zwei Männer, die sich übers Kinn strichen und sich gegenseitig Papiere aus einer Aktentasche vor der Nase herumschwenkten. Der eine, jung und adrett, sah aus wie ein pfiffiger Börsenmakler; der andere, in den mittleren Jahren oder schon etwas darüber hinaus, hatte braunes Haar, das bereits in Grau überging, schmale Schläfen und breite Kinnladen.

Wolfe blieb stehen, trat dann nach einem Moment näher hinzu und blieb wiederum stehen. Sie blickten zu ihm auf, und der Ältere runzelte die Stirn und sagte: »Ach, Sie sind diese Leute.«

Wolfe deutete eine Verbeugung an. »Mein Name ist Wolfe.«

Der jüngere stand auf. Der andere blieb bei seinem Stirnrunzeln. »Das hat meine Nichte mir gesagt. Ich habe natürlich schon von Ihnen gehört. Aber mir wär's auch ganz egal, wenn Sie der Präsident der Vereinigten Staaten wären. Sie haben in der Koppel nichts zu suchen gehabt, als mein Mann Sie da hinausgewiesen hat. Was haben Sie denn da gewollt?«

»Nichts.«

»Weshalb sind Sie dann reingegangen?«

Wolfe preßte die Lippen zusammen, ließ sie wieder locker und fragte: »Hat Ihr Fräulein Nichte Ihnen erzählt, was ich ihr gesagt habe?«

»Ja.«

»Meinen Sie, sie habe gelogen?«

»Wieso... Nein.«

»Meinen Sie, ich habe gelogen?«

»Ah... Nein.«

Wolfe zuckte mit den Achseln. »Dann darf ich Ihnen lediglich für Ihre Gastfreundschaft unseren Dank aussprechen – für Ihr Telefon, für die Bequemlichkeiten und die Erfrischungen, die man uns hier geboten hat. Namentlich das Bier verdient Anerkennung. Ihr Fräulein Nichte hat sich freundlicherweise bereit erklärt, uns in Ihrem Wagen nach Crowfield zu fahren – sofern Sie das gestatten?«

»Na ja, ich denke.« Der Flegel hatte sein Stirnrunzeln immer noch nicht abgelegt. Er lehnte sich zurück, die Daumen in den Armlöchern seiner Weste. »Nein, Mr. Wolfe, ich meine nicht, Sie hätten gelogen, aber ich möchte Sie trotzdem einiges fragen. Sehen Sie, Sie sind doch Detektiv, und es könnte ja sein, daß Sie hier einen Auftrag... Weiß der Himmel, was die noch alles anstellen. Halb zu Tode plagen sie mich. Ich bin heute mit meinem Neffen nach Crowfield reingefahren, um mir die Ausstellung mal anzusehen, und sie haben mich dort einfach vom Gelände verscheucht. Ich mußte wieder nach Hause fahren, um ihnen zu entgehen. Ich will eine ganz offene Frage stellen: Haben Sie gerade diese Koppel betreten, weil Sie wußten, daß der Bulle drin war?«

Wolfe glotzte: »Aber nein!«

»Sind Sie in diese Gegend gekommen, um irgend etwas wegen dieses Bullen zu unternehmen?«

»Aber nein doch! Ich bin gekommen, um bei der Nordatlantischen Ausstellung Orchideen auszustellen!«

»Daß Sie sich gerade diese Koppel ausgesucht haben, war also reiner Zufall?«

»Wir haben sie uns nicht ausgesucht. Es war eine geometrische Frage. Es war der kürzeste Weg zu diesem Hause.« Nach einer kleinen Pause fügte Wolfe in bitterem Tone hinzu: »So jedenfalls glaubten wir.«

Pratt nickte, dann warf er einen Blick auf seine Uhr, riß sich hoch und wandte sich an den Mann mit der Aktentasche, der gerade damit beschäftigt war, Papiere wegzustecken. »Na schön, Pavey, vielleicht schaffen Sie's auch noch zum Sechs-Uhr-Zug aus Albany. Sagen Sie dem Jameson, es gäbe überhaupt keinerlei Grund, warum die Einheit unter 28,4 fallen sollte. Warum sollen denn die Leute in diesem September nicht genausoviel Hunger haben wie im September jedes anderen Jahres? Und vergessen Sie nicht, was ich gesagt habe – keine Fairbanks-Kuchen mehr...«

Er redete noch eine Weile weiter über Prozentsätze des Geschirrverschleißes, über neue Mietverträge in Brooklyn und dergleichen und rief Pavey in letzter Minute noch irgendeinen Gedanken über die Situation auf dem Salatmarkt nach, als der bereits um die Ecke des Hauses verschwunden war.

Dann fragte unser Gastgeber unvermittelt, ob Wolfe vielleicht einen Cocktail wolle, und Wolfe lehnte dankend ab, er gebe Bier den Vorzug, aber Mr. Goodwin werde sich über einen Cocktail sicherlich sehr freuen. »Bert!« rief Pratt, so laut er konnte, und das Fettgesicht tauchte aus dem Innern des Hauses auf und nahm Aufträge entgegen. Als wir uns hinsetzten, kam das Trio vom anderen Ende der Terrasse herüber, die Gläser in den Händen.

»Dürfen wir?« fragte Miss Pratt ihren Onkel. »Jimmy möchte die Gäste gern kennenlernen. Mr. Wolfe, Mr. Goodwin – das ist mein Bruder.«

Ich stand auf, um mich zu verbeugen. Dabei wurde mir plötzlich klar, daß Wolfe mit Ernst und Eifer bei einem Manöver war, denn ich sah, daß er ebenfalls aufstand – was recht ungewöhnlich war, denn sonst pflegte er sich lediglich dafür zu entschuldigen, daß er seine Zentnerlast nicht emporwälze. Dann setzten wir uns wieder hin. Lily, die Blondine, drapierte sich lässig auf einer Hollywood-Schaukel, wobei aus einem ihrer Hosenbeine eine hübsche Wade hervorlugte.

Pratt redete. »Ich habe natürlich schon von Ihnen gehört«, sagte er zu Wolfe. »Gelegentlich auch von privater Seite. Mein Freund Peter Hutchinson hat mir erzählt, daß Sie ihn vor ein paar Jahren abgewiesen haben, als er eine kleine Nachforschung wegen seiner Frau anstellte.«

Wolfe nickte. »Ich habe das Prinzip, mich in natürliche Vorgänge so wenig wie möglich einzumischen.«

»Jeder soll nach seiner Fasson selig werden.« Pratt nahm einen kräftigen Schluck Cocktail. »Das ist mein Wahlspruch. Es ist ja Ihr Geschäft, und da müssen Sie wissen, was Sie tun. Zum Beispiel haben Sie, wie ich höre, beim Essen einen ausgefallenen Geschmack. Ich bin ja nun in der gastronomischen Branche, und ich glaube halt an Kollektivverpflegung. Vorige Woche haben wir in Groß-New York einen Tagesdurchschnitt von 42392 Essen zu einem durchschnittlichen Verbraucherpreis von 23,17 Cent ausgegeben. Was ich behaupte... Wie oft haben Sie schon in einer Pratteria gegessen?«

»Ich…« Wolfe zögerte, während er sich Bier eingoß. »Ich habe noch nie.«

»Noch nie?«

»Ich esse immer zu Hause.«

»Oh!« Pratt äugte ihn an. »Natürlich, manches, was man zu Hause kochen kann, läßt sich vertreten. Aber so die ausgefallenen Sachen sind doch meistens… Ich habe mal als Reklametrick eine Gruppe von fünfzig Leuten aus der besten Gesellschaft in eine Pratteria geholt und ihnen Gerichte von der Tageskarte vorgesetzt. Sie haben's verschlungen und waren hingerissen. Ich habe meinen Erfolg erstens auf Qualität, zweitens auf Reklame aufgebaut.« Er ließ zwei Finger emporschnellen.

»Zweifellos eine erfolgssichere Kombination«, murmelte Wolfe. Ich hätte ihm einen Tritt versetzen mögen. Er leckte dem Kerl geradezu die Stiefel. Er fuhr fort: »Ihr Fräulein Nichte hat mir einiges von Ihrer phänomenalen Karriere erzählt.«

»Ja?« Er streifte sie mit einem Blick. »Dein Glas ist ja leer, Caroline.« Er wandte den Kopf und rief aus Leibeskräften: »Bert!«

Dann wieder zu Wolfe: »Nun, sie weiß ja ganz gut darüber Bescheid. Sie hat drei Jahre lang bei mir im Büro gearbeitet. Irgendwie hat sie mal mit dem Golfspielen angefangen und hat da ganz schön was los gehabt, und da hab' ich mir überlegt, es wäre doch eine gute Reklame, eine Golfmeisterin als Nichte zu haben, und sie hat's geschafft. Was Besseres hätte sie im Büro wirklich nicht tun können. Und es ist besser als alles, was ihr Bruder zuwege bringt. Mein einziger Neffe und zu gar nichts nutze. Nicht wahr, Jimmy?«

Der junge Mann grinste ihn an: »Keinen Pfifferling taugt er.«

»Ja, bloß du glaubst das nicht im Ernst, aber ich. Nur weil

deine Eltern gestorben sind, als du noch klein warst... Warum ich eigentlich immer noch Geld für dich ausgebe, begreife ich selbst nicht. Das ist so ungefähr meine einzige Schwäche. Und wenn ich mir überlege, daß nach meinem Testament alles an dich und deine Schwester fällt, bloß weil sonst niemand in Frage kommt, dann möchte ich am liebsten hoffen, daß ich niemals sterbe. Daß ich unsterblich werde wie so 'n griechischer Gott. Wenn ich mir überlege, was du mit einer Million Dollar machen würdest... Sagen Sie mal, Mr. Wolfe, wie denken Sie über Architektur?«

»Nun ja... Dieses Haus hier gefällt mir.«

Jimmy feixte: »Ha! Siehste!«

Sein Onkel schenkte ihm keine Beachtung und sah Wolfe schräg an. »Finden Sie wirklich? Mein Neffe da, der hat's entworfen. Es ist erst voriges Jahr fertig geworden. Ich stamme hier aus der Gegend – bin in einer alten Bruchbude an der gleichen Stelle geboren. Bei Architektur springt doch bestimmt kein Geld raus, nie im Leben. Wie ein Neffe von mir auf die Idee kommen konnte...«

Er redete weiter und weiter, und Wolfe machte seelenruhig noch eine Flasche Bier auf. Ich selbst fühlte mich recht wohl, denn der Scotch in meinem Cocktail war keineswegs etwa Pratteria-Ware, und ich hatte mein zweites Glas nahezu ausgetrunken und saß so, daß ich die Blondine in Ruhe von oben bis unten betrachten konnte, wie sie sich da auf der Schaukel herumräkelte. Ich hörte überhaupt nicht mehr auf Pratts Reden und dachte gemächlich darüber nach, welche Eigenschaft bei einem Mädchen wohl höher zu veranschlagen sei: die Fähigkeit, auf einer Schaukel ausgestreckt so verlockend auszusehen, oder die Fähigkeit, einen Mann vor einem Bullen zu retten. Meine Gedanken wanderten dann zu etwas anderem weiter, ich weiß nicht mehr was, als auf einmal die nette Geselligkeit jäh unterbrochen wurde.

Vier Männer schwenkten um die Ecke des Hauses und kamen über die Terrasse herangetrottet. Ich erinnerte mich unklar an eine Bemerkung unseres Gastgebers, daß man ihn vom Ausstellungsgelände verscheucht habe, ahnte unklar, daß ihre Mienen nichts Gutes verhießen, und ehe ich mich's versah, war meine Hand unter meiner Jacke und griff nach der Pistolentasche. Aber dann besann ich mich und tat so, als müßte ich mich an der Schulter kratzen.

Pratt war aufgesprungen und blickte die Störenfriede mit so grimmig gerunzelter Stirn an, wie das bei seiner niedrigen Stirn nur möglich war. Der vorderste, ein kleiner, drahtiger Typ mit schmaler Nase und stechenden dunklen Augen, blieb dicht vor ihm stehen und sagte ihm ins Gesicht: »Also, Mr. Pratt, ich glaube, ich hab's jetzt so hingekriegt, daß Sie zufrieden sein können.«

»Ich bin ja schon zufrieden. Das habe ich Ihnen doch gesagt.«

»Aber wir nicht.« Die energischen Augen schossen in die Runde. »Wenn ich mal den Lösungsvorschlag vorbringen darf, den ich...«

»Das ist Zeitvergeudung, Mr. Bennett. Ich habe Ihnen schon gesagt...«

»Erlauben Sie!« Das war in brüskem Ton gesagt und kam von einem Zeitgenossen, der einen recht gediegenen Eindruck machte in seinem grauen Sportanzug – einem wahren Traum – mit passendem Zubehör einschließlich der Herrenfahrerhandschuhe, trotz des warmen Tages. »Sie sind Pratt? Lew Bennett hier hat mich dazu überredet, und ich muß gleich nach Crowfield zurück und dann wieder weiter nach New York. Ich bin Cullen.«

Bennett sagte nervös: »Daniel Cullen.«

»Oh!« Pratt machte ein interessiertes und ein bißchen ehrfürchtiges Gesicht. »Das ist aber eine Ehre, Mr. Cullen. In meinem bescheidenen Haus. Nehmen Sie doch Platz! Kann ich Ihnen einen Cocktail anbieten? Jimmy, rück mal noch ein paar Sessel ran! Nein, bleibt ihr ruhig da! Hier, Mr. Cullen, darf ich Ihnen meine Nichte vorstellen...«

Er besorgte rundherum die Vorstellung, einschließlich der Titel und Berufe.

Es stellte sich heraus, daß Lew Bennett der Sekretär des Bundesverbandes der Guernsey-Züchtung war. Der Mensch mit den kräftigen Knochen, dem schütteren Haar und dem großen, müden Gesicht hieß Monte McMillan. Daniel Cullen war natürlich Daniel Cullen, genauso wie Henry Ford eben Henry Ford ist. Der vierte, der noch müder aussah als Monte McMillan, war Sidney Darth, der Vorsitzende des Komitees für die Nordatlantische Ausstellung.

Bert wurde herbeigerufen und erhielt den Auftrag, weitere Getränke heranzuschaffen. Lily Rowan richtete sich auf, um auf der Hollywood-Schaukel ein wenig beiseite zu rücken, und ich bemerkte, daß Jimmy Pratt sich den Platz neben ihr sicherte. Sie ließ die Augen über die Ankömmlinge gleiten, als sei ihr das alles langweilig.

Lew Bennett sagte gerade: »Mr. Cullen hat es eilig und will wieder zurück, aber ich glaube sicher, Mr. Pratt, daß Sie das, was er hier tut, genauso anerkennen werden wie wir. Sie büßen keinen Cent dabei ein. Es wäre eine glückliche Lösung...«

»Ich muß doch sagen, daß es eine verdammte Gemeinheit ist!« Das war Cullen, der Pratt finster anstierte. »Klagen sollte man dagegen können. Weiß der Teufel...

»Entschuldigung«, warf Bennett schleunigst ein, »ich habe die Sache von jeder Seite genau untersucht, Mr. Cullen, und wenn Mr. Pratt nicht auf demselben Standpunkt steht wie wir – dann ist das eben so. Es hat gar keinen Zweck – ich will nur sagen, es ist ein Segen, daß Sie als rettender Engel erschienen sind.« Er wandte sich an Pratt: »Der Vorschlag ist einfach der, daß Mr. Cullen sich großzügigerweise bereit erklärt hat, Hikkory Caesar Grindon zu übernehmen.«

Pratt brummelte etwas und schwieg dann. Nach einem Augenblick fragte er mürrisch: »Wozu will er ihn denn?«

Bennett sah ganz entgeistert drein. »Er hat eine der besten Guernsey-Zuchten im ganzen Lande.

Cullen brummte: »Sie verstehen, Pratt, ich brauche ihn nicht etwa. Mein Stammbulle ist Mahwah Gallant Masterson, der dreiundvierzig RL-Töchter hat. Ich habe noch drei weitere Zuchtbullen. Ich tue das nur der Rasse und dem Bundesverband der Guernsey-Züchter zuliebe.«

Bennett sagte: »Also der Vorschlag: Mr. Cullen hat ganz recht, wenn er sagt, daß er Caesar eigentlich gar nicht braucht. Es ist sehr großzügig von ihm, aber er ist allerdings nicht bereit, Ihnen die Summe zu bezahlen, die Sie McMillan bezahlt haben. Ich weiß, Sie haben mir gesagt, daß er den Preis genannt hat und daß Sie einfach bezahlt haben und damit zufrieden sind. Aber das ändert nichts an der Tatsache, daß 45 000 Dollar ein horrender Preis für einen Bullen sind. Sehen Sie mal, sogar Goldwater Grandee hat voriges Jahr immerhin nur 33 000 Dollar gebracht, und – Caesar in allen Ehren – aber ein Grandee ist er schließlich doch nicht. Grandee hat damals 127 RL-Töchter und fünfzehn RL-Söhne gehabt. Der Vorschlag ist also der: Mr. Cullen bezahlt Ihnen 33 000 Dollar, und Monte – das heißt Mr. McMillan – gibt Ihnen 12 000 Dollar von der Summe, die Sie ihm gezahlt haben, zurück. Sie bekommen also Ihr ganzes Geld wieder. Sie können es jetzt auf der Stelle in einem Scheck von Mr. Cullen haben, und dann kommt noch heute, bevor es dunkel wird, ein Lastwagen und holt Caesar ab. Mr. Cullen will ihn am Donnerstag in Crowfield zeigen, wenn er sich in Form bringen läßt. Wenn ich recht verstanden habe, haben Sie ihn in einer Koppel.«

Pratt wandte sich an McMillan: »Sie haben mir heute mittag gesagt, daß Sie das Geschäft als endgültig abgeschlossen betrachten und sich an keinem Versuch, es rückgängig zu machen, beteiligen würden.«

»Ich weiß.« McMillan konnte nicht vermeiden, daß seine Hand ein wenig zitterte, als er sein Glas hinstellte. »Sie haben mir alle so zugesetzt... Sie haben so... Ich bin ein alter Guernsey-Mann, Mr. Pratt.«

»Sie sollten sich schämen, das zu betonen!« explodierte Cullen. »Man sollte Sie aus dem Bundesverband ausschließen und Sie boykottieren! Pratt hier versteht's nicht besser, diese Entschuldigung hat er wenigstens. Aber Sie nicht! Sie haben gewußt, ehe Sie den Bullen verkauften, was mit ihm passieren würde!«

»Freilich«, McMillan nickte verdrießlich. »Sie haben leicht reden, Mr. Cullen. Was haben Sie – ein paar Milliarden? Was ich hatte, was mir damals nach der großen Flaute geblieben war, das war meine Zucht und nichts weiter. Nur meine Zucht. Dann ist der Milzbrand gekommen, jetzt vor einem Monat, und was hatte ich nach einer Woche noch, was war von meiner ganzen Hickory-Nachzucht übrig? Vier Kälber, sechs Kühe, ein junger Bulle und Caesar. Was konnte ich unter diesen Umständen mit Caesar machen? Ihn für Geld zeigen und davon leben? Wohin wäre ich damit gekommen? Ich konnte nicht mal Kreuzungen kaufen, um damit weiterzuzüchten, an reinrassige Tiere gar nicht zu denken. Ich wußte, daß kein Züchter mir genug für ihn bezahlen konnte, und da hab' ich dann an ein Dutzend Liebhaber, so wie Sie, Telegramme geschickt und ihn zum Kauf angeboten. Und was habe ich bekommen? Sie alle haben gewußt, daß dies mein einziger Trumpf war, daß ich alles auf eine Karte setzen mußte – und das höchste Gebot waren 9000 Dollar! Für Hikkory Caesar Grindon! Dann erscheint Mr. Pratt und sagt mir ganz offen, was er mit Caesar machen will, und so schlimm auch meine Zwangslage war, wußte ich natürlich, daß das unmöglich war, aber eine Versuchung war es. Um ihn abzuwimmeln, hab' ich also einen so hohen Betrag angesetzt, daß es schon lächerlich war – 45 000 Dollar!«

McMillan ergriff sein Glas, schaute hinein und stellte es wieder hin. Er sagte ruhig: »Mr. Pratt hat sein Scheckbuch rausgezogen und einen Scheck ausgeschrieben, und ich habe ihn genommen. Sie sind das nicht gewesen, Mr. Cullen, der mir 9000 Dollar geboten hat. Wenn ich mich recht erinnere, war Ihr Gebot 7500.«

Cullen zuckte mit den Achseln. »Ich habe ihn nicht gebraucht. Jedenfalls, wie die Dinge jetzt stehen, kriegen Sie ja 33 000 Dollar, oder vielmehr, soviel behalten Sie von der Summe, die Pratt Ihnen gezahlt hat. In Anbetracht der Umstände, McMillan, können Sie noch von ganz verdammtem Glück sagen. Was ich mache, ist ja tatsächlich reine Menschenfreundlichkeit. Ich habe meinen Verwalter am Telefon gehabt, und ich weiß nicht mal genau, ob Caesars Art für meine Zucht überhaupt ein Gewinn ist. Es hat schon bessere Bullen gegeben als Caesar und wird auch in Zukunft noch welche geben...«

»Aber nicht bei Ihnen, verdammt noch mal!« McMillans Stimme zitterte vor Wut. »Sie verdammter, mieser Sonntagszüchter!« Unvermittelt hielt er inne, betrachtete die Gesichter in der Runde und zog den Handrücken langsam über den Mund. Dann beugte er sich auf Cullen zu und sagte leise, aber mit scharfer Betonung: »Wer sind Sie denn überhaupt, daß Sie sich höhnische Bemerkungen über irgendeinen Bullen oder irgendeine Kuh leisten könnten? Ganz zu schweigen von Hickory Caesar Grindon. Caesar war der schönste Bulle, schlechtweg der allerschönste, der je ins Leistungsbuch gekommen ist!«

Er fuhr sich noch einmal mit der Hand über den Mund. »Ja,

ich sage ›war‹, weil er mir nicht mehr gehört und Ihnen auch noch nicht, Mr. Cullen. Er war zweifacher Enkel von Burleighs Audax. Er hat 51 RL-Töchter und neun RL-Söhne gehabt. Ich bin die ganze Nacht aufgewesen, als er geboren worden ist. An diesem Finger hat er gesaugt, als er sechs Stunden alt war!« Die Finger zitterten, als er sie ausstreckte. »Er hat neun Große Preise gemacht. Den letzten voriges Jahr in Indianapolis, den Bundespreis. Bei fünf Ausstellungen hat er als bester Zuchtbulle abgeschnitten. Zwölf Töchter von ihm sind über 6000 Liter Milch und 800 Pfund Fett hinausgekommen. Und da sagen Sie, Sie wüßten nicht mal genau, ob seine Art für Ihre Zucht überhaupt ein Gewinn ist! Na, verdammt noch mal, ich hoffe, Sie kriegen ihn nicht! Ich wenigstens helf' Ihnen nicht, ihn zu bezahlen!«

Er wandte sich an Bennett, den Sekretär des Bundesverbandes der Guernsey-Züchter, und sagte mit steifem Kinn: »Ich behalte meine zwölftausend Dollar, Lew. Auf mich brauchst du bei deinem Geschäft nicht zu rechnen.«

Was er damit heraufbeschwor, war ein Tumult. Bennett, Darth und Cullen gingen auf ihn los. Es war schwer, bei der allgemeinen Verwirrung die Einzelheiten mitzubekommen, aber in der Hauptsache schien es ihnen darum zu gehen daß McMillan sein Wort zurücknähme, denn er könne das doch nicht machen, die Ehre des Bundesverbandes und aller amerikanischer Züchter stehe auf dem Spiel, und es wäre ein Schandfleck für die Nordatlantische Ausstellung, wenn in ihrer nächsten Nachbarschaft so etwas passiere, und McMillan könne ja 33000 Dollar behalten, was ohnehin genug sei, und so weiter und so weiter. McMillan saß da, blickte trüb und traurig, aber hartnäckig drein und machte gar nicht den Versuch, ihnen etwas zu erwidern.

Erschrockene Ruhe trat plötzlich ein, als Pratt unerwartet eine Bombe in das Getümmel warf. »Lassen Sie ihn doch in

Ruhe!« rief Pratt. »Er hat sowieso nichts mehr damit zu tun. Ich will mein Geld gar nicht zurück, weder von ihm noch von Mr. Cullen noch von sonstwem. Ich will weiter nichts als den Bullen, und den habe ich, und eine quittierte Rechnung dazu. Das ist endgültig.«

Sie glotzten ihn entsetzt an. Bennett sprudelte hervor: »Das meinen Sie doch nicht ernst. Das können Sie ja nicht ernst meinen!«

»Doch, ich meine es ernst.« Pratts breiter Kinnladen war fest. »Ich habe einen guten Preis bezahlt und bin zufrieden. Ich habe meine Dispositionen getroffen und werde auch dabei bleiben. Ich habe hundert Leute eingeladen...«

»Aber lieber Gott, nach allem, was ich Ihnen...« Bennett sprang auf, fuchtelte mit den Armen herum, und es sah langsam so aus, als ob ich am Ende doch noch in meine Pistolentasche greifen müßte. Er war außer sich. »Ich sage Ihnen doch, Sie können das nicht machen! Bei Gott, Sie werden es auch nicht machen! Sie sind ja verrückt, wenn Sie glauben, Sie kommen damit durch, und ich werde schon dafür sorgen, daß Sie das nicht schaffen! Beim Verband in Crowfield warten ein Dutzend Mitglieder auf mich, und wenn die hören, was ich zu erzählen habe, werden Maßnahmen ergriffen werden, darauf können Sie sich verlassen!«

Die anderen waren ebenfalls aufgesprungen. Daniel Cullen knurrte: »Sie sind ja einfach wahnsinnig, Pratt!«

»Ich muß doch sehr bitten, Mr. Cullen!«

Cullen brummte und drehte sich um. »Kommen Sie, Bennett! Kommen Sie, Darth! Ich muß den Zug erreichen.« Er schritt davon. Die anderen folgten ihm auf den Fersen. Sie verschwanden um die Ecke des Hauses.

Nach einer Pause lockerten sich Pratts Kinnladen ein wenig, und er sah zu dem einen hinüber, der zurückgeblieben war. »Wissen Sie, McMillan«, sagte er, »dieser Bennett gefällt mir gar nicht. Und was er gesagt hat, auch nicht. Vielleicht schleicht der jetzt sogar direkt zur Koppel, und ich fürchte, der Mann, den ich da als Aufpasser hingesetzt habe, taugt nicht viel. Ich weiß, für meine 45 000 Dollar steht mir eigentlich nichts weiter zu als der Bulle, aber ich dachte, wenn Sie vielleicht so freundlich wären...«

»Natürlich.« McMillan stand auf, kräftig und hochaufgeschossen. »Ich will mal nachsehen gehen. Ich... Ich wollt' ihn mir sowieso mal angucken.

»Könnten Sie nicht ein Weilchen dableiben?«

»Natürlich.«

Der Züchter trollte sich davon.

Wir blieben sitzen, der Neffe und die Nichte mit sorgenvoller Miene, Lily Rowan gähnend, Pratt mit gerunzelter Stirn. Wolfe seufzte auf und leerte sein Glas.

Pratt murmelte: »So viel Aufregung!«

Wolfe nickte. »Alles wegen eines Bullen. Man könnte beinahe denken, Sie wollten ihn braten und verspeisen.«

Pratt nickte zu ihm zurück. »Das will ich auch. Deswegen ist ja der ganze Krach.«

3

Nun, das war denn doch ein starkes Stück. Die jungen Leute waren offensichtlich gar nicht erstaunt, aber ich glotzte unseren Gastgeber an, und an der plötzlichen Neigung von Wolfes Kopf konnte ich sehen, daß er einen seiner seltenen Augenblicke wirklicher Überraschung genoß. Das zeigte sich bei ihm auch daran, daß er wiederholte, was er schon gehört hatte – was ebenfalls selten vorkam. »Den Bullen verspeisen, Mr. Pratt?« fragte er.

Pratt nickte noch einmal. »Genau das will ich. Vielleicht haben Sie die Grube bemerkt, die wir da unten bei dem Pfad auszuheben angefangen haben. Die ist für ein Schlachtfest im Freien gedacht, das Donnerstag nachmittag stattfindet. Heut in drei Tagen. Ich habe hundert Gäste eingeladen, hauptsächlich Leute aus New York. Meine Nichte, mein Neffe und ihre Freundin Miss Rowan sind schon dazu gekommen. Morgen wird der Bulle geschlachtet. Kein Mann hier vom Ort hat das übernehmen wollen; ich lasse einen aus Albany kommen.«

»Beachtlich.« Wolfes Kopf war immer noch geneigt. »Ich würde denken, ein Tier dieser Größe dürfte 800 bis 900 Pfund eßbaren Fleisches liefern. Bei einem Preis von insgesamt 45 000 Dollar käme das auf etwa 50 Dollar pro Pfund. Nun werden Sie natürlich nur die begehrteren Stücke verwenden, und ein großer Teil dürfte weggeworfen werden. Doch um anders zu rechnen: Wenn Sie hundert Gästen aufwarten, stellt sich jede Portion auf 450 Dollar.«

»So hört sich das natürlich furchtbar an.« Pratt griff nach seinem Glase, sah, daß es leer war, und rief nach Bert. »Aber überlegen Sie mal, wie wenig man für 45 000 Dollar an Zeitungsinseraten oder irgendeiner anderen Art von Reklame bekommt! Der Rundfunk würde das auf einen Happen verschlucken, ganz zu schweigen vom Fernsehen, und was erhält man dafür? Das weiß kein Mensch. Aber ich weiß, was ich hierbei rausbekomme. Befassen Sie sich mit Psychologie?«

»Ich...« Wolfe schluckte es hinunter und sagte fest: »Nein.«

»Sie sollten aber. Passen Sie mal auf! Können Sie ermessen, was für Aufsehen es erregen wird, wenn der berühmteste und beste Guernsey-Preisbulle der Vereinigten Staaten bei einem Schlachtfest in Stücken und Scheiben einer Versammlung von Epikureern vorgesetzt wird? Und von wem? Von Tom Pratt, dem Inhaber der berühmten Pratterias! Wissen Sie, was dabei herauskommen wird, ganz abgesehen von dem Zeitungsrummel? Wochen- und monatelang wird jeder Kunde, der in einer Pratteria ein Roastbeef-Sandwich ißt, insgeheim im Unterbewußtsein das Gefühl haben, ein Stück von Hickory Caesar Grindon zwischen den Zähnen zu haben. Das meine ich, wenn ich von Psychologie spreche.«

»Sie haben auch von Epikureern gesprochen.«

»Einige werden dasein. Die meisten Schlachtfestgäste werden Freunde und Bekannte sein, und natürlich die Presse, aber ich mische auch ein paar Epikureer dazwischen.« Ein Ruck lief durch Pratts Körper. »Übrigens, ich habe doch gehört, daß Sie auch einer sind. Werden Sie an dem Tage noch in Crowfield sein? Vielleicht könnten Sie da noch mal zu uns rauskommen. Donnerstag um ein Uhr.«

»Vielen Dank, Mr. Pratt. Ich glaube zwar nicht, daß zu Caesars preiswürdigen Qualitäten auch besondere Schmackhaftigkeit des Fleisches gehört, aber es wäre immerhin ein Erlebnis.«

»Allerdings wäre es das. Ich muß heute abend noch meine Agentur in New York anrufen. Kann ich sagen, Sie werden hiersein? Wegen der Presse?«

»Das können Sie sagen, natürlich. Die Orchideen-Prämierung ist Mittwoch nachmittag, so daß ich wahrscheinlich schon heimgefahren sein werde. Aber sagen können Sie's doch. Übrigens, um nur aus Neugierde noch einmal auf diesen Bullen zurückzukommen: Sie empfinden keine Bedenken, ein Tier von anerkannt edlem Geblüt hinzuschlachten?«

»Aber warum denn?« Pratt machte eine Handbewegung. »Die sagen doch immer, Caesar hätte soundso viele RL-Töchter – darauf hacken sie ja immerzu rum. Wissen Sie, was ›RL‹ bedeutet? Rinderleistungsbuch. Um in das Rinderleistungsbuch aufgenommen zu werden, muß eine Kuh ein Jahr lang im Tagesdurchschnitt soundso viel Milch und soundso viel Fett hergeben. Nun, es gibt im ganzen Lande über 40000 RL-Guernsey-Kühe, und nur 51 davon sind Caesars Töchter. Klingt das so, als ob ich durch ein einziges Schlachtfest die ganze Zucht ausrotten wollte? Wenn man die Bande da drüben in Crowfield reden hört, könnte man's beinahe denken. Ich hab' heute über vierzig Protesttelegramme gekriegt. Da steckt dieser Bennett dahinter; der hat seine Mitglieder auf mich gehetzt.«

»Von ihrem Standpunkt haben die Leute natürlich recht.«

»Sicher, und ich von meinem auch. – Ah, Sie brauchen ja noch was zu trinken, Mr. Goodwin! Wie steht's mit Ihnen, Miss Rowan? Hallo, Bert! Bert!«

Als das Fettgesicht erschien, ließ ich es geschehen, daß er seine Aufgabe erfüllte – prompt und gut, wie ich zugeben muß. Drei Glas Cocktail gingen eigentlich schon über das Maß hinaus, das ich mir normalerweise gestatte; doch nach dem Pech mit dem geplatzten Reifen, dem Zusammenstoß mit dem Baum und der Gymnastik in der Koppel dachte ich mir, ein kleines Extra-Quantum wäre wohl nicht von Schaden.

Da ich von dem preisgekrönten Bullen genug hatte, rückte ich einen Stuhl näher an die preisgekrönte Nichte heran und begann auf sie einzutuscheln. Sie nahm es gnädig auf. Nach einem Weilchen bemerkte ich, daß die Blonde mir einen schrägen Blick aus dem Augenwinkel herüberschoß, und ich warf ihr denn zwischen dem Tuscheln ein Grinsen zu.

Ich hätte mich leicht noch weiter vorwagen können, aber meine Aussichten waren ja doch im Grunde keineswegs rosig, denn noch vor Einbruch der Dämmerung mußte ich Wolfe mitsamt dem Gepäck und den Pflanzen nach Crowfield verfrachten, ihm als Quartiermacher in ein Hotel vorauseilen und in einem Zimmer die Sachen auspacken, für Atzung sorgen, die er mit einiger Wahrscheinlichkeit ohne Sperenzchen zu sich nehmen würde, das Problem meiner Unfähigkeit, den Wagen zu bändigen, diskutieren und den Fall ein für allemal erledigen – und schließlich ein paar Stunden lang dasitzen und mir von ihm einiges vorseufzen lassen.

Ich wollte die Nichte gerade darauf hinweisen, daß es bereits nach fünf Uhr sei und daß wir uns lieber aufmachen sollten, wenn sie uns nach Crowfield fahren wolle – da hörte ich, wie mein Brötchengeber allem Bisherigen die Krone aufsetzte. Pratt lud Nero Wolfe nämlich ein, zum Abendessen dazubleiben – und er nahm an.

Ich sah ihn säuerlich an und hoffte boshafterweise, daß das Essen scheußlich sein würde. Das hätte freilich die Lage nur noch kompliziert, so daß kaum noch einer allein mit ihm fertig geworden wäre, wenn wir endlich spät am Abend an unserem Ziel angekommen wären. Er sah meine säuerliche Miene und ließ die Lider halb über seine Augen hinab, und ich tat so, als wäre er gar nicht da, und konzentrierte mich wieder auf die Nichte. Ich hatte den Eindruck gewonnen, daß sie anständig, manierlich und recht vernünftig sei, aber sie hatte mir einfach zu dicke Muskelpakete. Ich finde, Mädchen ist Mädchen, und Athlet ist Athlet, obwohl es freilich Grenzfälle gibt.

In Erwiderung einer Einladung von Caroline war ich gerade dabei zu erklären, wie gern ich mal ein Tennismatch mit ihr probieren würde, wenn ich mir nicht beim Umgang mit dem Zaun das Handgelenk verstaucht hätte (was gar nicht stimmte), als die zweite Kampfgruppe anrückte. Ob es sich allerdings um einen weiteren Angriff handelte oder nicht, das ließ die Mannschaft, als sie auf der Bildfläche erschien, zunächst noch nicht erkennen.

Voran schritt ein höchst ansehnliches Ding, schätzungsweise zweiundzwanzig oder dreiundzwanzig, in einem leinenen Kleidchen mit Gürtel, ohne Hut, mit gelblich-braunen Augen, vollen Lippen und hübschem Kinn. Hinter ihr kam ein großer, schlanker Bursche, nicht viel jünger als ich, in Pullover und braunen Hosen, und hinter ihm ein Individuum, das hier eigentlich gar nicht hergehörte, da die richtige Umgebung für diesen Typ südlich und nördlich von der 42. und 96. Straße, östlich und westlich von der Lexington Avenue und dem Broadway begrenzt wird. In ihrem Originalmilieu machen sie gar keine schlechte Figur, ja, sie tragen sogar wesentlich dazu bei, den Stil zu erhalten, aber hier draußen auf dem Lande, immer noch im eleganten Straßenanzug samt Weste, maßgeschneidertem Hemd und todschicker Krawatte, tut ihr Anblick weh.

In der Atmosphäre, die sie schufen, sprühten sofort Funken. Unser Gastgeber sperrte den Mund weit auf. Jimmy erhob sich mit rotem Gesicht. Caroline gab irgendeinen Ausruf von sich. Lily Rowan verdrehte den Hals, um sie sehen zu können, und zog die Augenbrauen zusammen.

Das Mädchen kam bis zum Tisch, auf dem lauter leere Gläser standen, ließ die Blicke aus den gelblich-braunen Augen in die Runde schweifen und sagte: »Wir hätten erst anrufen sollen, nicht wahr?«

Der Gedanke stieß auf Ablehnung. Grußworte kreuzten sich in der Atmosphäre. Der Zeitgenosse mit dem eleganten Anzug schien der Familie Pratt unbekannt zu sein, da er erst vorgestellt werden mußte – ein Mr. Bronson. Wolfe und ich wurden ebenfalls mit Namen genannt und erfuhren, daß das Mädchen Nancy Osgood und der große, schlanke Bursche ihr Bruder Clyde war.

Wiederum ertönte der Ruf nach dem armen Bert, woraufhin die allgemeine Verlegenheit sich noch zu erhöhen schien. Miss Osgood wandte ein, sie wollten doch nicht stören, sie könnten sich wirklich nicht aufhalten, sie seien auf der Ausstellung gewesen, und auf dem Heimweg sei ihnen nur plötzlich der Einfall gekommen, mal kurz hereinzuschauen. Clyde Osgood, der ein Fernglas an einem Riemen um den Hals hängen hatte, glotzte ziemlich aufreizend zu Pratt hinab und redete ihn an: »Wir sind von Monte McMillan eben von Ihrer Koppel weggejagt worden. Wir haben uns bloß mal Ihren Bullen angesehen.«

Pratt nickte, als ob ihn das nichts anginge, doch ich sah, wie die Adern an seinen Schläfen anschwollen. »Dieser verflixte Bulle macht einem doch allerlei Scherereien.« Er warf einen raschen Blick auf die Schwester, dann wieder auf den Bruder. »Das ist nett, Kinder, daß ihr uns mal besuchen kommt! Unerwartetes Vergnügen. Ich hab' heute in Crowfield euren Vater gesehen.«

»Ach ja! Er hat Sie auch gesehen.« Mit einemmal hielt Clyde inne und begann sich umzudrehen, langsam, aber sicher, als ob ihn etwas gepackt hätte und ihn umherzöge wie ein Karussell auf seiner Achse. Er ging vier Schritte, stellte sich vor die Hollywood-Schaukel und blickte zu Lily Rowan hinab. »Wie geht's dir?« fragte er.

»Mir geht's gut.« Sie hielt den Kopf zurückgeneigt, um ihn sehen zu können. »Tadellos. Dir auch?«

»O ja, mir geht's bestens.«

»Schön.« Lily gähnte.

Dieser einfache Wortwechsel schien nicht ohne Wirkung auf Jimmy Pratt zu sein, denn er wurde dunkler im Gesicht, obwohl seine Augen, soweit ich erkennen konnte, auf Nancy Osgood gerichtet waren, die zu Caroline irgendeine Bemerkung machte. Caroline bestand darauf, sie müßten wenigstens zu einem Glase Cocktail bleiben. Mr. Bronson, der einen etwas abgespannten Eindruck machte, als wenn ihm der Tag in der Ausstellung zuviel gewesen wäre, hatte sich hingesetzt. Clyde wandte sich unvermittelt von der Hollywood-

Schaukel ab, kam herüber und hockte sich auf die Kante des Stuhles neben Pratt. »Passen Sie mal auf...«, sagte er.

»Nun, mein Junge?«

»Wir sind zu Ihnen gekommen, meine Schwester und ich.«

»Ich finde, das war eine gute Idee. Wo ich mir jetzt hier das Haus gebaut habe, na ja, da sind wir doch schließlich wieder Nachbarn.«

Clyde machte ein düsteres Gesicht. Er kam mir vor wie ein unartiges Kind. Sein Mund ging nicht ganz zu, und er bewegte sich so, als ob er erwarte, daß alles ihm aus dem Wege ginge. »Nachbarn?« sagte er. »Na ja, so ist das wohl. Technisch jedenfalls. Ich wollte wegen des Bullens mit Ihnen sprechen. Ich weiß, warum Sie das tun – ich glaube, das wissen alle in der Gegend. Sie tun das nur, um meinem Vater eins auszuwischen... Misch du dich hier nicht 'rein, Nancy! Ich mache das hier...«

Seine Schwester hatte ihm eine Hand auf die Schulter gelegt. »Aber Clyde, so kann man das doch nicht...«

»Laß mich in Ruhe!« Er schüttelte sie von sich ab und wandte sich wieder an Pratt. »Sie bilden sich ein, Sie können ihm eins auswischen, indem Sie sich über ihn lustig machen, indem Sie zum Beispiel den Bullen schlachten, der bei Ausstellungen seine Tiere allesamt ausstechen könnte. Sie haben sich einen guten ausgesucht, das muß ich Ihnen schon lassen. Hickory Caesar Grindon ist schwer zu schlagen. Ich sage das nicht nur wegen seiner Auszeichnungen, sondern weil ich von Vieh was verstehe – oder mal was verstanden habe. Vor ein paar Jahren, als er erst ein vielversprechender Jungstier war, hab' ich meinem Vater zugeredet, er sollte ihn kaufen. Und Sie bilden sich ein, Sie können ihn schlachten?«

»Das habe ich vor. Aber wie Sie auf die Idee kommen, ich täte das bloß, um Ihren Vater absichtlich zu ärgern – Unsinn! Ich tu's zum Zwecke der Werbung für mein Geschäft.«

»So sehen Sie aus! Ich weiß genau Bescheid – von Anfang an. Das ist bloß wieder so ein billiges Manöver von Ihnen, damit mein Vater möglichst mies und billig dasteht... Misch du dich hier nicht rein, Schwesterherz!«

»Sie irren sich, mein Junge«, sagte Pratt in begütigendem Tone. »Was Billiges mache ich nicht – ich kann mir das leisten. Ich will Ihnen mal was sagen. Soviel ich weiß, wird der beste Bulle, den Ihr Vater hat, mittlerweile schon ziemlich alt. Na, wenn Ihr Vater zu mir käme und mich um den Bullen bäte, den ich da gekauft habe, ich wäre geneigt, ihm das Tier einfach zu schenken. Wirklich.«

»Zweifellos! Zu schenken!« Clydes hämische Verachtung ging beinahe mit ihm durch. »Jetzt will ich Ihnen mal was sagen. In Crowfield ist heute allerhand geredet worden. Mein Vater war als Mitglied des Guernsey-Verbandes natürlich dabei. Er war von Anfang an überzeugt, daß es mit dem Plan, den Bennett mit Cullen und McMillan ausgemacht hatte, nicht klappen würde. Er hat gesagt, er kennt Sie, seit Sie ein Junge waren, und Sie würden keinen Rückzieher machen. Meine Schwester Nancy hat den Gedanken gehabt, herzukommen und Ihnen gut zuzureden, und ich hab' mich breitschlagen lassen und bin mitgekommen. Unterwegs haben wir Bennett und Darth und Cullen getroffen, als sie zurückkamen, und die haben uns erzählt, was hier losgewesen ist. Ich bin trotzdem hergekommen, obwohl es nicht danach aussieht, als ob viel Hoffnung besteht, Ihnen das auszureden. Wetten Sie eigentlich manchmal?«

Pratt lachte vor sich hin. »Ich bin nicht gerade ein ausgekochter Glücksspieler, aber gegen eine freundschaftliche Wette hab' ich nichts einzuwenden. Ich hab' bei der letzten Präsidentenwahl ganz schön gewonnen.«

»Möchten Sie vielleicht eine kleine Wette mit mir versuchen? Sagen wir mal um zehntausend Dollar?«

»Worauf?«

Sie wurden unterbrochen. Eine Stimme war zu hören: »Ach, da sind sie ja!« und Monte McMillan kam über die Terrasse heran. Seine Stimme klang etwas erleichtert. Er trat auf Pratt zu: »Sie sind an der andern Seite um den Zaun rumgestrichen, und ich hab' ihnen gesagt, sie dürften sich ruhig verziehen, und wußte nicht, wo sie dann hingekommen sind. Nicht, daß ich etwa die jungen Osgoods im Verdacht hätte, sie könnten einen Bullen stehlen...«

Pratt brummte: »Setzen Sie sich hin und trinken Sie einen! Bert! Be-ert!« Er wandte sich an Clyde: »Worauf soll ich denn mit Ihnen wetten, mein Junge?«

Clyde beugte sich auf ihn zu: »Ich möchte mit Ihnen um zehntausend Dollar wetten, daß Sie Caesar nicht schlachten.«

»Clyde!« rief seine Schwester Nancy. Wolfes Augen gingen halb zu. Die andern ließen sich vernehmen, und selbst Lily Rowan zeigte ein gewisses Interesse. McMillan, der sich gerade hinsetzen wollte, hielt in schräger Haltung einen Augenblick inne, ehe er sich langsam niederließ.

Pratt fragte leise: »Was soll mich denn davon abhalten?«

Clyde drehte die Handflächen nach oben. »Entweder ist es eine Wette oder nicht. Weiter nichts.«

»Zehntausend Dollar beiderseits, daß wir Hickory Caesar Grindon nicht schlachten?«

»In Ordnung.«

»Bis wann nicht?«

»Sagen wir mal – in dieser Woche.«

»Ich muß Sie wohl darauf aufmerksam machen, daß ich einen Rechtsanwalt zu Rate gezogen habe. Es gibt keine juristische Möglichkeit, mich davon abzuhalten, wenn er mir gehört, ganz gleich, was für ein berühmter Preisbulle er sein mag.«

Clyde zuckte lediglich mit den Achseln. Er hatte einen Gesichtsausdruck, wie ich ihn bei Pokerspielern oft gesehen habe.

»Nun ja.« Pratt lehnte sich zurück und schob die Daumen in die Armlöcher seiner Weste. »Das ist ja mächtig interessant. Wie ist das, McMillan? Können die uns den Bullen da aus der Koppel entwenden?«

Der Züchter brabbelte: »Ich weiß nicht, wer das machen sollte. Wenn da vielleicht irgendein Ding gedreht wird... Wenn wir ihn in einem Stall hätten...«

»Ich hab' aber keinen Stall.« Pratt äugte Clyde an. »Zunächst mal – wie ist das, was setzen wir jetzt ein? Schecks?«

Clyde wurde rot. »Mein Scheck wäre ja nur ein Stück Papier, das wissen Sie genau. Aber wenn ich verliere, werd' ich bezahlen.«

»Sie schlagen eine Gentleman-Wette vor? Mit mir?«

»Na schön, nennen Sie's meinetwegen eine Gentleman-Wette.«

»Donnerwetter, mein Junge, ich fühle mich geschmeichelt. Wahrhaftig. Aber ich kann mir meinerseits nicht viel Schmeicheleien leisten, wenn sich's um zehntausend Dollar dreht. Ich glaube, ich wette lieber nicht, solange ich nicht wenigstens ahne, wie Sie an diese Summe rankommen könnten.«

Clyde sprang aus seinem Stuhl empor, und meine Füße gingen automatisch in sprungbereite Stellung, aber seine Schwester zog ihn zurück. Sie bemühte sich außerdem, ihn mit dringenden Hinweisen, daß sie gehen müßten, zurückzuhalten, aber er machte sich von ihr los und gab ihr sogar einen Schubs. Er funkelte Pratt mit zusammengebissenen Zähnen an: »Sie verdammter Mistkäfer, das sagen Sie zu einem Osgood! Na schön, ich will mal von Ihnen Geld nehmen, denn mehr ist ja nicht an Ihnen! Wenn mein Vater Sie anruft und für meine Seite garantiert, gilt's dann als Gentleman-Wette?«

»Sie wollen also tatsächlich wetten?«

»Ja doch.«

»Na schön. Wenn Ihr Vater dafür garantiert, gilt die Wette.«

Clyde drehte sich um und rannte davon, ohne sich auch nur mit einem flüchtigen Rundblick zu verabschieden. Sein Freund Bronson stellte sein Glas hin und folgte ihm. Am Rande der Terrasse mußten sie auf Nancy warten, die, erregt wie sie war, einen unter den Umständen noch verteufelt guten Abgang zustande brachte.

Während sie abzog, stand Monte McMillan auf und bemerkte zu Pratt: »Ich kenne diesen Osgood-Jungen, seit er im Steckkissen gelegen hat. Es ist besser, ich sag' ihm, er soll keine Dummheiten machen.« Er trabte ihnen nach.

Lily Rowan sagte hoffnungsfroh: »Mir kommt's so vor, als ob in dem Nest hier demnächst ein Skandälchen fällig ist.« Sie klopfte mit der Hand auf den Platz neben sich, den Jimmy Pratt geräumt hatte. »Kommen Sie, Escamillo, setzen Sie sich her, und erzählen Sie mir, was uns die Zukunft bringt!«

Ich erhob meine anmutige Gestalt, schlenderte hinüber, setzte sie wieder nieder, bemächtigte mich ihrer linken Hand und studierte die Handfläche. »Die Sache ist so«, sagte ich zu ihr. »Sie werden eine Zeitlang sehr glücklich sein. Dann werden Sie eine lange Reise unter Wasser unternehmen und auf einen glatzköpfigen Mann stoßen, der auf einem Büschel Seetang sitzt. Sie werden ihn für Professor Piccard oder Hans Hass halten, aber er wird Sie auf russisch anreden. Da Sie kein Russisch verstehen, werden Sie sich einbilden, Sie hätten's so ungefähr kapiert, werden aber zu Ihrem Entsetzen bemerken, daß er von ganz was anderem geredet hat. Geben Sie mir mal die andere Hand zum Vergleich!«

Jimmy Pratt hielt unterdessen seinem Onkel eine feierliche Volksrede: »... und du sitzt da und läßt dich von ihm ›Mistkäfer‹ nennen! Ich hätte ihm am liebsten eine geklebt!«

»Also, Jimmy!« Pratt machte eine Handbewegung. Er lachte vor sich hin. »Du würdest doch nicht etwa einem Osgood eine kleben? Immer mit der Ruhe, mein Sohn! Übrigens, weil du anscheinend gerade so angriffslustig bist, möchtest du vielleicht da bei dem Bullen ein bißchen helfen? Wir werden wohl leider die ganze Nacht auf ihn aufpassen müssen. Wie wär's denn mit ein bißchen Wachdienst?«

»Na ja...« Jimmy machte ein verlegenes Gesicht. »Die Sache ist... Ich hab' dir ja schon gesagt... Ich bin auch nicht ganz einverstanden damit. Ich finde, so ein Bulle – mit Preisen und so...«

»Du möchtest uns nicht helfen, ihn zu bewachen?«

»Ich wäre dankbar, wenn du mich dabei aus dem Spiel lassen würdest, Onkel Tom.«

»Na schön. Ich denke, wir werden's schon irgendwie schaffen. – Was halten Sie davon, Mr. Wolfe? Habe ich nicht das Recht, einen Bullen, der mir gehört, zu essen?«

Wolfe wartete mit einer philosophischen Vorlesung über geschriebenes und ungeschriebenes Recht, Gradunterschiede moralischer Verworfenheit und die extravaganten Entzükkungen der Rindergenetik auf. Es hörte sich sehr lehrreich an und hob den Ton der Versammlung auf ein Niveau, das weit über solchen trivialen Fragen lag wie der, ob man einem Osgood eine kleben oder Beefsteaks essen oder eine Zehntausend-Dollar-Wette gewinnen könne.

Als er ausgeredet hatte, wandte er sich mit einem Vorschlag an mich: Da er Mr. Pratts freundliche Einladung, bei ihm zu dinieren, angenommen habe, scheine es ihm wünschenswert, sich ein frisches Hemd anzuziehen; das Gepäck sei doch aber noch in unserem Wagen draußen am Straßenrand.

Jimmy erbot sich zu helfen, aber Caroline bestand darauf, das sei ihre Sache, denn sie habe sich doch verpflichtet, uns nach Crowfield zu fahren. Ich verließ daher mit ihr zusammen die Terrasse, und wir gingen über einen breiten Rasenplatz, um ein paar Sträucher und Blumenbeete herum und einen Weg entlang, der uns zu einem Kiesplatz vor der Garage führte, wo neben dem gelben Kabriolett eine große Limousine parkte.

Ich bückte mich, um unter den Bäumen hindurchzulugen, denn dort hatte ich mit flüchtigem Blick einen hohen, langen Haufen frisch ausgehobener Erde entdeckt, an dem Hacken und Schaufeln lehnten. Ich hatte ihn schon vorhin bemerkt, als wir nach unserer Rettung aus der Koppel an dem Kabriolett daran vorbeifuhren, doch war mir seine Bedeutung nicht gleich klargeworden. »Die Grube für das Schlachtfest?« erkundigte ich mich.

Caroline nickte. »Ich finde das ziemlich scheußlich, aber ich konnte Onkels Einladung nicht gut ausschlagen. Steigen Sie ein!«

Als sie die Limousine herumgeschwenkt hatte und den Fahrweg hinuntersteuerte, sagte ich: »Ich frage danach, weil's mich nichts angeht. Ich interessiere mich nun mal für die menschliche Natur. Was ist nun der wirkliche Grund – Reklame oder ein Tort für Vater Osgood?«

»Ich weiß nicht. Ich denke gerade über etwas nach.«

Ich verhielt mich also ruhig. Die Limousine kam auf die Chaussee und schwenkte links ein, und eine halbe Minute später bog sie um die Kurve, die ich aus der andern Richtung gesehen hatte, als ich nach dem Unfall die Umgebung betrachtet hatte. Nach einer weiteren halben Minute war der Wagen am Tatort angekommen. Caroline hatte mit ihren kräftigen Handgelenken das Steuerrad rasch herumgedreht, den Wagen gewendet und war direkt hinter das Wrack herangefahren. Ich stieg aus.

Die flachen Strahlen der tiefen Abendsonne legten lange, weiche Schatten der Bäume und Telefonmasten auf das Grün der Weide. Drüben, jenseits dieser Fläche, erblickte ich das obere Drittel der Gestalt Monte McMillans, der zu uns herüberschaute, und sah diesseits des Steinblocks, mit langsamem, majestätischem Schritt, größer und imposanter denn je, den Bullen einhertrotten. Ein Prachtkerl war er, das mußte ich zugeben, als ich ihn nun so unbeteiligt betrachten konnte.

Im Wagen waren zwei große Koffer, zwei Handkoffer, der Zerstäuber und die Kisten mit den Pflanzen. Als ich sie alle hinübergeräumt hatte, schloß ich den Wagen wieder ab, warf noch einen Blick auf den Bullen, der bald zu 450 Dollar pro Portion serviert werden sollte, und kletterte zu Miss Pratt in den Wagen. Ich verhielt mich immer noch ruhig, sagte kein Wort, sondern saß still und wartete, bis der Geist über sie käme.

Nach einer Minute regte sie sich, wandte aber nur den Kopf und sah mich an.

»Ich will Ihnen mal verraten, worüber ich nachgedacht habe.«

Ich nickte höflich.

»Über Lily Rowan.«

Ich nickte noch einmal. »Die sagt immer Escamillo zu mir. Sie hat mir erzählt, daß Sie morgen mit ihr zur Ausstellung fahren, und hat vorgeschlagen, ich könnte doch mit ihr zu Mittag essen.«

»Was haben Sie zu ihr gesagt?«

»Ich habe ihr gesagt, ich könnte nicht – wegen meiner Tischmanieren. Für Leute, die Essen schnorren, hab' ich nichts übrig.«

Caroline brummte. »Schnorren wollte sie sicherlich nicht, sie würde bestimmt die Rechnung bezahlen. Sie ist reich. Sehr reich. Millionenreich vielleicht, ich weiß nicht, jedenfalls hat sie eine ganze Menge. Sie ist ein Vampir. Sie ist gefährlich.«

»Sie meinen, sie beißt einem ins Genick.«

»Ich meine, was ich sage. Ich habe immer gedacht, wenn es heißt, eine Frau wäre gefährlich, richtig gefährlich, wissen Sie, das wäre romantischer Kokolores, aber das ist es gar nicht. Lily Rowan ist wirklich ein Vampir. Wenn sie nicht zu faul wäre, sich besonders anzustrengen, wäre nicht abzusehen, wie viele Männer sie ruinieren könnte. Aber ich weiß zumindest von dreien, denen sie übel mitgespielt hat. Sie haben heut Clyde Osgood gesehen. Clyde ist freilich niemals gerade ein Lieblingskind der Natur gewesen, aber er hat sich immerhin ganz gut gemacht. Er ist genauso alt wie ich, sechsundzwanzig. Der Familie Osgood hat seit Generationen dieser ganze Kreis hier gehört, ein paar tausend Morgen haben sie immer noch, und als Clyde seine Ausbildung hinter sich hatte, da hat er zugepackt und anstelle seines Vaters den Laden geschmissen, denn der war meistens weg, weil er sich mit Politik und so was abgegeben hat. Die Leute hier sagen, der Junge habe wirklich was los und sei ganz vernünftig. Dann, vor zwei Jahren, hat er auf einer Reise nach New York Lily Rowan kennengelernt, sie hat sich in ihn verguckt und gleichzeitig eine geradezu unheimliche Energie an den Tag gelegt. Sie hat ihn nicht bloß ins Genick gebissen. Viel schlimmer. Sie hat ihn aufgefressen mit Haut und Haar. Dann, im vergangenen Frühjahr, hat sie ihn wieder ausgespuckt. Das ist vielleicht nicht sehr elegant gesagt, aber kann man das Benehmen eines Ungeheuers mit Eleganz beschreiben? Clyde ist nicht wieder aufs Land zurückgekommen. Er drückt sich in New York rum und bemüht sich, sie zu sehen oder auch sie nicht zu sehen. Ich weiß nicht, was er jetzt hier macht. Vielleicht hat er gewußt, daß sie kommt.« Sie hielt inne.

Ich bemerkte: »Und darüber haben Sie nachgedacht?«

»Nein, das ist bloß die Einleitung dazu.« Sie sah mich mit düsterem Gesicht an. »Sie sind doch Detektiv. Das ist doch Ihr Handwerk, nicht wahr?«

»Ja ja, zu jeder Tages- und Nachtzeit im Dienst.«

»Und Sie behandeln solche Sachen vertraulich?«

»Klar, wenn sie vertraulich sind.«

»Na, in diesem Falle ja. Lily Rowan hat's auf meinen Bruder Jimmy abgesehen.«

Ich hob die Augenbrauen. »Und?«

»Sie darf ihn nicht kriegen. Noch hat sie ihn nicht. Ich hätte gedacht, Jimmy wäre so vernünftig, aber anscheinend hat das gar nichts damit zu tun. Außerdem hab' ich gedacht, er liebe Nancy Osgood. Vergangenen Winter hab' ich das gedacht. Seit vier oder fünf Wochen stellt Lily Rowan ihm nach. Und auch Jimmy... Auch Jimmy wird drauf 'reinfallen! Verdammt noch mal, wie macht die das bloß, das Teufelsweib!«

»Ich weiß es nicht. Ich kann sie ja mal fragen.«

»Das ist kein Scherz. Sie wird ihn ruinieren.«

»Ich betrachte es auch nicht als Scherz. Und daß sie hier ist... Sie haben sie bloß eingeladen, um ein bißchen nachzuhelfen, damit's vorbei ist?«

»Ich hab' sie eingeladen, weil ich mir dachte, wenn er sie so sieht – hier draußen auf dem Lande –, käme er vielleicht zur Besinnung. Aber das funktioniert nicht.«

»Er geht ihr immer noch auf den Leim?«

»Ja.«

Ich zog die Schultern hoch. »Na ja, nehmen wir mal an, ich wär' ein guter Detektiv – aber hier scheint doch für einen Detektiv gar nichts zu tun zu sein. Es scheint das zu sein, was mein Brötchengeber einen natürlichen Vorgang nennt, und das kann man eben nicht aufhalten. Höchstens kann man Ihren Bruder zum Spaß nach Australien schicken oder ihr den Hals umdrehen.«

»Das könnte ich – ihr den Hals umdrehen. Ermorden könnte ich sie. Aber vielleicht gibt's noch eine Möglichkeit. Darüber hab' ich nachgedacht. Sie hat heute etwas über Sie gesagt, als Sie oben waren. Und das hat mich auf einen Gedanken gebracht.«

»Was hat sie denn gesagt?«

»Das kann ich Ihnen nicht verraten. Das könnte ich nicht erzählen.«

»War es... Na ja, was Persönliches?«

»Sehr persönlich.«

»Was war's denn?«

»Ich sage Ihnen doch, ich wiederhol's nicht. Aber das und verschiedenes andere, und auch daß sie Sie aufgefordert hat, mit ihr zu Mittag zu essen – ich glaube, Sie könnten sie von Jimmy abbringen. Vorausgesetzt, daß Sie Ihrerseits keine Anstalten dazu machen. Die Anstalten, die macht sie gerne selbst. Wenn sie sich dazu aufraffen kann. Irgend etwas an Ihnen reizt sie; das hab' ich gemerkt, als sie Escamillo zu Ihnen gesagt hat.«

»Weiter!«

»Das ist alles. Bloß... Ich... Ich will Sie natürlich nicht um einen reinen Gefallen bitten. Sie haben ja keinen Grund, mir einen Gefallen zu tun, besonders nicht so einen großen. Es ist eine geschäftliche Angelegenheit. Wenn Sie mir eine Rechnung schicken, werde ich sie bezahlen, bloß wenn sie sehr hoch ist, muß ich vielleicht in Raten bezahlen.

»Ich verstehe. Erst stelle ich mich spröd, dann lasse ich mich von ihr ruinieren, dann schicke ich Ihnen eine Rechnung...«

»Ich sage Ihnen doch, das ist kein Scherz. Es ist alles andere als ein Scherz. Wollen Sie's machen?«

Ich sah sie an und rollte dabei die Lippen ein. Dann zog ich eine Zigarette heraus, bot ihr ebenfalls eine an, die aber abgelehnt wurde, und begann zu rauchen.

»Hören Sie mal«, sagte ich, »ich finde, es ist ein Scherz. Sagen wir mal, sie macht Ernst und ruiniert ihn. Meiner Meinung nach wird er, wenn er überhaupt einen Schuß Pulver wert ist, bald wieder von selbst entruiniert sein. Kein Mann hat sich je von einer Frau in die Hölle bringen lassen, wenn er nicht schon eine Fahrkarte in der Tasche gehabt oder wenigstens im Kursbuch rumgestöbert hatte. Sie sagen, Sie wollen mir den Auftrag geben, sie von ihm abzubringen. Ich könnte, selbst wenn ich wollte, gar keine Extraarbeit übernehmen, weil ich bei Nero Wolfe fest angestellt bin. Aber weil Sie die Sache ja streng geschäftlich anfassen wollen, will ich eins für Sie tun: Ich will morgen mit ihr zu Mittag essen, sofern Sie die Rechnung bezahlen. Das kostet zwei Dollar, ausführlichen Bericht über das Ergebnis einbegriffen.«

Sie sagte kurz: »Es ist kein Scherz. Ich werde Ihnen die zwei Dollar geben, wenn wir wieder ins Haus kommen«, und drückte auf den Anlasser.

Ein wenig Ruhe und Frieden während der Stunde, die bis zur Essenszeit noch geblieben war, wäre wahrhaftig nicht zuviel verlangt gewesen, aber das Glück hatte ich nicht. Ich hatte die Kisten mit den Pflanzen abgeladen und sie hinauf ins Badezimmer geschafft und die beiden Handkoffer hinaufgeschleppt und machte meinen letzten Gang mit den beiden großen Koffern. Als ich ins Zimmer trat und im Badezimmer ein Geräusch hörte, setzte ich die Koffer ab, ging zu der offenen Tür hinüber und fand dort Wolfe, der von den Verschlägen die Deckel abgenommen hatte, um die Orchideen zu begutachten und zu sehen, ob sie gegossen werden müßten.

Ich sagte, mir schienen die Pflanzen in gutem Zustand zu sein, und er bestätigte das. Dann meinte ich, da unsere Hemden und Krawatten in den Handkoffern seien, ebenso die Toilettenartikel, sei es wohl unnötig, die großen Koffer aufzumachen. Ohne mich anzusehen, murmelte er gelassen, aber deutlich: »Es wäre gut, glaube ich, wir packten aus.«

Ich glotzte. »Den ganzen Krempel?«
»Ja.«
»Alles rausnehmen, meinen Sie?«
»Ja.«
»Und es nach dem Essen wieder reintun?«
»Nein. Wir schlafen heute nacht hier.«
Ich war schon im Begriffe, eine bissige Bemerkung loszuwerden, weil ich eben systematisch veranlagt bin und Pläne, die einmal gemacht sind, gern auch ausgeführt sehe; dann aber überlegte ich mir, daß schließlich diese Unterkunft ohne Zweifel besser war als ein Hotelzimmer, das man uns in Crowfield, der von Ausstellungsgästen überschwemmten Stadt, reserviert haben mochte. Andererseits war es immer taktisch schlecht, Wolfes Einbildung auch noch zu nähren, indem man Einverständnis zur Schau trug. Ich ging daher ohne irgendwelche Äußerungen wieder ins Schlafzimmer und begann, an den großen Handkoffern herumzuhantieren.
Nicht lange, da kam er hereingewatschelt, legte Rock und Weste ab, warf sie auf eines der Betten und knöpfte sich das Hemd auf.
Ich erkundigte mich in freundlichem Tone: »Wie haben Sie Pratt denn dazu gezwungen, uns als Hausgäste dazubehalten? Bloß mit Ihrem unwiderstehlichen Charme?«
»Ganz ohne Zwang. Im exakten Wortsinn sind wir gar keine Gäste. Mr. Pratt war begierig, sich meinen Vorschlag zu eigen zu machen.«
»Aha!« Die Hände voll Socken und Taschentücher, wirbelte ich zu ihm herum. »Einen Vorschlag haben Sie gemacht?«
»Ja, das habe ich getan. Ich will es Ihnen ganz offen erzählen, Archie. Ich hätte den Eindruck erwecken können, daß der Vorschlag von Mr. Pratt ausgehe. Aber so war es nicht. Ich habe es angeboten. Nach seiner großzügigen Gastfreund-

schaft schien das angebracht, da ich doch über sein Dilemma im Bilde war. Er hat sofort zugestimmt und mir einen Auftrag gegeben, und ich habe akzeptiert.«

»Ich verstehe.« Ich hatte immer noch die Wäsche in der Hand. »Was denn für einen Auftrag, wenn ich mir die Frage erlauben darf?«

»Einen weder sehr lukrativen noch sehr schwierigen. Überwachung.«

»Das hab' ich mir gedacht.«

Ich ging durchs Zimmer, zog ein Schubfach des Schreibschrankes auf und legte die Socken und Taschentücher darin zurecht. Dann stand ich da und sah zu, wie er sich aus seinem Hemd herausquälte, und hörte, wie die Säume sich sträubten.

»Das hab' ich doch gleich geahnt, als Sie gesagt haben, ich sollte auspacken. Meinetwegen. Ist mal was anderes. Koppelstreife. Leibwache für einen Bullen. Ich wünsche Ihnen aufrichtig eine angenehme Nachtruhe, verehrter Mr. Wolfe, was Ihnen, ganz allein in diesem wunderhübschen Zimmer, nicht schwerfallen dürfte.«

»Nehmen Sie sich nicht so einen Ton heraus, Archie! Es wird freilich langweilig sein, wenn man so zappelig ist wie...«

»Langweilig?« Ich machte eine abwehrende Handbewegung. »Glauben Sie doch das nicht! Langweilig, allein da draußen in der Nacht, wenn ich den Sternen meine Geheimnisse anvertrauen kann? Sie kennen mich nicht. Die reinste Wonne für mich, da draußen sein zu dürfen, damit Sie in diesem hervorragenden Bett in diesem großen, luftigen Zimmer ein ruhiges Schläfchen halten können. Und dann die Morgendämmerung! Wie ich die Morgendämmerung liebe, Mr. Wolfe!«

»Die Morgendämmerung werden Sie nicht sehen.«

»Ach was! Wer soll mich denn abknallen? Clyde etwa? Oder soll der Bulle mich erwischen?«

»Nichts von alledem. Ich habe mit Mr. Pratt und Mr. McMillan die Einzelheiten festgelegt. Der Mann, den sie Dave nennen, hat Wache, solange wir essen. Um halb neun lösen Sie ihn ab, und um ein Uhr werden Sie von Mr. McMillan abgelöst. Sie gehen doch zu Hause oft erst um diese Zeit schlafen. Wenn Sie hereinkommen, wecken Sie mich aber lieber, indem Sie anklopfen. Ich bin es nicht gewohnt, daß nachts jemand mein Zimmer betritt.«

»Gut.« Ich machte mich wieder über den Handkoffer her und legte ihm ein frisches Hemd zurecht. »Aber der Teufel soll mich holen, wenn ich diese Flinte herumschleppe. Ich werde das mit McMillan abmachen. Übrigens, ich habe auch einen Auftrag bekommen. Für die Firma. Keinen sehr lukrativen. Das Honorar ist bereits bezahlt, zwei Piepen, aber es wird von Spesen aufgefressen werden. Die Klientin ist Miss Caroline Pratt.«

»Gefasel!« brabbelte Wolfe.

»Durchaus nicht. Sie hat mir zwei Piepen gezahlt, damit ich ihren Bruder vor einem Schicksal bewahre, das schlimmer ist als der Tod. Mensch, Detektiv zu sein, das macht doch Spaß! Die halbe Nacht auf sein und einen Bullen bewachen, bloß um sich am nächsten Tage von einem blonden Weib zugrunde richten zu lassen. – Sehen Sie mal, wir werden Fritz ein Telegramm schicken müssen. Hier ist ein Knopf ab!«

4

Ich kam nicht dazu, den Sternen Geheimnisse anzuvertrauen. Beim Sonnenuntergang hatten sich Wolken zusammengezogen, und um halb neun war es bereits stockdunkel. Mit einer Taschenlampe ausgerüstet und den Gürtel um ein gutes

Abendessen geschlungen – freilich nicht von der Qualität wie bei Fritz Brenner, aber doch allem himmelhoch überlegen, was ich jemals in einer Pratteria auf der Gabel gehabt hatte –, verließ ich die andern, als sie noch gemütlich beisammen beim Kaffee saßen, und ging hinaus, um meine Schicht anzutreten.

Ich durchquerte den Obstgarten und fand Dave auf einer umgestülpten Tonne drüben am Zaun sitzend vor, die Flinte fest umklammernd.

»Also denn«, sagte ich zu ihm, indem ich das Licht ausknipste, um die Batterie zu schonen. »Sie haben bestimmt schon ziemlichen Kohldampf.«

»Nee«, sagte er, »so spät abends tu' ich nich' mehr essen. Ich hab' um sechse was von Fleisch und Kartoffeln und so'n Zeug gegessen. Die Hauptsache is' bei mir das Frühstück. Mein Bauch, der weckt mich immer auf, ich krieg' so 'n Hunger, daß ich nich' schlafen kann.«

»Das ist ja interessant. Wo ist denn der Bulle?«

»Seit 'ner halben Stunde hab' ich 'n nich' gesehn. Wie ich 'n zuletzt gesehn hab', da war er dahinten, da hinter dem großen Nußbaum. Warum sie ihn nich' anbinden tun, das kapier' ich nich'.«

»Pratt sagt, er wär' in der ersten Nacht angebunden gewesen und hätte die ganze Nacht solchen Krach gemacht, daß keiner schlafen konnte.«

Dave brummte. »Soll er doch Krach machen! Wer nich' schlafen kann, weil ein Bulle Krach macht, der sollt' sich lieber Gnörche halten.«

»Gnörche – was ist denn das?«

Er war in der Dunkelheit schon losgegangen, und ich hörte, wie er stehenblieb. »Gnörche sind Bullen, die den Schwanz vorne haben.« Er feixte. »Diesmal hab' ich Sie reingelegt! Gute Nacht!«

Ich hielt es für gut, mich ein wenig umzusehen, und Herumlaufen war auf alle Fälle besser als Stillstehen. Ich ging also am Zaun entlang in Richtung des Tores, durch das wir gefahren waren, als wir Wolfe zu Hilfe eilten.

Es war eine tiefschwarze Nacht. Nachdem ich etwa dreißig Meter gegangen war, ließ ich die Taschenlampe noch einmal über die Koppel schweifen, konnte aber den Bullen nicht entdecken. Ich ging weiter, an dem Tor vorbei, und nun sah ich ihn. Er lag nicht, wie ich eigentlich vermutet hatte, sondern stand da und glotzte in das Licht. Er ragte auf wie ein Elefant. Ich sagte laut zu ihm: »Na, mein süßer Kleiner, ich bin's bloß, Archie, ich will dich gar nicht ärgern«, und wandte mich um und ging den gleichen Weg zurück.

Daß jemand den Bullen entführen könnte, erschien mir ebenso unwahrscheinlich, als wenn der Bulle Milch gäbe, aber auf alle Fälle war es mir nun einmal zugefallen, bis ein Uhr draußen zu bleiben, und da war's schließlich das beste, sich auf dem strategisch günstigsten Platze aufzuhalten, falls wirklich jemand so blöd sein sollte, es zu probieren. Wenn er tatsächlich herausgeführt werden sollte, so sicherlich durch ein Tor, und das Tor auf der andern Seite kam weit eher in Frage als dieses.

Ich ging also weiter, wobei ich mich immer dicht am Zaun hielt. Es fiel mir ein, daß es erheblich einfacher gewesen wäre, mitten durch die Koppel zu gehen, und bei dieser Dunkelheit bestand ja keine Gefahr, daß Caesar wieder ein Fangspiel anfing – oder wenigstens sehr geringe Gefahr.

Ich ging längs des Zaunes immer weiter. Durch die Bäume des Obstgartens konnte ich die erleuchteten Fenster im Hause sehen, ein paar hundert Meter entfernt. Bald kam ich an der Ecke des Zaunes an, bog nach links und war, ehe ich mich versah, in ein Dornengestrüpp geraten. Zehn Minuten später hatte ich die Straßenbiegung abgeschritten und kam an unserer Limousine vorüber, die immer noch an dem Baum festsaß. Da war das Tor. Ich kletterte hinauf, setzte mich auf den Zaun und ließ das Licht herumschweifen, aber es war nicht stark genug, um auf diese Entfernung den Bullen zu erreichen. Ich knipste es aus.

Ich glaube, wenn man lange genug auf dem Lande lebt, werden einem all die kleinen Nachtgeräusche vertraut, aber natürlich hat man ein seltsames Gefühl dabei, wenn man nicht weiß, was das alles ist. Die Grillen und Heuschrecken gehen noch, aber wenn da so etwas durch das Gras saust, fragt man sich, was das wohl sein möge. Dann war da etwas in einem Baum jenseits der Straße. Ich hörte es zwischen den Blättern herumschwirren, dann war es wohl eine ganze Weile still, und nun begann es sich wieder zu bewegen. Vielleicht eine Eule oder irgendein kleines, harmloses Tier. Mit der Taschenlampe konnte ich es nicht entdecken.

Ich mochte eine halbe Stunde dasein, als ein weiteres Geräusch aus der Richtung des Wagens kam. Es klang, als wenn etwas Schweres dagegenknallte. Ich schwenkte den Lichtkegel dorthin und sah zuerst gar nichts, weil ich zu dicht am Boden suchte, und dann sah ich es ganz deutlich, wie es von dem vorderen Kotflügel abstand, ein Stück Stoff, das wie ein Mantel aussah, ein Ärmel vielleicht.

Ich machte den Mund auf, um zu rufen, schloß ihn aber sofort wieder, knipste die Lampe aus, ließ mich vom Zaune gleiten und trat beiseite. Es war ja immerhin möglich, daß der Guernsey-Verband einen oder zwei verwegene Kerle an der Hand hatte oder daß Clyde Osgood selbst ein verwegener Bursche war oder sich wenigstens dafür hielt.

Ich schritt über das Gras ans hintere Ende des Wagens, ging um ihn herum, wobei ich mich immer dicht an der Seite hielt, griff über den vorderen Kotflügel nach dem, was da hockte, packte zu und hatte eine Schulter in der Hand. Es gab ein

Kreischen, ein Zappeln und einen Protest: »Sie! Das tut weh!« Ich ließ das Licht aufblitzen, ließ dann los und trat zurück.

»Um Gottes willen!« brummte ich. »Erzählen Sie mir bloß nicht, auch Sie hätten sentimentale Anwandlungen wegen des Bullen da!«

Lily Rowan stand auf, einen dunklen Umhang über dem Kleid, das sie zum Abendessen angehabt hatte, und rieb sich die Schulter. »Wenn ich nicht gegen den Kotflügel gestolpert wäre«, erklärte sie, »wäre ich auf Sie zugekommen, ehe Sie was von mir gemerkt hätten, und hätte Ihnen einen höllischen Schrecken eingejagt.«

»Na, na. Weshalb denn?«

»Verdammt noch mal, Sie haben mir an der Schulter weh getan.«

»Ich bin halt ein Scheusal. Wie sind Sie eigentlich hierhergekommen?«

»Zu Fuß. Ich wollte ein bißchen spazierengehen. Ich hab' nicht gewußt, daß es so dunkel ist. Ich dachte, meine Augen würden sich dran gewöhnen. Ich hab' Augen wie eine Katze, aber ich glaube, so eine Dunkelheit hab' ich noch nicht erlebt. Ist das Ihr Gesicht? Halten Sie mal still!«

Sie streckte die Hand aus und berührte mit den Fingern meine Wange. Eine Sekunde lang dachte ich, sie wollte kratzen, aber die Berührung war sanft, und als mir klarwurde, daß die Hand dort liegenbleiben sollte, trat ich einen Schritt zurück und sagte zu ihr: »Machen Sie das nicht, ich bin kitzlig!«

Sie lachte. »Ich wollte bloß fühlen, ob das auch wirklich Ihr Gesicht ist. Essen Sie morgen mit mir zu Mittag?«

»Ja.«

»Ja?« Ihre Stimme klang überrascht.

»Freilich. Das heißt, Sie können mit mir zu Mittag essen. Warum nicht? Ich finde Sie ganz amüsant. Sie sind als Zeitvertreib ein Weilchen gut zu gebrauchen, ein hübsches Spielzeug eben, das einem in freien Augenblicken Vergnügen macht und das man dann wegschmeißt. Mehr kann keine Frau mir je bedeuten, denn alles, was an mir ernsthaft ist, konzentriert sich auf meine Karriere. Ich möchte gern Polizeibeamter werden.«

»Meine Güte! Da müssen wir Frauen wohl dankbar sein, daß Sie bereit sind, sich überhaupt mit uns abzugeben. Steigen wir doch mal in den Wagen ein und setzen uns gemütlich hin!«

»Der ist abgeschlossen, und ich hab' den Schlüssel nicht bei mir. Außerdem, wenn ich mich hinsetze, könnte ich einschlafen, und das darf ich nicht, weil ich doch den Bullen bewache. Gehen Sie lieber weiter! Ich habe versprochen, auf dem Posten zu sein.«

»Unsinn. Kommen Sie her, und geben Sie mir eine Zigarette! Clyde Osgood hat den Kopf verloren und sich lächerlich gemacht. Wie kann denn überhaupt irgend jemand dem Bullen da irgendwas tun, wo doch bloß die zwei Tore da sind, das eine an der Seite zum Haus und das andere gleich dort? Und für Ihre Karriere können Sie doch hier, nachts auf einer verlassenen Straße, gar nichts tun. Kommen Sie, hier sitzt so ein Spielzeug, mit dem Sie sich die Zeit vertreiben können!«

Ich leuchtete mit der Taschenlampe das Tor an, das dreißig Meter entfernt war, knipste sie dann aus und machte kehrt, um mich zu ihr auf den intakten Kotflügel zu setzen. Dabei traf mein Fuß auf eine unebene Stelle, so daß ich aus dem Gleichgewicht kam und direkt auf sie draufplumpste. Sie zuckte zurück.

»Setzen Sie sich nicht so dicht ran!« sagte sie mit einem ganz neuen Ton. »Davon krieg' ich Gänsehaut.«

Ich grinste im Dunkeln und griff nach Zigaretten. »Das ist das Überraschungsmoment«, sagte ich, während ich die

Streichhölzer herauszog, »aber ich muß Sie wohl anstandshalber darauf hinweisen, daß ich taktische Kniffe langweilig finde und daß die, die Sie kennen dürften, zu deutlich waren. Außerdem war der Zeitpunkt falsch gewählt. Die Methode, erst zu reizen und dann zurückzuzucken, taugt nichts, solange Sie nicht genau wissen, daß Sie das richtige Zugmittel haben, und so weit sind Sie noch keineswegs...«

Ich hielt inne, weil sie aufgestanden war und sich entfernte. Ich sagte in die Dunkelheit hinein, wo ich ihre Umrisse schwach erkennen konnte: »Das Mittagessen schenken wir uns. Ich glaube kaum, daß Sie was Neues aufzutischen hätten.«

Sie kam zurück, setzte sich wieder auf den Kotflügel und fuhr mir mit ihren Fingerspitzen über den Ärmel, von der Schulter zum Ellenbogen.

»Geben Sie mir eine Zigarette, Escamillo!«

Ich zündete ihr eine an, und sie sog den Rauch ein.

»Danke. Wollen wir uns nicht ein bißchen näher miteinander bekannt machen? Erzählen Sie mir doch was!«

Ihr Umhang war vorn aufgegangen, und sie zog ihn wieder an sich. Wir saßen noch zwei Zigarettenlängen da und wären vielleicht bis ans Ende meiner Schicht so nebeneinander sitzen geblieben, wenn ich nicht plötzlich von der Koppel her ein Geräusch gehört hätte. Es klang wie ein dumpfer Aufschlag, in dem Konzert der Grillen und Heuschrecken nur ganz schwach wahrzunehmen, und es lag kein Grund zur Vermutung vor, daß es irgend etwas Aufregendes sei, aber es machte mir doch wieder bewußt, daß das Tor dicht bei uns nicht der einzige mögliche Eingang zu der Koppel war, und ich beschloß nachzusehen.

Ich stand auf und sagte, ich wolle einen Patrouillenrundgang bis an die andere Seite unternehmen. Lily wandte ein, das sei doch reiner Blödsinn, aber ich ging los, und sie kam mit. In Reichweite meiner Taschenlampe befand sich der Bulle nicht.

Sie hängte sich mir an den Arm – um nicht zu stolpern, wie sie sagte. Ich achtete nicht auf das Dornengestrüpp im hinteren Teil der Koppel; sie blieb daran hängen, und ich mußte sie befreien.

Nachdem wir um die nächste Ecke gebogen waren, befanden wir uns in dem Obstgarten, ziemlich dicht am Hause, und ich sagte zu ihr, sie solle sich ruhig verkrümeln, doch sie meinte, es mache ihr Spaß. Ich hatte den Bullen nicht gefunden, aber sie schien ohnehin eine Vorliebe für den hinteren Teil der Koppel zu haben.

Wir hielten uns weiter am Zaun, verließen den Obstgarten und kamen bis an das andere Tor, und noch immer hatten wir keinen Bullen gesehen. Ich blieb stehen und horchte und hörte ein Geräusch, oder glaubte es wenigstens, so als ob jemand etwas schleife, und ging dann vor, während Lily hinterdreintrottete, und leuchtete in die Koppel hinein.

Das Geräusch war es wohl, was mir ein unbehagliches Gefühl verursacht hatte, und ich war daher erleichtert, als ich vor mir den Bullen sah, nur etwa zehn Meter vom Zaun. Dann sah ich, daß er auf dem Kopfe stand – so jedenfalls sah es im trüben Lichtschein auf diese Entfernung aus. Ich verfiel in einen Trab. Als ich wieder stehenblieb, um über den Zaun hinwegzuleuchten, konnte ich sehen, daß er mit den Hörnern an etwas herumpulte, das auf dem Boden lag. Ich lief weiter, bis ich auf gleicher Höhe mit ihm war, und zielte wieder mit der Lampe nach ihm, und kaum hatte ich hingesehen, da spürte ich, wie mein Handgelenk erschlaffte, und um es zu straffen, umspannte ich mit den Fingern fest den Taschenlampenzylinder. Hinter mir hörte ich Lilys Japsen und dann ihr heiseres Flüstern: »Das ist... Das ist ja ein... Um Gottes willen, bringen Sie ihn doch weg davon!«

Ich hielt es für unmöglich, daß das Opfer noch am Leben war, und in diesem Falle war keine Zeit, erst jemanden aufzustöbern, der mit dem Bullen umzugehen verstand. Ich kletterte auf den Zaun, ließ mich in die Koppel hinuntergleiten, nahm die Taschenlampe in die linke Hand hinüber, zog mit der Rechten meine Pistole aus der Pistolentasche und schritt langsam vorwärts. Ich dachte mir, wenn er plötzlich angerannt käme, würde er wohl auf das Licht zuhalten. Ich streckte deshalb den linken Arm so weit wie möglich seitwärts von mir, wobei ich den Lichtkegel immer auf sein Gesicht gerichtet hielt.

Er stürmte nicht auf mich los. Als ich noch drei Meter entfernt war, hob er den Kopf und blinzelte in das Licht, und ich riß die Pistole empor, zielte zum Himmel und feuerte drei Schuß ab. Der Bulle warf den Kopf nach hinten, fuhr wie der Blitz herum und tanzte zur Seite, daß der Erdboden bebte. Er blieb nicht stehen.

Ich machte drei Schritte und richtete das Licht auf das Ding am Boden. Ein Blick genügte mir. Von wegen lebendig, dachte ich! Ich fühlte, wie sich mir im Magen etwas umzudrehen begann, und zog die Bauchmuskeln zusammen. Ich bedauerte, zum Himmel gezielt zu haben, und hob die Lampe, um nach dem Bullen zu suchen, wobei ich gleichzeitig den Griff der Pistole fester faßte. Dann wurde mir klar, daß niemand etwas davon hatte, wenn ich mich lächerlich machte, und ich ging hinüber und lehnte mich an den Zaun.

Lily bedrängte mich mit halb hysterischen Fragen, und ich brummte: »Clyde Osgood ist es. Tot. Mausetot. Hauen Sie doch ab, oder halten Sie den Mund!« Dann hörte ich Rufe aus der Richtung des Hauses, ich leuchtete dorthin und schrie: »Hierher! An der Grube vorbei!«

Noch mehr Rufe ertönten, und ein paar Sekunden später waren die Lichtkegel von zwei Taschenlampen zu sehen, deren einer über die Wiese tanzte, während der andere am Zaun entlangkam. Innerhalb von drei Minuten, nachdem ich die Pistole abgefeuert hatte, waren vier Leute auf der Szene: Pratt, Jimmy, Caroline und McMillan. Zu erklären brauchte ich nicht viel, denn sie hatten ja Lampen und konnten sehen, was da auf dem Boden lag. Nach einem kurzen Blick machte Caroline kehrt und blieb stehen. Pratt drückte die Brust gegen den Zaun, zupfte an seiner Unterlippe und starrte hin. Jimmy kletterte auf den Zaun hinauf und kletterte dann wieder herunter.

Pratt sagte: »Holt ihn raus! Wir müssen ihn rausholen. Wo ist Bert? Wo ist denn bloß Bert?«

McMillan war an die kläglichen Überbleibsel herangegangen, um sie in Augenschein zu nehmen, und kam nun zurück und fragte mich: »Worauf haben Sie denn geschossen? Haben Sie auf Caesar geschossen? Wo ist er?«

Ich sagte, ich wisse es nicht.

Bert trabte mit einer großen elektrischen Laterne an. Dave tauchte aus der Dunkelheit auf, einen Overall über dem Nachthemd und die Flinte in der Hand.

McMillan kam von irgendwoher zurück und sagte, der Bulle sei dahinten am Zaun und müsse angebunden werden, bevor die anderen in die Koppel gingen; er könne aber den Strick nicht finden, den man am Zaun habe hängenlassen; ob ich oder jemand anders ihn vielleicht gesehen hätte? Wir verneinten, und McMillan sagte, irgendein kräftiger Strick müsse es sein, und Dave erklärte sich bereit, einen zu holen. Ich kletterte auf den Zaun hinauf und blieb da oben sitzen, und Caroline fragte mich etwas, ich weiß nicht was, und ich schüttelte nur den Kopf.

Erst als Dave mit einem Strick zurückgekehrt und McMillan damit losgegangen und nach ein paar Minuten wiedergekommen war und gesagt hatte, der Bulle sei angebunden und wir könnten jetzt hingehen – erst da bemerkte ich, daß Nero Wolfe sich zu uns gesellt hatte. Ich hörte meinen Namen und wandte überrascht den Kopf, und da stand er, seinen Apfelholzstock in der Hand, und blickte zu mir, der ich immer noch auf dem Zaune saß, herauf.

»Sie brauchen doch die Taschenlampe gerade nicht«, sagte er. »Darf ich sie mir ausborgen?«

Ich fragte: »Wie haben Sie denn ohne Licht hergefunden?«

»Ich bin gelaufen. Ich habe Schüsse gehört und an Sie gedacht. Ich bin gerade vorbeigekommen, als McMillan den Bullen an dem Zaun anband, und da hat er mir erzählt, was vorgefallen – oder jedenfalls was gefunden worden ist. Übrigens, vielleicht sollte ich Ihnen vorsichtshalber noch einmal anraten, dem überschwenglichen Impuls Ihrer Berufsinstinkte Zügel anzulegen. Es wäre unliebsam für uns, hier in etwas verwickelt zu werden.«

»Was könnte ich denn hier mit meinen Berufsinstinkten machen?«

»Ach! Sie haben einen Schock erlitten. Wenn Sie wieder zur Besinnung kommen, passen Sie auf, daß Sie auch wieder zur Vernunft kommen!« Er streckte eine Hand aus. »Darf ich die Lampe haben?«

Ich reichte sie ihm, und er drehte sich um und ging, immer am Zaun entlang. Dann hörte ich McMillan nach mir rufen, ich solle helfen, und ich glitt also steifbeinig in die Koppel hinein und zwang mich, wieder an die Stelle zu gehen. Dave hatte eine zusammengerollte Zeltplane gebracht, und Jimmy und McMillan breiteten sie auf dem Boden aus, während Pratt, Dave und Bert dastanden und zuschauten, Bert mit der elektrischen Laterne in der Hand.

Pratt sagte mit zittriger Stimme: »Wir können doch aber nicht... Wenn er vielleicht noch... Ist er denn bestimmt schon tot?«

McMillan, der an der Zeltplane herumzupfte, gab ihm zur Antwort: »Haben Sie denn keine Augen? Sehen Sie ihn sich doch an!« Seine Stimme klang, als ob ihn jemand beleidigt hätte. »Helfen Sie uns mal, Goodwin? Nehmen Sie seine Füße! Wir werden ihn auf die Zeltplane schieben, und dann können wir alle anfassen. Wir gehen am besten durchs Tor.«

Ich zog wieder meine Bauchmuskeln zusammen und ging hin. Wir halfen alle tragen, nur Dave ging voraus, um das Tor aufzumachen. Als wir an der Stelle vorbeikamen, wo der Bulle angebunden war, drehte er den Kopf und sah uns an.

Außerhalb der Koppel setzten wir unsere Last einen Augenblick ab, um die Griffe zu wechseln, nahmen sie dann wieder auf und gingen weiter. Auf der Terrasse gab es eine Stokkung und eine Diskussion darüber, wo man sie hinlegen solle. Da erschien plötzlich Caroline und wies uns in den Raum neben dem Wohnzimmer, den Raum, in dem ein Klavier stand, und wir sahen, daß sie über den Diwan an der einen Seite ein paar Laken gebreitet hatte. Dort legten wir den Toten nieder, ließen aber die Ecken der Zeltplane darüber gedeckt und traten zurück und streckten unsere Finger, ohne dabei einander anzusehen.

Dave sagte: »So was hab' ich noch nicht gesehn!« Ohne die Flinte sah er unvollständig aus. »Allmächtiger Gott, so was hab' ich einfach noch nich' gesehn!«

»Seien Sie still!« sagte Pratt zu ihm. Pratt sah ganz grün aus. Er begann wieder an seiner Unterlippe zu zupfen. »Wir werden Osgood benachrichtigen müssen. Muß halt sein. Und auch einen Arzt. Einen Arzt müssen wir auf jeden Fall benachrichtigen. Nicht wahr?«

Jimmy faßte seinen Onkel am Ellbogen. »Kopf hoch, Onkel Tom! Es ist doch nicht deine Schuld. Was hat er denn eigentlich da in der Koppel gemacht? Geh und trink einen Schluck! Ich werde den Anruf schon machen.«

Bert flitzte hinaus, kaum daß er die Worte ›trinken‹ und ›Schluck‹ gehört hatte. Caroline war wieder verschwunden. Die andern scharrten mit den Füßen herum. Ich ging nach oben.

In unserm Zimmer saß Wolfe in dem bequemen Polstersessel unter einer Leselampe und hatte eines der Bücher, die wir mitgebracht hatten, vor sich auf dem Schoß. Er kannte meinen Schritt und machte sich deshalb nicht die Mühe aufzuschauen, als ich hineintrat und auf das Badezimmer zuging – es war, als wären wir zu Hause im Büro. Ich zog mir das Hemd aus, um mir die Hände zu waschen und kaltes Wasser übers Gesicht zu spritzen, zog es dann wieder an, dazu auch Schlips und Jacke, ging hinaus und setzte mich auf die Kante eines steiflehnigen Stuhles.

Wolfe hob die Augen einen Moment von seiner Buchseite, um zu fragen: »Gehen Sie noch nicht schlafen? Das sollten Sie tun. Ausruhen. Ich höre bald auf zu lesen. Es ist elf Uhr.«

»Ja, ja, ich weiß schon. Bald wird ein Arzt kommen, und ehe er einen Totenschein ausstellt, wird er mich wahrscheinlich sprechen wollen. Ich bin doch als erster am Tatort gewesen.«

Er brummte etwas in den Bart und vertiefte sich wieder in seine Lektüre. Ich blieb auf der Kante des Stuhles sitzen und versenkte mich wieder in meine Gedanken. Ich weiß nicht, wann ich damit anfing, denn es geschah unbewußt, aber als Wolfe wieder sprach, merkte ich erst, daß ich mit den Fingerspitzen der rechten Hand den Rücken der linken gerieben hatte, während ich so dasaß und auf verschiedene Punkte des Fußbodens stierte.

»Sie müßten sich eigentlich vorstellen können, Archie, wie einem das auf die Nerven fällt, wenn Sie ohne Unterlaß Ihre Hand reiben.«

Ich sagte gereizt: »Mit der Zeit werden Sie sich dran gewöhnen.«

Er las einen Absatz zu Ende, ehe er die Ecke einer Seite umbog, das Buch zuklappte und seufzte. »Was ist denn das – Nervosität? Es war natürlich ein Schock für Sie, aber Sie haben doch schon öfter Blut fließen sehen – und auch das kümmerliche Häufchen Fleisch, das übrigbleibt, wenn das Leben entweicht.«

»Lesen Sie ruhig weiter! Meine Stimmung ist im Augenblick tief unten, aber bis morgen früh werd' ich mich schon wieder hochrappeln. Sie haben vorhin was von Berufsinstinkt gesagt. Es mag ja sein, daß der bei mir ein bißchen knapp ist, aber Sie werden mir doch erlauben, meinen Teil an Berufsehrgeiz zu haben. Ich sollte auf diesen Bullen aufpassen, nicht wahr? Das war doch meine Aufgabe, nicht wahr? Und ich habe drüben am Straßenrand gesessen und Zigaretten geraucht, während er einen Menschen umgebracht hat!«

»Sie haben den Bullen bewacht, nicht den Menschen. Der Bulle ist unversehrt. Was Sie so unausstehlich macht, ist das Gefühl, Sie hätten verhindern müssen, daß der Bulle einen Menschen tötet.«

»Ja. Es war doch meine Aufgabe, dafür zu sorgen, daß in der Koppel nichts passiert.«

»Nun denn.« Er seufzte. »Zunächst einmal – werden Sie denn niemals lernen, exakte Angaben zu machen? Sie haben gesagt, daß ich Ihnen gegenüber geäußert hätte, der Bulle habe einen Menschen getötet. Das habe ich nicht gesagt. Wenn ich das sagte, wäre es nicht wahr. Mr. Osgood ist so gut wie sicher ermordet worden – aber nicht von einem Bullen.«

Ich glotzte ihn groß an. »Sie sind ja verrückt. Ich hab's doch gesehen.«

»Wie wäre es, wenn Sie mir einmal erzählten, was Sie tatsächlich gesehen haben? Ich habe noch keine Einzelheiten von Ihnen gehört, aber ich möchte wetten, daß Sie nicht gesehen haben, wie der Bulle Mr. Osgood lebend mit den Hörnern aufgespießt hat. Oder etwa doch?«

»Nein. Als ich hinkam, hat er ihn gerade auf dem Boden rumgeschubst. Nicht sehr doll. Er hat mit ihm gespielt. Ich wußte nicht, ob er tot war oder nicht, und da bin ich über den Zaun geklettert und draufzugelaufen, und als ich noch drei Meter weg war...«

Wolfe runzelte die Stirn. »Sie waren in Gefahr. Ganz unnötigerweise. Der Mann war tot.«

»Das konnte ich nicht erkennen. Ich habe in die Luft gefeuert, der Bulle ist abgehauen, und ich habe nachgesehen. Und jetzt wagen Sie es, zu behaupten, der Bulle hätte ihn nicht umgebracht? Was haben Sie denn vor – wollen Sie etwa daraus einen Fall konstruieren, weil das Geschäft in letzter Zeit schlechtgeht?«

»Nein. Ich will nur erreichen, daß Sie aufhören, sich den Handrücken zu reiben, damit ich mein Kapitel hier zu Ende lesen kann, ehe ich schlafen gehe. Ich stelle nur fest, daß Mr. Osgoods Tod nicht auf Ihre Fahrlässigkeit zurückzuführen ist, sondern in jedem Falle eingetreten wäre, ganz gleich, wo Sie gewesen wären. Nur vermute ich, die Umstände hätten anders gelegen. Ich könnte Ihnen tausenderlei Gefährdungen Ihrer Selbstachtung nennen, aber ein Versagen vor Ihrer Aufgabe heute abend wäre nicht dabei. Sie haben nicht versagt. Sie hatten den Auftrag zu verhindern, daß der Bulle aus der Koppel entfernt wird. Ich hoffe nur, Sie fangen jetzt nicht an...«

Er hielt inne, weil auf dem Korridor Schritte zu hören waren. Sie machten vor unserer Tür halt. Es klopfte. Ich rief: »Herein!«, und Bert trat ins Zimmer.

Er sah mich an. »Können Sie mal runterkommen? Mr. Osgood ist unten und möchte Sie sprechen.«

Ich sagte ihm, ich würde gleich kommen. Als er ging und seine Schritte verhallt waren, sagte Wolfe: »Sie können sich dabei auf den unmittelbaren Augenschein beschränken. Daß Sie Ihre Hand gerieben haben und ich bestrebt war, Sie davon abzubringen, ist unsere Privatsache.«

Ich sagte ihm, als solche betrachte ich es auch, und ließ ihn mit seinem Buch allein.

5

Am Fuße der Treppe erwartete mich Pratt, die Hände tief in den Taschen und die Zähne fest aufeinandergebissen. Er machte wortlos eine Kopfbewegung und führte mich in das große Wohnzimmer, wo ein Herr mit langen Beinen auf einem Sessel saß, sich auf die Lippe biß, sie wieder losließ und von neuem darauf biß. Dieser Herr fuhr mich an, als ich noch fünf Schritte von ihm entfernt war, ohne erst darauf zu warten, daß Pratt oder ich eine Verbindung herstellten: »Sie sind Mr. Goodwin?«

Man sah es ihm an, er war einer von denen, die zum Kommandieren geboren sind. Solche Leute lade ich niemals ein. Doch ich schaltete mein Kontrollorgan ein und erwiderte ihm ruhig: »Stimmt, Archie Goodwin.«

»Sie sind das gewesen, der den Bullen weggetrieben und die Schüsse abgegeben hat?«

»Ja, Herr Doktor.«

»Ich bin kein Doktor. Ich bin Frederick Osgood. Mein Sohn ist ums Leben gekommen, mein einziger Sohn!«

»Verzeihung, ich fand, Sie sehen aus wie ein Arzt.«

Pratt, der zurückgetreten war und uns gegenüberstand, die Hände immer noch in den Taschen, sagte: »Der Arzt ist noch nicht angekommen; Mr. Osgood wohnt bloß einen reichlichen Kilometer von hier und hat nur ein paar Minuten gebraucht.«

Osgood herrschte mich an: »Machen Sie Ihre Angaben! Ich will das hören.«

»Jawohl.« Ich machte sie ihm. Ich verstehe es, kurze und doch vollständige Berichte zu liefern, und tat es auch hier, bis dahin, wo die andern dazugekommen waren, und schloß mit der Bemerkung, ich nähme an, das übrige habe er schon von Mr. Pratt gehört.

»Lassen Sie Pratt mal beiseite! Sie geben also an, Sie wären nicht dabeigewesen, als mein Sohn die Koppel betreten hat?«

»Ich gebe genau das an, was ich Ihnen erzählt habe.«

»Sie sind ein New Yorker Detektiv?«

Ich nickte. »Privatdetektiv.«

»Sie arbeiten bei Nero Wolfe und sind mit ihm hergekommen?«

»Ganz recht. Mr. Wolfe ist oben.«

»Was haben Sie und Wolfe hier zu tun?«

Ich sagte im Konversationston: »Wenn Sie eines in die Fresse geknallt haben wollen, stehen Sie auf!«

Er wollte sich erheben. »Na, Sie verdammter...«

Ich hielt ihm eine Handfläche entgegen. »Na, mal langsam! Ich weiß, Ihr Sohn ist gerade ums Leben gekommen, und ich will Ihnen bis zu einem gewissen Grade mildernde Umstände zubilligen, aber Sie machen sich ja einfach lächerlich. Was ist denn überhaupt los mit Ihnen? Sind Sie hysterisch?«

Er biß sich auf die Lippe. Nach einer Sekunde sagte er, einen Grad weniger laut: »Nein, ich bin nicht hysterisch. Ich will mir nur darüber klarwerden, ob wir den Staatsanwalt und die Polizei herholen sollen. Mir ist nicht recht klar, was sich hier abgespielt hat. Ich glaube nicht, daß es sich so abgespielt hat, wie Sie sagen.«

»Das ist eben Pech für Sie.« Ich blickte ihm ins Auge. »Denn für meinen Teil habe ich einen Zeugen. Die ganze Zeit ist jemand bei mir gewesen. Ein... Eine junge Dame.«

»Wo ist sie? Wie heißt sie?«

»Lily Rowan.«

Er starrte mich an, starrte Pratt an und dann wieder mich. Auf die Lippe biß er sich schon gar nicht mehr. »Ist *die* hier?«

»Ja. Ich will Ihnen mal freiwillig folgendes erzählen: Mr. Wolfe und ich haben einen Unfall mit dem Wagen gehabt und sind hier ins Haus gekommen, um zu telefonieren. Wir kannten keinen Menschen hier, auch Lily Rowan nicht. Nach dem Essen hat sie einen Spaziergang gemacht, hat mich draußen gefunden, wie ich die Koppel bewachte, und ist dageblieben, um mir Gesellschaft zu leisten. Sie ist bei mir gewesen, als ich den Bullen gefunden und weggetrieben habe. Wenn Sie die Polizei holen und die mir ihre werte Aufmerksamkeit schenken sollte, so ist das für die nur Zeitverschwendung. Ich habe Ihnen erzählt, was ich gesehen und getan habe, und zwar alles, was ich gesehen und getan habe.«

Osgoods Finger preßten sich auf seine Knie wie Klauen, die nach Halt suchen. Er erkundigte sich: »Ist mein Sohn mit dieser Lily Rowan zusammen gewesen?«

»Nicht, solange sie bei mir war. Sie hat sich mir gegen halb zehn im hinteren Teil der Koppel angeschlossen. Ich hatte Ihren Herrn Sohn nicht gesehen, seit er heut nachmittag hier weggegangen war. Ich weiß nicht, ob sie ihn inzwischen gesprochen hatte oder nicht. Fragen Sie sie doch!«

»Ich würde sie lieber erwürgen, das Weibsstück. Was wissen Sie von einer Wette, die mein Sohn heute mit Pratt abgeschlossen hat?«

Von Pratt kam ein Knurren. »Ich hab' Ihnen das doch alles erzählt, Osgood. Um Gottes willen, beruhigen Sie sich doch mal ein bißchen!«

»Ich möchte hören, was der Mann hier zu sagen hat. Wie war das, Goodwin? Haben Sie gehört, wie die beiden die Wette abgeschlossen haben?«

»Ja doch, wir haben's alle gehört, auch Ihr Fräulein Tochter und der Freund von Ihrem Sohn – dieser Bronson.« Ich betrachtete ihn mit freundlicher Anteilnahme. »Lassen Sie sich von einem alten Praktiker einen Rat geben, mein Lieber. Sie sind da auf dem Holzweg. Gründlich. Sie kommen mir vor wie ein Detektiv zweiter Güte, der auf einem kleinen Taschendieb rumhackt. Ich habe soundso oft Leute gesehen, die durch einen plötzlichen Todesfall beinahe den Verstand verloren hatten, und wenn Ihnen sonst nichts fehlt, dann kann man eben nichts weiter tun, als Ihnen sein Mitgefühl aussprechen. Aber wenn Ihnen wirklich irgendeine Ahnung zu schaffen macht, dann wär's das beste, Sie übergäben Fachleuten die Sache. Haben Sie denn einen Verdacht, den Sie aussprechen könnten?«

»Den habe ich.«

»Was für einen Verdacht?«

»Ich weiß nicht. Aber mir ist nicht recht klar, was sich hier abgespielt hat. Ich glaube nicht, daß mein Sohn allein in die Koppel reingegangen ist, ganz gleich, zu welchem Zweck. Pratt sagt, er hätte den Bullen holen wollen. Das ist eine blödsinnige Annahme. Mein Sohn war doch kein Idiot. Und außerdem war er in der Behandlung von Vieh alles andere als ein blutiger Anfänger. Kann man sich denn vorstellen, daß er an einen frei rumlaufenden Bullen rangegangen und, wenn der Bulle wild geworden wär', einfach da im Dunkeln stehen geblieben wäre und das Vieh hätte rankommen lassen?«

Wiederum knurrte Pratt dazwischen: »Sie haben doch schon gehört, was McMillan gesagt hat. Er kann ja ausgerutscht und gestolpert sein, und der Bulle war schon so dicht dran, daß er...«

»Das glaube ich nicht! Weswegen soll er da reingegangen sein?«

»Um sich zehntausend Dollar zu verdienen.«

Osgood stand auf. Er war breitschultrig und etwas größer als Pratt, aber ein bißchen füllig. Mit herabhängenden Fäusten trat er auf Pratt zu und sprach durch die Zähne: »Sie verdammter Schuft! Ich hab' Ihnen doch gesagt, was Ihnen passiert, wenn Sie das noch einmal...«

Ich schob mich rasch zwischen die beiden, denn davon verstand ich mehr als von Bullen. Das Gesicht wandte ich Osgood zu: »Und wenn der Arzt kommt, dann soll's wohl seine erste Aufgabe sein, Sie beide zu verbinden? Das fehlte gerade noch! Wenn Pratt glaubt, Ihr Sohn sei da reingegangen, um seine Wette zu gewinnen, dann glaubt er das eben. Sie haben ihn nach seiner Meinung gefragt und haben sie gehört. Hören Sie doch auf mit der Stänkerei! Entweder Sie warten bis morgen früh, bis Sie die Sache bei Tageslicht betrachten können, oder sie handeln und holen den Staatsanwalt her und sehen zu, was der von Pratts Meinung hält. Dann wird das in die Zeitungen kommen, und dazu Daves Meinung und Lily Rowans Meinung und so weiter, und wir werden sehen, was die Leute denken. Dann wird irgendein pfiffiger Reporter aus New York ein Interview mit dem Bullen bringen...«

»Ach, Mr. Pratt! Es tut mir leid, daß ich's nicht eher geschafft habe...« Wir drehten uns um. Es war ein kleiner, pummeliger Mann ohne Hals, der eine schwarze Tasche in der Hand hatte. »Ich war nicht zu Hause, als der Anruf... Oh, Mr. Osgood! Das ist ja schrecklich. Ein ganz schrecklicher Vorfall. Schrecklich.«

Ich folgte den dreien ins Nebenzimmer, wo das Klavier stand – und der Diwan. Es hatte keinen Sinn, daß Osgood noch einmal hineinging, aber er tat es. Jimmy Pratt, der auf dem Klavierschemel gesessen hatte, stand auf und verließ das

Zimmer. Der Arzt schritt auf den Diwan zu und stellte seine Tasche auf einem Stuhl ab. Osgood trat an ein Fenster und blieb, den Rücken zum Zimmer gekehrt, stehen. Als am Geräusch zu erkennen war, daß die Zeltplane zurückgeschlagen wurde und die Stimme des Arztes, ziemlich laut, unwillkürlich sagte: »Mein Gott!«, drehte Osgood den Kopf halb herum und wandte ihn dann wieder zurück.

Dreißig Minuten später ging ich nach oben und erstattete Wolfe Bericht, der sich gerade die Zähne putzte:

»Dr. Sackett hat Unfalltod bescheinigt, herbeigeführt durch eine von einem Bullen beigebrachte Verletzung. Frederick Osgood, der trauernde Vater, wittert ein Haar in der Suppe. Ob aus dem gleichen Grunde wie Sie oder aus einem andern, kann ich nicht sagen, weil Sie mir Ihren Grund, sofern vorhanden, nicht verraten haben. Ich wußte nicht, ob es Ihnen recht sei, wenn ich ihn mit Fangfragen reizte…«

Wolfe spülte sich den Mund und spuckte aus. »Ich habe lediglich die unmittelbaren Tatsachen von Ihnen verlangt.«

»Mit lediglich ist da nichts! Ich sage Ihnen, Osgood ist hier so etwas wie ein Landedelmann, und er glaubt einfach nicht, daß es so passiert ist, wie's passiert ist. Sein Hauptargument dabei ist, Clyde wäre zu klug gewesen, sich im Dunkeln von einem Bullen überrumpeln zu lassen, und es gäbe keinen plausiblen Grund, der erklären könnte, wieso Clyde überhaupt in der Koppel gewesen ist. Er hat diese Beobachtungen und noch einige andere Dr. Sackett vorgehalten, aber Sackett war der Meinung, Osgood sei bloß überreizt, was ja wirklich der Fall war, und hat darum abgelehnt, die Ausstellung des Totenscheines zu verschieben, und dafür gesorgt, daß morgen früh ein Leichenwagen kommt. Worauf Osgood, ohne überhaupt erst zu fragen, ob er das Telefon benutzen durfte, den Staatsanwalt und die Landespolizei angerufen hat.«

»Soso.« Wolfe hängte das Handtuch auf die Stange. »Erinnern Sie mich daran, daß ich Theodor morgen ein Telegramm schicke. Ich habe an einer der Pflanzen eine Milbe gefunden.«

6

Dienstag morgen um elf Uhr stand ich mit einer Flasche Milch, die ich mir von einer Milchbude hereingeholt hatte, im gewaltigen Rundbau der Haupthalle auf dem Ausstellungsgelände von Crowfield und sah zu, wie Nero Wolfe sich einem Feinde gegenüber gnädig zeigte. Ich war rechtschaffen müde. Die Kriminalbeamten waren um Mitternacht im Hause Pratt eingetroffen und hatten dann ihre Faxen gemacht, so daß ich erst nach zwei Uhr ins Bett gekommen war. Schon vor sieben hatte Wolfe mich wieder herausgeholt.

Pratt und Caroline hatten mit uns zusammen gefrühstückt, nicht aber Lily Rowan und Jimmy. Pratt, der aussah, als hätte er überhaupt nicht geschlafen, berichtete, McMillan habe den Bullen durchaus den Rest der Nacht über bewachen wollen und sei jetzt oben im Bett. Jimmy sei mit einer Liste von Namen, die wahrscheinlich nicht vollständig sei, nach Crowfield gefahren, um telegrafisch die Einladungen zu dem Schlachtfest rückgängig zu machen.

Es sah so aus, als würde Hickory Caesar Grindons Kadaver niemals den Anlaß zu einer ländlichen Festivität bilden, doch war sein Schicksal noch ungewiß. Fest stand nur, daß er am Donnerstag nicht verspeist werden würde. Der Staatsanwalt und die Landpolizei hielten ihn ohne weiteres für des Mordes schuldig. Sie hatten in der Koppel, nahe der Stelle, an der Clyde Osgood sein Leben gelassen hatte, einen Strick mit einem Karabinerhaken am einen Ende gefunden, der als derjenige identifiziert worden war, den man am Zaun hatte hängenlassen. Auch dies hatte Frederick Osgood noch nicht genügt, aber der Polizei hatte es genügt, und sie hatten Osgoods Verdacht als unklar, unbegründet und aus der Luft gegriffen zurückgewiesen.

Als ich, wieder oben im Zimmer und mit dem Packen beschäftigt, Wolfe gefragt hatte, ob es auch ihm genüge, hatte er etwas in seinen Bart gebrummt und gesagt: »Ich habe Ihnen gestern abend erklärt, daß Mr. Osgood nicht von dem Bullen umgebracht worden ist. Meine verteufelte Neugier hat mich veranlaßt, eine Menge zu entdecken – übrigens auch die Mordwaffe, aber ich weigere mich, Einzelheiten des Problems zu überdenken. Wir wollen uns daher auf eine Diskussion darüber nicht erst einlassen.«

»Sie könnten mir doch wenigstens noch verraten, wer's gewesen ist...«

»Bitte, Archie!«

Ich legte die Sache auf Eis und machte mich wieder über das Gepäck her. Wir brachen unsere Zelte ab, um in ein Hotel in Crowfield überzusiedeln. Der Bullenbewachungs-Auftrag war hinfällig geworden, und obwohl Pratt aus Höflichkeit etwas davon hinnuschelte, wir sollten doch bleiben, riet die Atmosphäre des Hauses uns deutlich genug zum Aufbruch.

Also packen, die Koffer zum Wagen schleppen, die Orchideen abspritzen und ebenfalls aufladen, die Fahrt nach Crowfield mit Caroline am Steuer, der Kampf um einen Hotelraum, der eine wahre Wonne war (der Kampf, meine ich, nicht der Raum), Wolfe und die Kisten mit den Orchideen zum Ausstellungsgelände hinausschaffen, unsern Standplatz finden, die Pflanzen unbeschädigt aus den Verschlägen nehmen, es war wirklich allerhand für einen Vormittag.

Nun, um elf Uhr sorgte ich für die Ergänzung meines arg mitgenommenen Kräftehaushalts, indem ich Milch nachfüllte. Die Orchideen waren abgespritzt, aufgerichtet und manikürt und standen auf den Ausstellungsstellagen an dem Platz, den man uns zugewiesen hatte.

Der obengenannte Feind, gegen den Wolfe sich gnädig zeigte, war ein kleiner, dicker Kerl in einem schmutzigen, ungebügelten Mohair-Anzug, mit munteren schwarzen Äuglein und einem Doppelkinn, Charles E. Shanks mit Namen. Während ich die Milch schlürfte, sah und hörte ich ihnen zu, weil es lehrreich war. Shanks wußte, daß Wolfe nur deshalb seinen Grundsatz umgestoßen und mit den weißen Orchideen, die er durch drei neue Kreuzungen mit *Phaphiopelidum lawrenceanum hyeanum* erzielt hatte, zur Ausstellung nach Crowfield gekommen war, um hier den Sieg über eine Pflanze davonzutragen, die Shanks gezüchtet hatte, indem er *P. callosum sanderae* mit einer neuen Sorte aus Burma kreuzte; er wußte, daß Wolfe den Wunsch und die Absicht hatte, in Shanks' Züchterstolz einen Stachel hineinzutreiben, weil Shanks sich um die Ausstellung in New York herumgedrückt und außerdem zweimal Wolfes Angebote, mit ihm weiße Orchideen zu tauschen, zurückgewiesen hatte; und er wußte auch, daß man die ausgestellten Exemplare nur ein einziges Mal nebeneinander zu betrachten brauchte, um so gut wie sicher zu wissen, daß der Spruch der Preisrichter nicht nur einen Stachel, sondern eine Lanze in seinen Stolz hineintreiben würde. Und überdies wußte Wolfe, daß Shanks wußte, daß sie das beide wußten.

Eine moralische Frage machte mir zu schaffen, die nicht vor ein Uhr eindeutig zu klären war. In Anbetracht dessen, was draußen bei Pratt geschehen war, hatte ich keine Ahnung, ob Lily Rowan sich zu dem verabredeten Mittagessen einstellen würde, und ich fragte mich, wie und für wen Carolines zwei Dollar zu verbuchen wären, wenn Lily nicht erschiene. Jedenfalls hatte ich mir überlegt, daß ich keine Schuld daran hätte, wenn das Honorar nicht ordnungsgemäß verdient wäre. Und zum Glück fügten sich meine Absichten gut in Wolfes Pläne, die er nunmehr entwarf: nämlich mit Shanks zu Mittag zu essen. Ich hätte sowieso nicht mit ihnen zusammen gegessen, denn von konservierten Pollen und Nährlösungen und Pilz-Inokulation hatte ich für eine Weile genug gehört.

Kurz vor eins verließ ich daher die Hauptausstellungshalle und steuerte die breite Straße nach rechts hinunter, auf das Zelt zu, in dem die Damen von der Methodistenkirche Essen ausgaben. Es ging mir durch den Kopf, daß dies eigentlich ein denkbar unpassender Ort sei, um sich von einem blonden Raubtier zugrunde richten zu lassen; aber sie hatte gesagt, dort bekomme man das beste Essen auf dem ganzen Ausstellungsgelände, und Carolines Antwort auf eine Nachfrage hatte das bestätigt, so daß ich mein Gewissen in den Hintergrund drängte und drauflosschritt.

Es war wieder ein schöner Tag, und die Menschenmenge wirbelte allerhand Staub empor. Bei Fähnchen- und Luftballonverkäufern, Glücksbuden und Bingo-Spielen blühte das Geschäft, gar nicht zu reden von Krapfen, Orangeade, Puffmais, Zuckerschlangen, Glücksrädern, Schießbuden, Hauden-Lukas, 25-Cent-Füllhaltern und von Madame Shasta, die in die Zukunft blickt und einem für einen lumpigen Zehner alles verrät.

Auf einer Rampe, an der ich vorbeikam, stand ein Mädchen mit lächelndem Mund, einem reingoldenen Büstenhalter und einem dreißig Zentimeter langen Hula-Hula-Röckchen, und neben ihr war ein heisergebrüllter Mann mit schwarzem Zylinder, der ausschrie, drinnen im Zelt beginne in acht Minuten der geheime mystische Dingaroola-Tanz. Fünfzig Leute standen da, glotzten zu ihr empor und hörten sich seine Reden an; die Männer sahen so aus, als würden sie es mit dem mystischen Tanz nicht ungern noch einmal probieren; die Frauen machten kühle und verächtliche Gesichter.

Ich schlenderte weiter. Die Menge wurde immer dichter, denn ich befand mich auf der Hauptstraße, die zum Tribüneneingang führte. Ich stolperte über ein Kind, das zwischen meinen Beinen hindurchtauchte, um die Hand seiner Mutti wiederzufinden, bekam einen giftigen Blick von einem drallen, nicht übel aussehenden Milchmädchen, dessen Zehe sich unter meinem Schuh eingeklemmt hatte, entzog mich mit Mühe der Spitze eines Spielzeugschirmes, den mir ein niedliches kleines Mädchen fortwährend in die Rippen bohrte, und bahnte mir endlich aus dem dicksten Gedränge den Weg zu dem methodistischen Freßzelt. An den Baptisten war ich mit dem überlegenen Gefühl des Kundigen vorbeigegangen.

Tatsächlich – sie war da! Sie saß an einem Tisch im hinteren Teil des Zeltes, an der Segeltuchwand. Ich verbarg mein Erstaunen und stapfte über das Sägemehl auf sie zu. In ihrem hellbraunen Jersey-Kostüm, mit blauem Halstuch und blauem Hütchen wirkte sie inmitten dieser derben Landleute wie eine Antilope in einer Guernsey-Herde.

Das sagte ich ihr, während ich mich ihr gegenüber an den Tisch setzte. Sie gähnte und sagte, nach allem, was sie an Antilopenbeinen bisher gesehen habe, scheine es ihr notwendig, das Kompliment zwecks Ausbesserung zurückzugeben. Bevor ich eine schlagfertige Antwort daraufsetzen konnte, wurden wir von einer methodistischen Dame mit weißer Schürze unterbrochen, die wissen wollte, was wir wünschten.

Lily Rowan sagte: »Zweimal Hühnerfrikassee mit Klößen.«

»Warten Sie mal!« wandte ich ein. »Hier steht, daß es Rinderschmorbraten gibt und Kalbfleisch...«

»Nein.« Lily ließ sich nicht erschüttern. »Das Frikassee mit Klößen macht eine Mrs. Miller, deren Ehemann sie wegen ihres Wesens viermal verlassen hat, viermal wegen ihrer Kochkünste zurückgekommen ist und immer noch bei ihr aushält. Das habe ich gestern von Jimmy Pratt gehört.«

Die Methodistin flitzte davon. Lily sah mich an und bemerkte ganz beiläufig: »Ich bin in erster Linie gekommen, um zu sehen, was für ein erstauntes Gesicht Sie machen würden, wenn Sie mich hier fänden. Und nun machen Sie gar kein erstauntes Gesicht und sagen mir als erstes, ich hätte Beine wie eine Antilope.«

Ich zuckte mit den Achseln. »Na ja, nörgeln Sie nur, wenn Sie wollen! Ich gebe ja zu, ich bin froh, daß Sie gekommen sind – denn sonst hätte ich das mit dem Frikassee nicht gewußt. Daß Sie auf den Beinen rumhacken, ist kindisch. Sie haben ungewöhnlich hübsche Beine, das wissen Sie genausogut wie ich. Beine sind zum Laufen oder zum Anschauen da, aber nicht zum Darüberreden. Schon gar nicht in einer methodistischen Hochburg.«

Wir plauderten so weiter. Das Frikassee kam, und beim ersten Bissen fragte ich mich verwundert, was diese Mrs. Miller wohl für ein höllisches Wesen haben müsse, wenn sie damit einen Mann von solchen Genüssen hatte weggraulen können. Dabei kam mir eine Idee, und als ich ein paar Minuten später Wolfe und Shanks das Zelt betreten und sich an einem Tisch auf der andern Seite niederlassen sah, entschuldigte ich mich bei Lily, ging hinüber und erzählte ihm von dem Frikassee, und er nickte bedeutungsvoll.

Ich kratzte gerade meinen letzten Bissen Reis zusammen, als Lily mich fragte, wann ich wieder nach New York zurückführe. Ich sagte ihr, das hänge davon ab, um welche Zeit am Mittwoch die Orchideenbewertung stattfinde; wir führen dann entweder Mittwoch nachmittag oder Donnerstag früh.

»Wir werden uns in New York selbstverständlich sehen«, sagte sie.

»So?« Ich schluckte den Reis hinunter. »Wozu denn?«

»Nichts Besonderes. Bloß – ich glaube, wir werden uns bestimmt sehen, denn wenn Sie nicht auf mich neugierig wären, würden Sie sich nicht so rüde benehmen, und ich war auf Sie schon neugierig, ehe ich überhaupt Ihr Gesicht gesehen hab' – als ich Sie über die Koppel laufen sah. Sie haben einen ganz besonderen Gang. Sie bewegen sich so... Ich weiß nicht...«

»Ganz besonders – das genügt schon. Vielleicht haben Sie bemerkt, daß ich auch auf ganz besondere Art über einen Zaun springe – wenn ein Bulle hinter mir her ist. Apropos Bullen – das Schlachtfest ist abgeblasen, hab' ich gehört.«

»Ja.« Sie zitterte ein wenig. »Natürlich. Ich möchte am liebsten heut nachmittag schon abreisen. Als ich vorhin von draußen wegfuhr, da stand eine ganze Kette von Leuten am Zaun entlang und glotzte, da wo Ihr Wagen gewesen war – wo wir gestern abend gesessen haben. Wenn nicht ein Gendarm dagestanden hätte, wären sie quer über die Koppel gelaufen und hätten das ganze Grundstück unsicher gemacht.«

»Und der Bulle war in der Koppel?«

»Der Bulle war am anderen Ende. Dieser – wie heißt er gleich? –, dieser McMillan hat ihn da hingebracht und ihn wieder angebunden.« Sie zitterte. »So was wie gestern abend hab' ich noch nie gesehen... Ich habe mich hinsetzen müssen auf die Erde, sonst wäre ich ohnmächtig geworden. Warum haben die Polizisten denn so viel gefragt? Weshalb haben sie denn gefragt, ob ich die ganze Zeit bei Ihnen gewesen bin?«

»Ach, das machen die bei Unfalltod immer. Augenzeugen. Übrigens, wenn sie eine Voruntersuchung abhalten, werden Sie heute nicht nach New York fahren können; ich glaube allerdings nicht, daß sie das tun werden. Haben sie Sie gefragt, ob Sie Clyde Osgood noch nach dem Abendessen irgendwo gesehen haben, ehe Sie spazierengegangen und auf mich gestoßen sind?«

»Ja. Ich hatte ihn natürlich nicht gesehen. Warum haben sie denn danach gefragt?«

»Woher soll ich das wissen?« Ich tat mir Zucker in den Kaffee und rührte um. »Vielleicht haben sie gedacht, Sie hätten ihm alle Hoffnung geraubt oder so, und er wäre in die Koppel geklettert, um sich das Leben zu nehmen. Auf allerlei romantische Ideen kommen diese Kerle doch. Haben sie Sie gefragt, ob Clyde Ihretwegen zu Pratts rübergekommen ist?«

»Ja.« Sie hob die Augen zu mir empor und ließ sie dann wieder auf ihre Kaffeetasse sinken. »Das hab' ich auch nicht verstanden. Wieso kommen die denn auf die Idee, er wäre meinetwegen gekommen?«

»Ach, möglicherweise hat Clydes Vater sie darauf gehetzt. Als ich ihm gegenüber gestern Ihren Namen erwähnte und sagte, daß Sie da sind, wäre er beinahe geplatzt.«

»Er kann einen schwach machen.« Sie zuckte gleichgültig mit den Achseln. »Er hat kein Recht, über mich zu reden. Jedenfalls – nicht zu Ihnen.« Ihre Blicke strichen über mich hin, von meiner Brust aufwärts übers Gesicht bis zum Scheitel, und wanderten dann langsam wieder abwärts. »Nicht zu Ihnen, Escamillo«, sagte sie. Ich fühlte das Bedürfnis, sie zu ohrfeigen, denn bei ihrem Ton und dem Ausdruck ihrer Augen kam ich mir vor, als sei ich eine Kartoffel und werde von ihr geschält. Sie fragte: »Was hat er denn gesagt?«

»Nicht viel. »Ich hielt mich zurück. »Er hat bloß so ein vielsagendes Gesicht gemacht. Er sprach davon, daß er Sie erwürgen wollte. Soviel ich verstanden habe, sind Sie mal mit seinem Sohn Clyde befreundet gewesen. Ich nehme an, daß er das auch der Polizei erzählt hat, oder vielleicht haben die's schon gewußt und haben deshalb gefragt, ob Clyde gestern abend Ihretwegen hergekommen ist.«

»Ach nein, meinetwegen nicht. Eher könnte es sein, daß er wegen Caroline hergekommen ist.«

Das war für mich eine ganz neue Seite, aber ich ließ mir mein Erstaunen nicht anmerken und fragte beiläufig: »Sie meinen wegen Miss Pratt? Ja, haben die denn was miteinander zu tun gehabt?«

»Sie haben jedenfalls mal.«

Lily klappte den Spiegel ihrer Puderdose auf, um das Werk der Natur zu begutachten und Verbesserungsmöglichkeiten zu prüfen.

»Ich glaube, sie waren verlobt oder wenigstens nicht weit davon. Na ja, Sie wissen über das Verhältnis zwischen den Familien Osgood und Pratt nicht Bescheid. Die Osgoods sind seit Generationen reiche Leute, sie stammen von einem Revolutionsgeneral ab, wenn ich mich nicht irre, und bei ihren New Yorker Verwandten gilt schon die sogenannte bessere Gesellschaft als plebejisch. Mich ödet das alles an – meine Mutter war Kellnerin, und mein Vater war ein Einwanderer und hat sich mit dem Verlegen von Kanalröhren sein Geld verdient.«

»Na und – ich habe gestern gehört, wie Pratt gesagt hat, er sei in einer alten Bruchbude auf derselben Stelle geboren worden, wo heute sein neues Haus steht.«

»Ja. Sein Vater hat bei Osgoods Vater als Stallknecht gearbeitet. Clyde hat mir das mal erzählt. Da war eine hübsche Farmerstochter, Marcia hieß sie, und mit der hat sich der junge Pratt verlobt, und dann kam Frederick Osgood, als er seine Ausbildung hinter sich hatte, nach Hause und hat sie vom Fleck weg geheiratet. Sie ist Clyde und Nancy Osgoods Mutter geworden. Pratt ist nach New York gegangen und hat bald eine Menge Geld verdient. Geheiratet hat er nicht, und kaum hatte er Zeit dazu, da hat er Mittel und Wege gesucht, um Osgood zu belästigen. Als er sich hier Land kaufte und zu bauen anfing, sah es so aus, als ob die Belästigung wirklich ernsthaft werden könnte.«

»Und Clyde hat die Geschichte anderer Familienfehden nachgelesen und festgestellt, daß es das beste Heilmittel dagegen wäre, wenn er Pratts Nichte heiratete. Noch besser ist für solche Fälle eine Tochter, aber eine Nichte tut's auch.«

»Nein, die Idee stammt nicht von Clyde, sondern von seiner Schwester Nancy.« Lily klappte ihre Puderdose zu. »Sie war den Winter über in New York, um in den besten Nachtlokalen Rhythmik zu studieren, und lernte Jimmy und Caroline kennen und fand, daß es doch gut und nützlich wäre, wenn sie alle vier Bekanntschaft miteinander schlössen, und als Clyde mal zu Besuch hinkam, hat sie das eingefädelt. Auf diese Weise ergaben sich nähere Beziehungen; Jimmy und sie freundeten sich richtig an, und Clyde und Caroline ebenfalls. Dann begann Clyde sich eines Tages für mich zu interessieren, und das hat wahrscheinlich auch auf Nancy und Jimmy seine Rückwirkungen gehabt.«

»Haben Sie sich mit Clyde verlobt?«

»Nein.« Sie blickte zu mir empor und atmete tief, und ich sah, wie ihre Brüste dabei sacht den Stoff ihres Jersey-Kostüms straffer spannten. »Nein, Escamillo.« Sie schälte wieder ihre Kartoffeln. »Ich glaube, ich werde überhaupt nicht heiraten. Denn eine Ehe ist doch eigentlich nichts weiter als ein wirtschaftliches Abkommen, und ich habe das Glück, mich um Geld nicht kümmern zu müssen.«

»Entschuldigen Sie mich einen Augenblick!« sagte ich und stand auf.

Auch während ich dabei war, mich zugrunde richten zu lassen, hatte ich Wolfes Tisch an der andern Seite des Zeltes immer im Auge behalten, um seine Reaktion auf das Frikassee zu beobachten, das ihn offenbar zufriedengestellt hatte, denn er hatte sich eine zweite Portion kommen lassen, und ein Zeichen von ihm war der Grund, weswegen ich meiner Vernichterin ins Wort fiel.

Neben Wolfes Stuhl stand ein Mann und sprach mit ihm, und Wolfe warf mit hochgezogenen Brauen – was mir bedeutungsvoll schien – einen Blick in meine Richtung. Ich entschuldigte mich also bei Lily, stand auf und ging hinüber. Als ich hinkam, drehte der Mann den Kopf, und ich sah, daß es Lew Bennett war, der Sekretär des Bundesverbandes der Guernsey-Züchter.

»Archie, ich muß Ihnen meinen Dank abstatten.« Wolfe legte seine Serviette beiseite. »Für den Hinweis auf das Frikassee. Es ist vortrefflich. Nur amerikanische Frauen – und zwar auch nicht viele – verstehen es, gute Klöße zu machen.«

»Jawohl.«

»Sie kennen Mr. Bennett?«

»Jawohl.«

»Können Sie sich mit einigem Anstand loseisen von dieser...?« Er deutete in die Richtung, aus der ich gekommen war.

»Jetzt sofort, meinen Sie?«

»Sobald Sie können. Jetzt gleich, sofern Sie da nicht zu fest hängen. Mr. Bennett hat mich im Auftrage von Mr. Osgood aufgesucht, der im Ausstellungsbüro wartet und mich sprechen möchte. Mr. Shanks und ich sind in zehn Minuten mit dem Essen fertig.«

»Na gut. Ich hänge zwar verdammt fest, aber ich werd's schon schaffen.«

Ich ging an meinen Tisch zurück, sagte Lily, daß wir uns trennen müßten, und zitierte die Methodistin herbei, um zu zahlen. Der Schaden belief sich auf 1,60 Dollar, und nachdem ich noch zwei Zehner für Missionszwecke gestiftet hatte, überlegte ich nicht ohne Stolz, daß die Firma bei der Geschichte zwanzig Cent plus gemacht hatte.

Lily sagte im Tone echter Enttäuschung, in dem ich keine Spur von Gekränktheit entdecken konnte: »Ich hatte mir vorgestellt, wir würden uns zusammen den Nachmittag vertreiben, uns die Rennen ansehen und Karussell fahren und mit Bällen nach Teddybären werfen...«

»Nachmittags nie«, sagte ich unerschüttert. »Was immer da kommen mag, was die Zukunft auch mit uns vorhaben mag, nachmittags arbeite ich. Seien Sie sich ein für allemal darüber im klaren, daß ich einen Beruf habe und arbeiten muß und daß ich mich nur in den paar freien Augenblicken mit Spielzeug abgebe. Ich arbeite auch, wenn Sie es am wenigsten vermuten. Auch jetzt, während dieses Essens mit Ihnen, war ich an der Arbeit und habe Geld verdient.«

»Ich glaube gar, während Sie mir reizende Komplimente gemacht haben, war ein Teil Ihres Gehirns, der wichtigste Teil, mit irgendeinem schwierigen Problem beschäftigt.«

»So ungefähr.«

»Ach Sie lieber, guter Escamillo! Aber ist nicht der Nachmittag auch mal zu Ende? Was machen Sie denn heute abend?«

»Weiß der Himmel! Ich bin Angestellter von Nero Wolfe.«

7

Das Zimmer im Ausstellungsbüro, in das Bennett uns führte, lag auf einer Art Zwischenstock im Verwaltungsgebäude und war groß und luftig. Es hatte eine Bretterwand mit zwei staubverklebten Fenstern, während einfache Bretterzwischenwände die andern drei Seiten bildeten. Drei große, rohe Tische und ein Dutzend Holzstühle waren das ganze Mobiliar. Auf einem der Tische lag ein Haufen ausgeblichenes Fahnentuch, und daneben stand ein Erntekorb, halb voller Apfel. Die andern beiden Tische waren frei.

Drei der Stühle waren besetzt. Sidney Darth, der Vorsitzende des Komitees für die Nordatlantische Ausstellung, saß auf der Kante des einen, sprang aber auf, als wir eintraten. An Frederick Osgood fielen die herabhängenden Schultern und die müde und verbitterte, aber entschlossene Miene auf. Nancy Osgood saß mit krummem Rückgrat da und machte von oben bis unten einen jämmerlichen Eindruck.

Bennett übernahm das Vorstellen. Darth murmelte irgend etwas, daß ihn jemand erwarte, und sauste davon. Wolfes Augen wanderten mit hoffnungsvollem Ausdruck über die Möbel hin und blieben an mir hängen, was bedeutete, ob ich denn nicht um Gottes willen irgendwo einen Sessel auftreiben könnte, in dem er Platz hätte; aber ich schüttelte unnachgiebig den Kopf, denn ich wußte, wie aussichtslos der Gedanke war. Er preßte die Lippen zusammen, stieß einen Seufzer aus und ließ sich nieder.

Bennett sagte: »Ich kann hierbleiben, wenn Sie wollen... Wenn ich irgendwie behilflich sein kann...« Wolfe sah Osgood an, und Osgood schüttelte, den Kopf: »Nein, danke, Lew. Gehn Sie nur!« Bennett zögerte eine Sekunde lang, wobei er ein Gesicht machte, als ob er gar nicht so ungern noch ein wenig dageblieben wäre, und zog dann ab. Als sich die Tür hinter ihm geschlossen hatte, organisierte ich mir einen Stuhl und setzte mich hin.

Osgood musterte Wolfe mit hochnäsiger Aristokratenmiene. »Also Sie sind Nero Wolfe! Wie ich höre, sind Sie nach Crowfield gekommen, um Orchideen auszustellen.«

»Wer hat Ihnen das erzählt?« zischte Wolfe ihn an.

Vor Verblüffung verging die hochnäsige Miene fast, kam aber gleich wieder. »Spielt es etwa eine Rolle, wer mir das erzählt hat?«

»Nein. Ebensowenig wie es eine Rolle spielt, weshalb ich nach Crowfield gekommen bin. Mr. Bennett hat mir gesagt,

Sie wollten mich konsultieren. Aber doch sicherlich nicht wegen Orchideen.«

Ich unterdrückte ein Grinsen, als ich feststellte, daß Wolfe nicht nur dabei war, sich zum Herrn der Lage aufzuschwingen, was zweckmäßig und wünschenswert war, sondern sich auch seinen Groll darüber abreagierte, daß man ihn einfach so hinbestellt hatte und daß er auch gekommen war, obwohl es freilich an seinem Wege lag.

»Um Orchideen kümmere ich mich nicht.« Osgoods hochnäsige Miene blieb unverändert. »Der Zweck Ihrer Anwesenheit hier ist insofern von Bedeutung, als ich wissen muß, ob Sie mit Tom Pratt befreundet sind oder in seinem Auftrage stehen oder gestanden haben. Sie sind doch gestern abend bei ihm im Hause gewesen.«

»Von Bedeutung wofür?« Wolfes Stimme klang langmütig, wenn auch nicht gerade angenehm berührt. »Entweder Sie wollen mich konsultieren, oder Sie wollen es nicht. Wenn es aber der Fall ist und ich feststellen sollte, daß ich irgendwie an gegensätzliche Interessen gebunden bin, so werde ich Sie darauf aufmerksam machen. Sie haben ungeschickt und beleidigend angefangen. Warum in Teufels Namen sollte ich denn Ihnen oder sonstwem Rechenschaft bezüglich meiner Anwesenheit hier in Crowfield ablegen? Wenn Sie mich brauchen – hier bin ich. Womit kann ich Ihnen helfen?«

»Sind Sie mit Tom Pratt befreundet?«

Wolfe grunzte empört, stemmte sich hoch und trat einen Schritt vor. »Kommen Sie, Archie!«

Osgood hob die Stimme: »Wo gehen Sie hin? Verdammt noch mal, ich habe doch das Recht zu fragen...«

»Nein, verehrter Herr!« Wolfe warf einen funkelnden Blick zu ihm hinab. »Sie haben keinerlei Recht, mich irgend etwas zu fragen. Ich bin ein freiberuflicher Detektiv von gutem Ansehen. Wenn ich einen Auftrag übernehme, führe ich ihn aus. Wenn ich mich aus irgendeinem Grunde nicht mit gutem Gewissen damit befassen kann, weise ich ihn zurück. Kommen Sie, Archie!«

Ich erhob mich widerstrebend. Nicht nur, weil es mir gegen den Strich ging, eine Sache liegenzulassen, aus der sich möglicherweise ein ganz hübsches Geschäft entwickeln konnte, sondern auch weil Nancy Osgoods Gesichtsausdruck meine Neugier erregt hatte. Als Wolfe aufgestanden war, um zu gehen, hatte sie erleichtert ausgesehen, und als er nach Osgoods Protest wiederum im Begriffe gewesen war zu gehen, war ihre Erleichterung noch deutlicher sichtbar gewesen. Solche kleinen Widrigkeiten stören meinen Seelenfrieden, und es war mir daher nur recht, als Osgood klein beigab.

»Also meinetwegen«, brummte er. »Ich bitte um Entschuldigung. Kommen Sie her, und setzen Sie sich wieder hin! Ich habe natürlich schon von Ihnen und Ihrem verdammten Eigensinn gehört. Ich werd's in Kauf nehmen müssen, denn ich brauche Sie und kann nichts dagegen machen. Diese dämlichen Kerls hier – erstens haben sie keinen Grips im Kopf, und zweitens sind sie ein feiges Pack. Ich möchte, daß Sie Untersuchungen wegen des Todes meines Sohnes Clyde anstellen.«

Als Wolfe die Entschuldigung annahm, indem er zurückkam und sich wieder hinsetzte, da verschwand prompt von Nancys Miene der Ausdruck der Erleichterung, und ihre Hände, die ein wenig locker auf ihrem Schoße gelegen hatten, krampften sich wieder fest zusammen.

Wolfe fragte: »Unter welchem Gesichtspunkt wünschen Sie Untersuchungen wegen des Todes Ihres Herrn Sohnes?«

»Ich will wissen, wie er ums Leben gekommen ist«, sagte Osgood ingrimmig.

»Durch einen Bullen doch, nicht wahr? Ist das nicht von behördlicher und ärztlicher Seite urkundlich festgestellt worden?«

»Urkundlich festgestellt – hol's der Kuckuck! Ich glaub's nicht. Mein Sohn hat von Vieh was verstanden. Was soll er denn nachts in der Koppel gemacht haben? Pratts Ansicht, daß er hingegangen wäre, um den Bullen zu holen, ist lächerlich. Und er war bestimmt nicht so ein Esel, daß er sich da im Stockdunkeln einfach hätte durchbohren lassen.«

»Und doch ist er durchbohrt worden.« Wolfe rutschte auf dem Stuhl herum. »Wenn nicht von dem Bullen – dann wie und wovon?«

»Ich weiß nicht. Ich behaupte auch nicht, es zu wissen. Sie sind Fachmann, und das eben sollten Sie mir feststellen. Es heißt doch, Sie wären so überdurchschnittlich gescheit – was ist denn Ihre Meinung? Sie sind auf Pratts Gut gewesen und kennen die Umstände. Sind Sie der Meinung, daß er durch den Bullen umgekommen ist?«

Wolfe seufzte. »Ansichten von Fachleuten kosten Geld, Mr. Osgood. Besonders die meinen. Ich verlange hohe Honorare. Ich bezweifle, ob ich einen Auftrag zu Untersuchungen wegen des Todes Ihres Herrn Sohnes annehmen kann. Ich habe die Absicht, Donnerstag früh nach New York abzufahren, und ich habe keine Lust, mich wesentlich länger hier aufhalten zu lassen. Ich bleibe am liebsten zu Hause, und wenn ich weg bin, will ich möglichst bald wieder zurück. Ohne mich damit zu Untersuchungen zu verpflichten – mein Honorar für eine sofortige Meinungsäußerung beträgt tausend Dollar.«

Osgood glotzte. »Tausend Dollar bloß dafür, daß Sie Ihre Meinung sagen?«

»Daß ich die Ergebnisse und Erkenntnisse aus meinen Folgerungen und Schlüssen äußere – ja. Ich bezweifle, ob Ihnen das so viel wert ist.«

»Warum, zum Kuckuck, verlangen Sie dann so viel?«

Nancy mischte sich mit belegter Stimme protestierend ein:

»Papa! Ich hab's dir doch gesagt. Es ist unsinnig... Es ist alles ganz unsinnig...«

Wolfe warf ihr einen Blick zu, sah dann wieder ihren Vater an und zuckte mit den Achseln: »Das ist der Preis.«

»Für die Vermutung eines einzelnen!«

»O nein. Für die Wahrheit.«

»Wahrheit? Sind Sie bereit, es auch zu beweisen?«

»Nein. Ich verkaufe es nur als eine persönliche Auffassung. Aber ich pflege keine bloßen Vermutungen zu verkaufen.«

»Meinetwegen. Ich werde es bezahlen. Also, was meinen Sie?«

»Nun denn.« Wolfe stülpte die Lippen vor und machte die Augen halb zu. »Clyde Osgood hat die Koppel nicht aus freien Stücken betreten. Er war bewußtlos, aber noch am Leben, als er in die Koppel gelegt wurde. Er ist nicht von dem Bullen mit den Hörnern durchbohrt worden und folglich auch nicht durch ihn umgekommen. Er ist ermordet worden, wahrscheinlich von einem Mann, möglicherweise von zwei Männern, eventuell auch von einem Mann und einer Frau.«

Nancy hatte sich aufgerichtet und nach Luft geschnappt und saß nun starr da. Osgood glotzte Wolfe an, und seine fest zusammengebissenen Kiefer schoben sich leise hin und her.

»Das...« Er hielt inne und biß die Kiefer wieder zusammen. »Sie sagen, das ist die Wahrheit? Daß mein Sohn ermordet worden ist?«

»Ja. Ohne Gewähr freilich. Ich verkaufe es nur als eine persönliche Auffassung.«

»Aber wieweit kann man sich darauf verlassen? Der Teufel soll Sie holen, wenn Sie sich etwa einen schlechten Scherz...«

»Mr. Osgood! Bitte! Ich scherze nicht, ich arbeite ernsthaft. Ich versichere Ihnen, daß meine Auffassung begründet ist. Ob sie wert ist, was Sie dafür bezahlen, hängt davon ab, was Sie damit anfangen.«

Osgood stand auf, ging zwei Schritte, blieb vor seiner Tochter stehen und sah sie an. »Hörst du's, Nancy?« fragte er sie, als wenn er ihr einen Vorwurf machte. »Hörst du, was er sagt? Ich hab's gewußt, sag' ich dir, ich hab's gewußt!« Er warf den Kopf zurück. »Lieber Gott... Mein Sohn tot... Clyde ermordet...« Er drehte sich zu Wolfe um, öffnete den Mund und schloß ihn wieder, ging zu seinem Platz zurück und ließ sich nieder.

Nancy sah Wolfe an und sagte empört: »Wieso sagen Sie das? Woher können Sie denn wissen, daß Clyde ermordet worden ist? Wieso sagen Sie das so, als ob – als ob Sie's wissen könnten?«

»Weil ich zu dieser Auffassung gelangt bin, Miss Osgood.«

»Aber wie denn? Wieso?«

»Schweig still, Nancy!« Osgood wandte sich an Wolfe. »Also gut, ich habe Ihre Ansicht gehört. Jetzt will ich wissen, worauf Sie sie stützen.«

»Auf meine Folgerungen. Ich bin gestern abend dagewesen, mit einer Taschenlampe.«

»Folgerungen woraus?«

»Aus den tatsächlichen Umständen.« Wolfe fuchtelte mit einem Finger vor ihm herum. »Sie können sie hören, wenn Sie wollen. Aber passen Sie mal auf: Sie haben von ›diesen dämlichen Kerlen hier‹ gesprochen und sie als ›ein feiges Pack‹ bezeichnet. Womit Sie wohl die Strafverfolgungsbehörden meinten?«

»Ja.«

»Bezeichnen Sie sie als feiges Pack, weil sie zögern, eine Untersuchung wegen des Todes Ihres Herrn Sohnes einzuleiten?«

»Sie zögern nicht bloß, sie weigern sich. Sie sagen, mein Verdacht sei willkürlich und grundlos. Sie sagen das nicht wörtlich, aber so meinen sie's jedenfalls. Sie trauen sich nicht an eine Sache ’ran, vor der sie Angst haben, sie könnten damit nicht fertig werden.«

»Aber Sie besitzen doch Ansehen, Macht, politischen Einfluß...«

»Nein. Schon gar nicht bei Waddell, dem Oberstaatsanwalt. Ich bin bei der letzten Wahl sein Gegenkandidat gewesen, und hauptsächlich mit Hilfe von Tom Pratts Geld ist dann er gewählt worden. Aber hier handelt sich’s um Mord! Sie sagen doch selbst, daß es Mord gewesen ist!«

»Möglicherweise sind sie aber überzeugt, daß es keiner war. Unter den gegebenen Umständen ist das durchaus plausibel. Wollen Sie etwa unterstellen, sie könnten einen Mord *ad acta* legen, bloß um Pratt Unannehmlichkeiten zu ersparen?«

»Nein. Oder – ja. Das kümmert mich einen Dreck. Ich weiß nur, daß sie einfach nicht hören wollen, und allein komme ich nicht weiter, und ich will nur, daß derjenige, der meinen Sohn ermordet hat, dafür büßt. Deshalb habe ich mich an Sie gewandt.«

»Eben!« Wolfe rückte wieder auf seinem Stuhl herum. »Die Sache ist die, daß Sie ihnen auch nicht viel Grund gegeben haben, auf Sie zu hören. Sie haben ihnen gesagt, Sie könnten sich nicht denken, daß Ihr Herr Sohn die Koppel betreten habe – aber drin war er doch! Er sei nicht so dumm gewesen, daß er sich im Dunkeln von einem Bullen hätte umbringen lassen – was jedoch nur Spekulation ist und keineswegs eine belegte Tatsache. Sie haben mich ersucht, Untersuchungen wegen des Todes Ihres Herrn Sohnes anzustellen. Ich könnte mich aber nicht damit befassen, wenn nicht auch die Polizei sich gleichzeitig anstrengt. Es gibt eine ganze Menge Arbeit dabei; ich habe hier nur Mr. Goodwin als Hilfe, und Beweismaterial herbeizaubern kann ich nicht. Wenn ich überhaupt in der Anlegenheit etwas unternehme, so muß der erste

Schritt der sein, die Behörden einzuschalten. Ist das Büro des Oberstaatsanwalts hier in Crowfield?«

»Ja.«

»Ist er jetzt da?«

»Ja.«

»Dann schlage ich vor, daß wir ihn aufsuchen. Ich werde mich bemühen, ihn dazu zu veranlassen, daß er sofort eine Untersuchung einleitet. Das macht selbstverständlich ein zusätzliches Honorar erforderlich, aber ich werde mich bemühen, es nicht exorbitant hoch anzusetzen. Wenn das geschehen ist, können wir Ihren Wunsch, ich möge selbst eine Untersuchung anstellen, noch einmal in Erwägung ziehen. Möglicherweise halten Sie es dann nicht mehr für nötig, oder ich finde es undurchführbar. Haben Sie einen Wagen hier? Erlauben Sie, daß Mr. Goodwin ihn fährt? Mit dem meinen ist er gegen einen Baum geknallt.«

»Ich fahre immer selbst. Oder meine Tochter fährt. Ich habe aber wenig Lust, noch einmal zu diesem Esel Waddell hinzugehen.«

»Das dürfte leider unvermeidlich sein.« Wolfe erhob seine massige Figur vom Stuhl. »Gewisse Dinge müssen unverzüglich erledigt werden, und dazu bedarf es behördlicher Autorität.«

Es kam dann so, daß Nancy den Wagen fuhr. Die drei Kilometer bis nach Crowfield hinein war ziemlich dichter Ausstellungsverkehr, und obwohl sie mit dem Steuerrad ziemlich nervös und mit dem Gaspedal recht ungestüm umging, schaffte sie es doch ganz gut. Einmal blickte ich mich um und sah, wie Wolfe sich an die Halteschlaufe klammerte, als ginge es um sein Leben.

Schließlich rollten wir an den Bordstein vor einem Rasenstreifen und einem großen, alten Steinhaus heran, dessen Verwendungszweck über dem Eingang eingemeißelt stand: ›Kreisgericht Crowfield‹.

Beim Aussteigen sagte Osgood zu seiner Tochter: »Fahr du nur weiter zu deiner Mutter, Nancy! Es war sowieso nicht notwendig, daß du mitgekommen bist. Ich rufe an, wenn es was zu sagen gibt.«

Wolfe mischte sich ein: »Es wäre besser, wenn sie hier auf uns wartete. Falls ich den Auftrag überhaupt annehme, werde ich unverzüglich mit ihr zu reden haben.«

»Mit meiner Tochter? Osgood verzog das Gesicht. »Wozu? Unsinn!«

»Wie Sie belieben.« Wolfe zuckte mit den Achseln. »Es ist mir schon jetzt so gut wie klar, daß mir an dem Auftrag nichts liegt. Schon allein deshalb, weil Sie mir als Klient einfach zu widerborstig sind.«

»Aber weshalb, zum Kuckuck, sollten Sie denn mit meiner Tochter zu reden haben?«

»Um Erkundigungen einzuziehen. Ich gebe Ihnen einen Rat, Mr. Osgood: Fahren Sie mit Ihrem Fräulein Tochter nach Hause und begraben Sie Ihr Verlangen nach Rache! Keine andere menschliche Betätigung bringt so viel Zudringlichkeiten mit sich wie eine sachgemäße Morduntersuchung, und ich fürchte, Sie sind nicht in der Lage, das durchzustehen. Geben Sie den Gedanken auf! Sie können mir, sobald es Ihnen paßt, einen Scheck mit der Post zuschicken…«

»Ich will aber dabeibleiben.«

»Dann machen Sie sich gefaßt auf Unannehmlichkeiten, indiskrete Fragerei, Belästigungen aller Art, die freche Zudringlichkeit der Öffentlichkeit…«

»Ich bleibe dabei!«

»Also gut.« Wolfe beugte den Kopf ein paar Zentimeter auf das hübsche, aber jämmerliche Gesicht des jungen Mädchens zu. »Dann werden Sie bitte hier warten, Miss Osgood.«

8

Unter normalen Umständen läßt Wolfes hochfahrende und grenzenlose Eingebildetheit irgendwelche sanfteren Empfindungen ihm gegenüber, wie etwa Mitleid, gar nicht aufkommen. An diesem Nachmittag aber tat er mir leid. Er fand sich genötigt, manche seiner heiligsten Grundsätze zu durchbrechen. Er fuhr in Wagen, an deren Steuer Unbekannte saßen, drängte sich durch Menschenmengen, folgte dem Ruf eines eventuellen Klienten und suchte einen Beamten in seinem Büro auf – immer weitergetrieben von dem verzweifelten Verlangen, eine manierliche Sitzgelegenheit zu finden.

Das Hotelzimmer, das wir ergattert hatten – da wir nicht am Montag eingetroffen waren und also das vorbestellte nicht beanspruchen konnten –, war klein, dunkel und geräuschvoll. Sein einziges Fenster ging auf eine Baustelle hinaus, auf der eine Zementmischmaschine Radau machte.

Im Umkreis unseres Standes in der Ausstellungshalle gab es überhaupt keine Sitzgelegenheit. In dem Methodistenzelt gab es Klappstühle. Die Stühle in dem Zimmer, in dem wir uns mit Osgood getroffen hatten und wo Wolfe wohl etwas einigermaßen Passables erwartet haben mochte, waren wenig besser gewesen; Wolfe betrachtete daher das Amtszimmer des Oberstaatsanwalts offenbar als eine Art letzten Hoffnungsanker. Ich habe ihn niemals in schnellerer Bewegung gesehen als in dem Augenblick, da wir ins Zimmer traten und ein rascher Blick ihm verriet, daß nur ein einziger Armsessel, mit speckigem schwarzem Lederpolster, vorhanden war. Es war, wie wenn ein Raubvogel sich auf seine Beute stürzt. Schon während der Vorstellungszeremonie stand er davor und sank dann darauf nieder.

Carter Waddell, der Oberstaatsanwalt, war ein knubbliger

Mann in den mittleren Jahren, der zum Blubbern neigte. Ich glaubte, bei Osgood blubberte er besonders viel, aus Mitgefühl für den unglücklichen Vater und auch um zu zeigen, daß er keinen Groll von der letzten Wahl her hege, ganz zu schweigen von seiner Liebe zu seinem Lande, von dem Osgood zweitausend Morgen besaß.

Er sagte, er sei durchaus bereit, die Diskussion von heute morgen wieder aufzunehmen, obwohl seine Ansicht unverändert sei. Osgood sagte, er selbst wolle jetzt nicht mehr diskutieren, da das nur vergeudete Zeit und Mühe sein würde, doch Mr. Nero Wolfe habe einiges zu sagen.

»Gewiß doch«, blubberte Waddell. »Selbstverständlich. Mr. Wolfes großer Ruf ist ja doch bekannt. Zweifellos können wir Landleute allerlei von ihm lernen. Meinen Sie nicht, Mr. Wolfe?«

Wolfe murmelte: »Ich kenne Ihre Fähigkeiten nicht, Mr. Waddell. Aber ich glaube allerdings, daß ich etwas Zweckdienliches zu der Mordsache Clyde Osgood beizusteuern habe.«

»Mord?« Waddell riß die Augen weit auf. »Nun, ich weiß nicht. Man soll doch nicht gleich mit einer *petitio principii* anfangen. Meinen Sie nicht auch?«

»Freilich nicht.« Wolfe rückte sich bequem zurecht und seufzte. »Ich gebrauche das Wort hier in dem Sinne, daß der Mord als solcher noch nachzuweisen ist – nicht als ein Postulat. Haben Sie einmal gesehen, wie ein Bulle einen Menschen tötet oder mit dem Horn verletzt?«

»Nein, das habe ich allerdings noch nicht.«

»Haben Sie einmal einen Bullen gesehen, der gerade einen Menschen oder ein Pferd oder ein anderes Tier mit den Hörnern durchbohrt hatte? Unmittelbar danach?«

»Nein.«

»Nun denn, ich habe es gesehen, es ist schon lange her,

mindestens ein dutzendmal, bei Stierkämpfen. Wie Pferde getötet und wie Menschen verletzt wurden – einmal auch, wie ein Mann getötet wurde.«

Wolfe fuchtelte mit dem Finger herum. »Ob Sie es nun gesehen haben oder nicht, gewiß können Sie sich vorstellen, was geschieht, wenn ein Bulle sein Horn tief in einen lebendigen Körper hineinstößt, ihn emporschleudert und die Wunde aufreißt, während das Herz des Opfers noch wild schlägt. Blut spritzt über den ganzen Kopf des Bullen und oft auch bis über seine Schultern und noch weiter. Wie ein Mensch blutet, der auf diese Weise zu Tode kommt, das ist grauenvoll. In dem Augenblick, in dem ihm die Wunde beigebracht wird, stürzt ein Strom heraus. So war es auch bei Clyde Osgood. Sein Anzug, sein Hemd waren blutdurchtränkt. Wie ich höre, meldet die Polizei, daß an der Stelle, wo er umgekommen ist, eine gewaltige Lache geronnenen Blutes ist. Trifft das zu? – Sie bestätigen es also. Mr. Goodwin, mein Assistent, hat gestern abend gesehen, wie der Bulle Clyde Osgoods Körper auf der Erde mit den Hörnern herumdrehte, ohne sonderliche Anstrengung oder Anteilnahme. Natürlich nahm man an, daß der Bulle ihn getötet habe. Höchstens eine Viertelstunde danach, als der Bulle am Zaun angebunden worden war, habe ich ihn mir mit einer Taschenlampe aus der Nähe angesehen. Sein Kopf ist weiß, und es war nur ein einziger Blutfleck darauf, und seine Hörner waren erst ein paar Zentimeter unterhalb der Spitzen blutig. War dieser Tatsache in dem polizeilichen Bericht Erwähnung getan?«

Waddel sagte langsam: »Ich kann mich nicht entsinnen... Nein.«

»Dann empfehle ich, den Bullen sofort in Augenschein nehmen zu lassen, sofern er nicht inzwischen schon abgewaschen worden ist.«

Wolfe fuchtelte wieder mit dem Finger herum.

»Ich bin nicht hergekommen, um Ihnen eine Spekulation vorzusetzen, Mr. Waddell. Ich habe auch nicht die Absicht, mich darüber mit Ihnen zu streiten. Bei der Betrachtung auffälliger Phänomene begegnet man oftmals einem verdächtigen Umstand, der näheres Studium erfordert und verschiedenerlei Auffassungen zuläßt. Hierzu aber ist das Aussehen des Kopfes dieses Bullen gestern abend nicht zu zählen. Das ist mehr! Es ist ein schlüssiger Beweis, daß der Bulle Clyde Osgood *nicht* getötet hat. Sie haben von meinem Ruf als Privatdetektiv gesprochen; ich verpfände ihn hierfür.«

»Bei Gott!« murmelte Clyde Osgoods Vater. »Na, bei Gott, ich hab' mir den Bullen selbst angesehen, und ich hätte nicht gedacht...«

»Sie werden wohl gestern abend überhaupt nicht viel gedacht haben«, sagte Wolfe zu ihm. »Das war von Ihnen auch nicht zu verlangen. Aber es wäre wohl von der Polizei zu verlangen gewesen – besonders von der ländlichen Polizei.«

Der Oberstaatsanwalt sagte, jetzt ohne eine Spur von Geblubber: »Sie weisen da auf einen interessanten Umstand hin, das gebe ich zu. Durchaus. Aber über die Frage würde ich gern die Meinung eines Arztes hören...«

»Überall an seiner Kleidung und auf dem Gras war Blut. In großen Mengen. Wenn Sie einen Arzt befragen, dann sollte es der sein, der die Wunde gesehen hat. Inzwischen würde es sich empfehlen zu handeln, und zwar bald zu handeln, und dabei von der Annahme auszugehen, daß der Bulle es nicht gewesen ist, denn das entspricht den Tatsachen.«

»Sie sind Ihrer Sache sehr sicher, Mr. Wolfe. Sehr!«

»Allerdings.«

»Wär's denn nicht möglich, daß der Bulle sein Horn so schnell zurückgezogen hat, daß er dem hervorstürzenden Blutstrom entging?«

»Nein. Das Blut stürzt im selben Augenblick hervor, und

außerdem spielt sich das nicht so ab, wenn Bullen ihre Hörner in Fleisch hineinbohren. Sie bleiben drin, um es aufzureißen. Haben Sie sich die Wunde beschreiben lassen?«

Waddell nickte. Ich bemerkte, daß er Osgood nicht ansah. »Das wäre eine weitere Frage«, sagte er. Diese Wunde. Wenn sie nicht von dem Bullen herrührte, woher könnte sie denn sonst stammen? Von was für einer Waffe?«

»Die Waffe liegt ja draußen, keine dreißig Meter vom Zaun der Koppel. Jedenfalls, sie hat da gelegen. Ich habe sie mir angesehen.«

Na so was, dachte ich mir, seht mal an, wie das schlaue dicke Bürschlein all die schönen Raketen losläßt! Aber ich sah ihn unverwandt an und die andern ebenfalls. Osgood stieß irgendeinen Laut hervor, und Waddells Stimme klang brüchig, als er fragte: »Sie haben... *Was?*«

»Ich habe sie mir angesehen, habe ich gesagt.«

»Die Waffe, mit der er getötet worden ist?«

»Ja. Ich habe mir von Mr. Goodwin eine Taschenlampe ausgeborgt, weil es mir ein wenig schwerfiel zu glauben, Clyde Osgood habe sich im Dunkeln von einem Bullen durchbohren lassen. Ich hatte am Nachmittag gehört, wie er sagte, von Vieh verstehe er etwas. Später kam sein Vater zu dem gleichen Problem, doch er wußte keine Folgerungen daraus zu ziehen. Ich aber habe es getan, indem ich mir die Lampe ausborgte und den Bullen näher betrachtete, und ich habe sofort erkannt, daß die Auffassung, die sich bereits durchgesetzt hatte, falsch war. Von dem Bullen ist Clyde Osgood nicht getötet worden.«

Wolfe rutschte auf seinem Sessel herum, der ja zwanzig Zentimeter zu eng für ihn war, und fuhr fort: »Es ist eine interessante Frage, ob rasche und präzise Denkarbeit auf überlegener Begabung oder auf guter Übung beruht. Mir kommt, gleich, wieviel Begabung ich mitgebracht haben mag, jedenfalls der Vorteil langjähriger und gründlicher Übung zugute. Eine Folge davon – nicht immer angenehm und nur selten vorteilhaft – ist die, daß ich dazu neige, mich zu vergessen und mein Augenmerk Problemen zuzuwenden, die mich nichts angehen. So ist es mir gestern abend ergangen. Innerhalb von dreißig Sekunden, nachdem ich den sauberen Kopf des Bullen betrachtet hatte, war mir auch schon eine Vermutung über eine mögliche Waffe gekommen. Da ich wußte, wo sie war, ging ich hin, betrachtete sie und fand meine Vermutung bestätigt. Dann ging ich wieder ins Haus zurück. Als ich dort ankam, hatte ich mir bereits eine Meinung gebildet, auf welche Weise das Verbrechen verübt worden sei – und ich habe sie noch nicht geändert.«

»Und was war es für eine Waffe? Wo war sie?«

»Sie gehörte ebenfalls zum ländlichen Lebenskreis. Eine gewöhnliche Hacke, wie man sie zum Graben benutzt. Am Nachmittag, als Mr. Goodwin meinen Wagen zugrunde gerichtet hatte und wir uns von dem Bullen bedroht sahen, hatte mich Miss Pratt mit einem Auto aus der Koppel herausgeholt. Wir waren an einer Grube vorübergekommen – für das Schlachtfest gedacht, wie ich später erfahren habe –, und neben dem Haufen frisch ausgehobener Erde lagen Hacken und Schaufeln. Meine Vermutung war, daß die Hacke möglicherweise die Tatwaffe gewesen sei. Ich ging mit einer Taschenlampe hin, um nachzusehen, und fand die Bestätigung. Zwei Hacken lagen da. Die eine war vollständig trocken, getrocknete Erdklümpchen klebten noch daran. Die andere war feucht. Auch das Metall selbst war auf der Unterseite noch feucht, und der hölzerne Griff war geradezu naß. Kein Bröckchen Erde klebte an dem Metall. Offensichtlich war das Ding gründlich abgespült worden, und zwar erst vor kurzem, allerhöchstens eine Stunde zuvor. Nicht weit davon entfernt fand ich das Ende eines Gartenschlauches. Es war irgendwo angeschlossen, denn als ich an der Düse ein wenig drehte, kam Wasser heraus. An der Stelle, wo die Düse gelegen hatte, war das Gras ganz naß, als ich die Hand darauf legte. Es war mehr als eine Mutmaßung, es war nahezu eine Gewißheit, daß die Wunde von der Hacke herrührte, die dabei natürlich blutig wurde. Mit dem Gartenschlauch hat man sie danach sorgfältig abgespült und wieder auf den Haufen ausgehobener Erde gelegt, wo ich sie gefunden habe.«

»Sie meinen...« Frederick Osgood hielt inne und biß die Zähne zusammen. Die Knöchel an seinen verkrampften Fäusten, die auf seinen Schenkeln ruhten, leuchteten weiß. Mit dumpfer Stimme fuhr er fort: »...mein Sohn... ist auf diese Weise getötet worden... durch einen Hieb mit der Spitzhacke?«

Waddell sah konsterniert aus. Er machte den Versuch, den Überlegenen zu spielen. »Wenn das wahr ist – dann haben Sie das schon gestern abend gewußt, nicht wahr? Ja, zum Donnerwetter noch mal, warum sind Sie denn nicht gleich damit 'rausgerückt, als der Staatsanwalt da war? Als die Polizei an Ort und Stelle war?«

»Gestern abend hatte ich niemandes Interesse zu vertreten, Herr Oberstaatsanwalt.«

»Und wie steht es mit den Interessen der Gerechtigkeit? Sie sind doch auch Staatsbürger, nicht wahr? Haben Sie schon mal was davon gehört, daß man Beweismaterial nicht vorenthalten darf?«

»Unsinn! Ich habe weder den Kopf des Bullen noch die Spitzhacke vorenthalten. Sie müssen doch wissen, daß Sie jetzt Blödsinn reden. Die Vorgänge in meinem Gehirn und die Schlüsse, zu denen sie mich führen, sind meine Privatsache.«

»Sie sagen, der Griff der Hacke sei naß gewesen, und an dem Metall hätte kein Schmutz geklebt. Könnte die Hacke denn nicht aus irgendeinem ganz legitimen Grunde abgespült worden sein? Haben Sie sich danach mal erkundigt?«

»Ich habe bei niemandem irgendwelche Erkundigungen eingezogen. Um elf Uhr abends ist der Griff der Hacke naß gewesen. Wenn Sie es für sinnvoll halten, nach einem legitimen nächtlichen Hackenabspüler zu fahnden, dann tun Sie das nur! Die Zeit dürfte aber vielleicht besser angelegt sein, wenn Sie zum Zwecke weiterer Bestätigung nach Blutrückständen im Grase rund um die Düse des Schlauches sehen und den Griff der Hacke mikroskopisch untersuchen ließen. Es ist schwer, von einem Stück Holz jegliche Blutspur zu entfernen. – Doch diese Maßnahmen, und auch noch einige andere, liegen freilich auf der Hand.«

»Wem sagen Sie das!«

Der Oberstaatsanwalt warf einen raschen, beinahe stechenden Blick auf Osgood und lenkte ihn dann wieder weg, zu Wolfe zurück.

»Nun hören Sie mal zu, verstehen Sie mich nicht falsch – und auch Sie nicht, Fred Osgood! Ich verkörpere die Strafverfolgungsbehörde für diesen Kreis und weiß, was meine Pflicht ist; ich gedenke sie zu tun, so gut ich kann. Wenn ein Verbrechen vorliegt, will ich mich meiner Pflicht nicht entziehen, und Sam Lake ebensowenig. Aber ich will nicht bloß zum Spaß Krach schlagen, das werden Sie mir gewiß nicht verdenken. Die Leute, die mich gewählt haben, würden das nicht wollen, und niemand dürfte es eigentlich wollen. Und wenn ich mir die Sache betrachte – obwohl der Bulle kein Blut am Kopf gehabt hat, und ob ich nun einen legitimen nächtlichen Hackenabspüler ausfindig mache oder nicht –, mir kommt sie immer noch merkwürdig vor. Ist der Mann denn mit der Hacke in der Hand zu dem Bullen in die Koppel gestiegen, und ist Clyde Osgood dann auch hineingegangen und hat ihm den Gefallen getan, ruhig stehenzubleiben, während er mit der Hacke ausholte? Oder ist Clyde bereits in der Koppel gewesen und der Mann dann nach ihm hineingestiegen? Kann man sich denn vorstellen, daß einer mit einem so unhandlichen und schweren Ding wie eine Hacke im Dunkeln nach einem Menschen zielt, der dann immer noch an derselben Stelle steht, wenn sie niedersaust? Und würde man dabei nicht selbst mit Blut bespritzt werden? Wo ist der Mann, und wo ist er hingegangen, ganz blutbesudelt?«

Osgood knurrte: »Ich hab's Ihnen ja gesagt, Wolfe! Hören Sie sich den dämlichen Kerl doch an! Passen Sie auf, Carter Waddell! Jetzt will ich Ihnen etwas sagen...«

»Bitte, meine Herren!« Wolfe hielt eine Hand empor. »Wir vergeuden kostbare Zeit.« Er sah den Oberstaatsanwalt an und sagte ungeduldig: »Sie gehen mit einer falschen Einstellung an die Sache heran. Sie sollten aufhören, sich zu winden und zu wehren. Sie sehen sich einer unangenehmen Tatsache gegenüber – und benehmen sich wie eine Frau, die einen Fleck auf dem Tischtuch verbirgt, indem sie einen Aschenbecher darauf stellt. Was nichts nützen kann, weil bestimmt irgend jemand den Aschenbecher wegrückt. Die Tatsache ist nun einmal die, daß Clyde Osgood von jemandem mit einer Hacke ermordet worden ist, und Ihre Funktion ist es unglücklicherweise, diese Tatsache als solche festzustellen und ihre näheren Umstände zu ergründen. Sie können sie nicht einfach wegwischen, indem Sie sich unwahrscheinliche Nebenumstände ausdenken.«

»Ich habe mir gar nichts ausgedacht, ich habe nur...«

»Verzeihen Sie! Sie haben die rein fiktiven Hypothesen vorgebracht, Clyde wäre in die Koppel hineingestiegen und freundlicherweise im Dunkeln stehengeblieben und hätte es geschehen lassen, daß man ihn mit einer unhandlichen Hacke tödlich durchbohrte. Ich muß sagen, daß das erste unwahrscheinlich und das zweite so gut wie unglaublich ist. Diese

Überlegungen sind mir schon gestern abend an Ort und Stelle durch den Kopf gegangen. Als ich beim Hause ankam, hatte ich, wie schon gesagt, bereits festgestellt, wie das Verbrechen verübt worden war, und diese Feststellung betrachte ich auch jetzt noch als gültig. Ich glaube nicht daran, daß Clyde Osgood über den Zaun geklettert ist. Er ist zunächst bewußtlos gemacht worden, wahrscheinlich durch einen Schlag auf den Kopf. Dann wurde er zum Zaun geschleift oder getragen, darunter hindurch geschoben oder darüber hinweggehoben und dann noch zehn oder fünfzehn Meter weiter in die Koppel hineingeschleift oder getragen, wo er schließlich auf der Seite liegenblieb. Der Mörder stellte sich dann mit der Hacke hinter ihn und holte kräftig damit aus. Die hierdurch entstehende Wunde mußte aufs vollkommenste derjenigen ähneln, die ein Bulle mit dem Horn verursacht. Das hervorstürzende Blut mußte freilich die Hacke besudeln, nicht aber den Mann, der sie schwang. Er holte dann das Seil, das am Zaun hing, und warf es neben die Leiche auf die Erde, damit es so aussähe, als wäre Clyde damit in die Koppel gekommen. Dann ging er mit der Hacke zu dem Schlauch, spülte sie ab, legte sie wieder dahin, wo er sie hergeholt hatte, und ging…« – Wolfe zuckte mit den Achseln –, »ging irgendwohin.«

»Der Bulle«, sagte Waddell. »Hat der Bulle einfach dagestanden und zugesehen und gewartet, bis der Mörder weg war, und dann die Leiche herumgeschoben, um sich die Hörner blutig zu machen? Auch ein Polizeibeamter vom Lande hätte es vielleicht doch gemerkt, wenn er überhaupt kein Blut an sich gehabt hätte.«

»Das kann ich nicht sagen. Es war dunkel. Ich weiß nicht, ob ein Bulle im Dunkeln angreift oder nicht. Aber ich möchte auf folgende Möglichkeiten hinweisen:

Erstens: Der Mörder wußte, wie man einen Bullen im Dunkeln behandelt, und ging daher, ehe er die Hacke in Aktion treten ließ, auf ihn zu, hakte das Seil an den Nasenring, führte ihn zum Zaun und band ihn an; später dann, ehe er ihn wieder losließ, hat er ihm Blut an die Hörner geschmiert. Oder:

Zweitens: Als der Mörder sein Werk mit der Hacke schon vollbracht hatte, lockte er den Bullen an die Tatstelle und ließ ihn dort, weil er wußte, daß der Blutgeruch ihn anziehen würde. Oder:

Drittens: Der Mörder hat zugeschlagen, als der Bulle in einem andern Teil der Koppel war, und hat sich gar nicht erst die Mühe gemacht, das Indiz der blutigen Hörner herzurichten, weil er sich sagte, daß es bei der allgemeinen Aufregung und dem Gewicht der anderen Begleitumstände gar nicht darauf ankäme. Glück hatte er insofern, als Mr. Goodwin gerade hinzukam, während der Bulle seine Neugier befriedigte – Pech aber insofern, als zufällig ich noch hinzukam.«

Waddell saß mit gerunzelter Stirn und verzogenem Munde da. Nach einem Augenblick platzte er heraus: »Fingerabdrücke am Hackenstiel!«

Wolfe schüttelte den Kopf. »Ein Taschentuch oder ein Grasbüschel zum Anfassen, nachdem er abgespült war. Ich bezweifle, daß der Mörder ein Idiot war.«

Waddell runzelte wiederum die Stirn. »Den Bullen am Zaun festbinden, wie Sie meinen, und ihm Blut an die Hörner schmieren, das heißt aber, sich schon ziemlich dicht an ihn 'ranwagen, selbst im Dunkeln. Ich glaube kaum, daß irgend jemand anders das hätte tun können als Monte McMillan – dem hat der Bulle doch gehört, früher jedenfalls. Können Sie etwa erklären, was Monte McMillan daran hätte liegen sollen, Clyde Osgood umzubringen?«

»Lieber Himmel, nein! Es gibt doch mindestens zwei andere Möglichkeiten. Mr. McMillan mag ein Mord zuzutrauen sein, das weiß ich nicht, und sicherlich war er entschlossen, den Bullen vor Belästigungen zu schützen – aber bringen Sie das nicht durcheinander! Halten Sie sich vor Augen, daß der Mord nichts zu tun gehabt hat mit Bemühungen zum Schutze des Bullen! Clyde hat den betäubenden Schlag nicht in der Koppel empfangen.«

»Das ist Ihre vage Vermutung.«

»Es ist meine Meinung. Ich nehme es mit meinen Meinungen genau, Herr Oberstaatsanwalt. Sie bedeuten für mich mein tägliches Brot und die Hauptquelle meiner Selbstachtung.«

Waddell saß mit verzogenem Munde da. Plötzlich fuhr Osgood ihn an: »Also, was ist damit?«

Waddell nickte ihm zu, machte dann den Mund wieder gerade und murmelte: »Selbstverständlich.« Er erhob sich, schob seinen Stuhl zurück, rammte die Hände in die Taschen und starrte Wolfe stehend eine Minute lang an. Dann trat er zurück und setzte sich wieder hin. »Verdammt noch mal!« sagte er mit gepreßter Stimme. »Selbstverständlich. Wir müssen uns so schnell und energisch wie möglich dranmachen. Herrgott, was für eine Bescherung! Auf Tom Pratts Grundstück. Clyde Osgood. Ihr Sohn, Fred! Und Sie wissen ja, mit was für Personal ich arbeiten muß – Sam Lake zum Beispiel – bei so einer Geschichte! Ich werde die Leute von der Ausstellung abziehen müssen... Ich fahr' jetzt gleich mal selber zu Pratt hin...« Er beugte sich mit einem Ruck vor und griff nach dem Telefon.

»Da sehen Sie, wie's ist!« sagte Osgood in bitterem Tone zu Wolfe.

Wolfe nickte und seufzte. »Es ist eine außerordentlich schwierige Situation, Mr. Osgood.«

»Wem sagen Sie das? Zweierlei möchte ich Ihnen sagen: Erstens, ich bitte noch einmal um Entschuldigung dafür, daß ich heute nachmittag zu Anfang mit Ihnen so umgegangen bin. Ich wußte nicht, daß Sie Ihren Ruf wirklich verdienen; bei so vielen Leuten ist das nicht der Fall, aber ich sehe jetzt, daß es bei Ihnen anders ist. Zweitens, Sie sehen doch selbst, daß Sie es in die Hand nehmen müssen, Sie *müssen* einfach weitermachen.«

Wolfe schüttelte den Kopf. »Ich habe die Absicht, Donnerstag früh nach New York abzufahren. Übermorgen.«

»Aber, mein Gott, Mann! Sie wollen tatsächlich? Ist denn das nicht Ihr Beruf? Was ist denn für ein Unterschied dabei, ob Sie ihn in New York ausüben oder hier?«

»Ein enormer – ein gewaltiger Unterschied, meine ich. In New York habe ich meine Wohnung mit meinem Büro, meinen Koch, meine vertraute Umgebung...«

»Wollen Sie etwa damit...« Osgood war aufgestanden und legte los: »Wollen Sie etwa damit sagen, daß Sie die Stirn haben, Ihre kleinen persönlichen Annehmlichkeiten, Ihr bißchen Bequemlichkeit gegenüber einem Mann in meiner Lage ins Feld zu führen?«

»Allerdings«, sagte Wolfe seelenruhig. »An Ihrer Lage bin ich nicht schuld. Mr. Goodwin wird Ihnen bestätigen: Ich habe eine tiefe Abneigung dagegen, meine Wohnung zu verlassen oder ihr lange fernzubleiben. Übrigens würden Sie vielleicht nicht so klein von mir denken, wenn Sie das Hotelzimmer sehen, hören und riechen könnten, in dem ich heute nacht und morgen nacht werde schlafen müssen – und weiß der Himmel, wie viele Nächte, falls ich Ihren Auftrag annähme.«

»Was ist denn an dem Zimmer so schlimm?«

»Alles, was man sich nur vorstellen kann.«

»Dann ziehen Sie doch aus! Kommen Sie in mein Haus! Es ist nur 26 Kilometer weg, und Sie können einen Wagen haben, bis der Ihre wieder in Ordnung ist, und fahren kann ihn Ihr Mann hier...«

»Ich weiß nicht.« Wolfe machte ein zweifelndes Gesicht. »Natürlich würde ich, wenn ich mich damit befaßte, sofort allerlei Auskünfte von Ihnen und Ihrem Fräulein Tochter brauchen... Ihre eigene Wohnung wäre da allerdings ein recht geeigneter Ort...«

Ich stand auf und schlug salutierend die Hacken vor ihm zusammen, und er sah mich funkelnd an. Selbstverständlich wußte er, daß ich ihn durchschaute. Gegen ihn war Machiavelli ein einfältiger Schäferknabe. Nicht daß ich etwa nicht einverstanden gewesen wäre, denn voraussichtlich würde auch ich ein ganz ordentliches Bett bekommen, aber es war nur wieder ein Beweis dafür, daß man ihm unter keinen Umständen jemals ganz trauen konnte.

9

Nancy saß wiederum am Steuer, als wir zum Hotel fuhren, um unser Gepäck abzuholen, und dann noch beim Ausstellungsgelände vorbeifahren mußten, um nach den Orchideen zu sehen und sie noch einmal zu gießen. Shanks war nicht zu sehen, und Wolfe vereinbarte mit einer hageren Frau, die an einem Tisch voller Dahlien auf einer umgestülpten Kiste saß, daß sie auf unsere Töpfe aufpaßte.

Am Morgen, als wir nach Crowfield hineingefahren waren, hatte Caroline Pratt mich auf das Osgoodsche Gut aufmerksam gemacht, dessen Haupteingang keine zwei Kilometer von Pratts Anwesen entfernt lag. Es war ein welliges Farmgelände, das zum großen Teil wie Weide aussah und aus dem sich drei oder vier bewaldete Hügelchen erhoben. Die Stallungen und die anderen Nebengebäude waren deutlich zu erkennen; das Wohnhaus aber, fast einen Kilometer von der

Straße entfernt, war zwischen den Bäumen versteckt, bis wir um die Biegung des privaten Zufahrtsweges kamen. Inmitten einer weiten Rasenfläche lag das große, alte, weitläufige weiße Haus mit einem altmodischen Portikus, dessen Säulen die ganze Mittelpartie der Fassade einnahmen. Es sah so aus, als wäre es einmal George Washingtons Hauptquartier gewesen, vorausgesetzt, er wäre jemals so weit nach Norden gekommen.

Als wir durch den Portikus schritten, kam vom andern Ende ein Mann heran, der sich mit dem Taschentuch über die Augenbrauen wischte und staubig und verschwitzt aussah. Mr. Bronson hatte ein anderes Hemd mit anderer Krawatte und einen anderen Anzug an als am Tage zuvor, fügte sich aber auch nicht besser in diese Umgebung ein als auf Pratts Terrasse.

Osgood nickte ihm flüchtig zu, doch als er sah, daß er ihn ansprechen wollte, blieb er stehen und sagte: »Guten Tag.«

Bronson kam zu uns heran. Ich hatte am Tage zuvor nicht viel auf ihn achtgegeben, da meine Aufmerksamkeit anderweitig beschäftigt war, bemerkte jetzt aber, daß er um die Dreißig war, ziemlich groß und von guter Figur, und einen breiten, vollen Mund, eine stumpfe Nase und intelligente graue Augen hatte. Die Augen, die uns mit einem raschen Blick musterten, gefielen mir nicht recht. Er sagte devot: »Ich hoffe, Sie werden nichts dagegen haben, Mr. Osgood. Ich bin drüben gewesen.«

»Wo drüben?« fragte Osgood.

»Auf dem Prattschen Grundstück. Ich bin über die Felder gegangen. Ich wußte, daß ich Sie heute morgen gekränkt hatte, als ich über den Unfall anderer Meinung war als Sie. Ich wollte es mir mal ansehen. Ich habe zwar nicht den alten Pratt, aber seinen Neffen und diesen McMillan angetroffen...«

»Was haben Sie denn damit bezweckt?«

»Ach, eigentlich wohl gar nichts. Es tut mir leid, wenn ich Sie damit wieder gekränkt habe. Aber ich habe nicht... Ich bin vorsichtig gewesen. Ich sollte wohl gar nicht mehr hier sein, ich hätte heute morgen abfahren sollen, aber nach diesem schrecklichen... nachdem Clyde umgekommen ist und ich als einziger von seinen New Yorker Freunden hier bin, schien es mir...«

»Das macht nichts«, sagte Osgood barsch. »Bleiben Sie! Ich hab's Ihnen doch gesagt.«

»Ja, ich weiß, aber offen gestanden... Ich komme mir hier recht überflüssig vor... Ich werde jetzt abfahren, wenn es Ihnen lieber ist...«

»Verzeihen Sie bitte!« Das war Wolfes leise Stimme. »Es wäre besser, wenn Sie hierblieben, Mr. Bronson, viel besser. Möglicherweise bedürfen wir Ihrer.«

Die intelligenten Augen sahen ihn mit flackerndem Blick an. »Ach! Wenn Nero Wolfe sagt, ich soll bleiben...« Er hob die Schultern und ließ sie wieder sinken. »Aber ich brauche ja nicht gerade *hier* zu bleiben. Ich kann doch nach Crowfield in ein Hotel gehen.«

»Unsinn.« Osgood sah ihn in Gedanken an. »Bleiben Sie hier! Sie sind doch Clydes Gast gewesen, nicht wahr? Bleiben Sie hier! Aber wenn Sie durch die Felder spazierengehen wollen, so gibt's noch eine ganze Menge anderer Richtungen, außer der, die zu Pratt führte.«

Er ging unvermittelt weiter, und wir folgten ihm, während Bronson wieder das Taschentuch an seine schweißfeuchten Augenbrauen hob.

Ein paar Minuten später saßen wir in einem großen, komfortabel eingerichteten Zimmer mit hohen Verandatüren und Bücherregalen und ließen uns von einem Mädchen mit Stupsnase bedienen, das weit bessere Manieren hatte als Bert, ihm jedoch im Herbeischaffen von Getränken an Tempo und Temperament unterlegen war. Nancy war verschwunden, sollte sich aber abrufbereit halten. Osgood brütete über seinem Cocktail. Wolfe stürzte Bier hinunter, das, nach seinem Gesichtsausdruck zu schließen, zu warm war, und ich trank klares Wasser.

Wolf sagte grantig: »Meine eigene Methode ist die einzige, die mir zu Gebote steht. Entweder wende ich die an oder gar keine. Es ist schon möglich, daß ich zunächst nur Kleinkram aus dem Wege räume, doch das ist meine Angelegenheit. Tatsache ist, kurz gesagt, daß Sie, Mr. Osgood, sich gestern abend Mr. Goodwin und Mr. Pratt gegenüber recht verwunderlich benommen haben. Sie sind grob arrogant und unvernünftig gewesen. Ich muß wissen, ob das auf die seeliche Erschütterung zurückzuführen war, die Sie erlitten hatten, oder auf Ihre Ansicht, daß Mr. Pratt irgend etwas mit dem Tod Ihres Herrn Sohnes zu tun gehabt hat oder aber ob es lediglich Ihr normales Betragen war.«

»Ich war natürlich mit den Nerven herunter«, knurrte Osgood. »Es kann schon sein, daß ich zur Arroganz neige, wenn Sie's so nennen wollen. Ich möchte nicht annehmen, daß ich grundsätzlich meistens grob bin, aber es ist schon denkbar, daß ich zu Pratt beim bloßen Ansehen grob werde, wenn die Umstände so liegen, daß ich ihn nicht gut ignorieren kann. Gestern abend konnte ich ihn nicht ignorieren. Nennen Sie's normales Betragen, und Schluß damit!«

»Warum verabscheuen und verachten Sie Mr. Pratt?«

»Donnerwetter, ich sage Ihnen doch, das hat nichts mit der Sache zu tun! Das ist eine alte Geschichte...«

»Es kann wohl nicht etwa erklären, daß Mr. Pratt auch seinerseits einen Haß empfindet, der ihn zum Mord getrieben haben könnte?«

»Nein.« Osgood machte eine heftige Bewegung und setzte seinen Cocktail ab. »Nein.«

»Können Sie irgendein anderes Motiv nennen, aus dem heraus Mr. Pratt Ihren Sohn ermordet haben könnte? Aber einleuchtend muß es sein.«

»Ich kann nichts dafür, ob es einleuchtet oder nicht einleuchtet. Pratt ist rachsüchtig und tückisch, und in seiner Jugend hat er gewalttätige Anwandlungen gehabt. Sein Vater hat bei meinem Vater als Stallknecht gearbeitet. In einer Wutanwandlung könnte er wohl einen Mord begangen haben, ja.«

Wolfe schüttelte den Kopf. »Das reicht nicht aus. Der Mord ist mit Bedacht geplant und ausgeführt worden. Der Plan mag rasch und plötzlich gefaßt worden sein, jedoch kalt und gründlich. Außerdem ist Ihr Herr Sohn ja nicht dabei ertappt worden, wie er sich mit dem Bullen zu schaffen machte. Vergessen Sie das nicht! Sie selbst haben nachdrücklich auf diesen Punkt hingewiesen. Was hätte denn Mr. Pratt sonst noch zu einer mörderischen Wut gegen Ihren Sohn veranlassen können, falls er ihn nicht dabei angetroffen hat, wie er sich mit dem Bullen zu schaffen machte?«

»Ich weiß nicht. Ich kann mir da eigentlich nichts denken.«

»Und wie sähe das bei Jimmy Pratt aus?«

»Ich kenne ihn nicht. Ich hab' ihn nie gesehen.«

»Buchstäblich nie gesehen?«

»Na ja – gesehen vielleicht mal. Ich kenne ihn nicht.«

»Hat Clyde ihn gekannt?«

»Ich glaube, sie haben sich in New York kennengelernt.«

»Wüßten Sie irgendein Motiv, aus dem heraus Jimmy Pratt Ihren Herrn Sohn umgebracht haben könnte?«

»Nein.«

»Und wie sähe das bei Caroline Pratt aus?«

»Genauso. Sie haben sich ebenfalls in New York kennengelernt, aber die Bekanntschaft war nur oberflächlich.«

»Entschuldigen Sie, Chef«, mischte ich mich ein. »Soll ich hier ungeniert aus der Schule plaudern?«

»Selbstverständlich.« Wolfe schoß mir einen Blick zu. »Wir sprechen von Mr. Osgoods Sohn, der tot ist.«

»Na gut. – Clyde und Caroline Pratt waren verlobt, aber die Sache ist in die Brüche gegangen.«

»Soso«, murmelte Wolfe.

Osgood funkelte mich an und sagte: »Lachhaft! Wer zum Kuckuck hat Ihnen denn das erzählt?«

Ich kümmerte mich nicht um ihn und sagte zu Wolfe: »Stimmt unter Garantie. Sie sind eine ganze Weile verlobt gewesen. Clyde wollte anscheinend seinem Vater verheimlichen, daß er sich von einem Mitglied der Familie Pratt, noch dazu von einem weiblichen Herkules, hatte angeln lassen. Dann ist Clyde was anderes über den Weg gelaufen, und er ist drauf geflogen. Die geheime Achse Osgood-Pratt erlitt einen komplizierten Bruch. Dieses andere war die junge Dame, die gestern abend mit mir da draußen gewesen ist – Lily Rowan heißt sie. Später ist sie der Sache müde geworden und hat Clyde den Laufpaß gegeben. Von da an ist er dauernd in New York rumgelungert, um womöglich wieder einzusteigen. Eine Möglichkeit wäre, daß Clyde hergekommen ist, weil er wußte, daß Miss Rowan hier sein würde, aber dafür gilt die Garantie nicht. Ich bin noch nicht dazu gekommen...«

Osgood kochte. »Das ist einfach zuviel. Lächerliches Geschwätz!«

Ich sagte knurrend zu Wolfe: »Fragen Sie ihn mal, warum er Lily Rowan am liebsten erwürgen möchte!«

»Mr. Osgood, bitte!« Wolfe hakte ein. »Ich habe Sie von vornherein darauf aufmerksam gemacht, daß eine Morduntersuchung unvermeidlicherweise indiskret und zudringlich ist. Entweder Sie lassen sich das gefallen, oder Sie nehmen Abstand davon. Wenn Sie sich an Mr. Goodwins ordinärem

Jargon stoßen, so kann ich Ihnen das nicht verdenken, aber dagegen ist nichts zu machen. Wenn Sie sich daran stoßen, daß er Tatsachen offen ausspricht, so ist dagegen auch nichts zu machen, es sei denn, Sie wollten die Untersuchung aufgeben. Wir müssen eben allerlei wissen. Wie steht es mit dem Verlöbnis zwischen Ihrem Herrn Sohn und Miss Pratt?«

»Ich habe nie etwas davon gehört. Er hat nie davon gesprochen. Meine Tochter ebenfalls nicht, und sie müßte es doch gewußt haben. Clyde und sie standen sich sehr nahe. Ich glaube das nicht.«

»Dann können Sie es jetzt glauben, scheint mir. Mein Assistent nimmt es mit Tatsachen genau. Wie steht es mit den Beziehungen zu Miss Rowan?«

»Das – ja?« So dringend ruhebedürftig Osgoods Kopf war, fiel es ihm doch schwer, die imaginäre Herzogskrone abzulegen. »Es ist Ihnen doch klar, daß es absolut vertraulich ist.«

»Das bezweifle ich. Ich möchte annehmen, daß mindestens hundert Menschen in New York mehr darüber wissen als Sie. Was aber wissen Sie denn?«

»Ich weiß, daß mein Sohn vor ungefähr einem Jahr in den Bann dieser Frau geraten ist. Er wollte sie heiraten. Sie ist vermögend – oder jedenfalls ihr Vater. Sie ist von einer geradezu krankhaften Sexualität. Sie hätte ihn nicht geheiratet. Wenn sie's getan hätte, dann hätte sie ihn zugrunde gerichtet, aber das hat sie ja ohnehin getan – sie war jedenfalls auf dem besten Wege dazu. Mit der Zeit bekam sie ihn über, aber ihre Krallen saßen so tief in ihm drin, daß er sie nicht ausreißen konnte, und er war einfach nicht dazu zu bringen, sich wie ein Mann zu benehmen. Nach Hause kommen wollte er nicht; er blieb in New York, weil sie dort war. Er hat einen Haufen von meinem Geld vergeudet, und ich habe ihm seinen Wechsel entzogen, aber das hat auch nichts geholfen. Ich weiß nicht, wovon er die letzten vier Monate gelebt hat, aber ich habe den Verdacht, daß meine Tochter ihm geholfen hat, obwohl ich es ihr verboten und ihre Bezüge herabgesetzt habe. Im Mai bin ich nach New York gefahren und zu dieser Rowan gegangen. Ich habe mich erniedrigt vor ihr, aber es nutzte nichts. Sie ist eine verdammte Dirne.«

»Aber nicht im eigentlichen Sinne des Wortes. Eine Dirne nimmt Geld. Dagegen... Bis jetzt sehe ich jedenfalls keinen Anlaß, warum Miss Rowan ihn hätte ermorden sollen. Miss Pratt – das könnte schon sein. Sie war sitzengelassen worden, und sie hat kräftige Muskeln. Eine Kränkung mag lange in der Brust einer Frau schwären, auch wenn man es ihr nicht ansieht. Wann ist Ihr Herr Sohn aus New York hier angekommen?«

»Sonntag abend. Meine Tochter und sein Freund Bronson sind mit ihm zusammen gefahren.«

»Hatten Sie ihn erwartet?«

»Ja. Er hatte Samstag abend von New York aus angerufen.«

»War da Miss Rowan schon drüben bei Pratt?«

»Ich weiß nicht. Ich habe gar nicht gewußt, daß sie da war, ich hab's erst gestern abend von Ihrem Mr. Goodwin gehört, als ich da rüberkam.«

»War sie schon da, Archie?«

Ich schüttelte den Kopf. »Kann ich nicht dienen. Ich hab' beim Mittagessen an einem anderen Fall gearbeitet.«

»Es spielt auch keine Rolle. Ich räume nur Kleinigkeiten aus dem Wege.« Wieder zu Osgood: »Warum ist Ihr Herr Sohn nach so langer Abwesenheit gerade jetzt hierhergekommen? Was hat er gesagt?«

»Er ist...« Osgood hielt inne. Dann fuhr er fort: »Sie sind zu der Ausstellung gekommen.«

»Aber weswegen ist er in Wirklichkeit gekommen?«

Osgoods Augen funkelten, und er sagte: »Verdammt noch mal!«

»Ich weiß, Mr. Osgood. Man hängt seine Wäsche im allgemeinen nicht auf die Leine, solange sie noch nicht gewaschen ist, aber Sie haben mich damit beauftragt, Ordnung in die Dinge zu bringen. Weshalb ist Ihr Sohn zu Ihnen gekommen? Hat er Sie dringend um Geld gebeten?«

»Woher wissen Sie das?«

»Ich hab's nicht gewußt. Aber man braucht ja sooft Geld, und Sie hatten ihm doch den Wechsel gesperrt. War er nur in einer allgemeinen oder in einer ganz bestimmten Geldverlegenheit?«

»In einer bestimmten – was die Höhe des Betrages angeht. Zehntausend Dollar wollte er haben.«

»Aha!« Wolfes Augenbrauen hoben sich kaum merklich. »Wozu?«

»Das hat er mir nicht sagen wollen. Er sagte, er käme in Schwierigkeiten, wenn er's nicht bekäme.« Osgood sah bedrückt aus. »Na ja, ich will ruhig... Er hatte während seiner Affäre mit diesem Weib eine ganze Menge Geld verbraucht. Ich bin im Mai dahintergekommen, daß er angefangen hatte zu spielen, und das war mit ein Grund, weshalb ich ihm sein Geld entzogen habe. Als er mich um zehntausend Dollar bat, hatte ich den Verdacht, er brauchte sie für eine Spielschuld, aber das hat er abgestritten und gesagt, es handelte sich um etwas noch Dringenderes. Was, das wollte er mir nicht sagen.«

»Haben Sie ihm das Geld gegeben?«

»Nein. Ich habe es kategorisch abgelehnt.«

»War er hartnäckig?«

»Sehr. Wir... Es gab eine Szene. Keine heftige, aber eine höchst unerfreuliche. Jetzt...« Osgood schlug die Zähne aufeinander und blickte ins Leere. Mit zusammengebissenen Zähnen murmelte er: »Jetzt ist er tot. Lieber Gott, hätte ich geahnt, daß diese zehntausend Dollar damit was zu tun...«

»Bitte, Mr. Osgood! Bitte! Wir wollen doch arbeiten! Ich

möchte Sie auf eine Duplizität aufmerksam machen, die Ihnen wahrscheinlich schon aufgefallen ist: Bei der Wette, die Ihr Herr Sohn gestern abend abgeschlossen hat, handelte es sich um zehntausend Dollar. Das wirft eine Frage auf. Mr. Pratt ist nicht darauf eingegangen, mit ihm eine sogenannte Gentleman-Wette abzuschließen, sofern sie nicht von Ihnen unterschrieben wäre. Soviel ich weiß, hat er Sie angerufen, um Ihnen von dieser Schwierigkeit Mitteilung zu machen, und Sie haben für die Zahlung Ihres Herrn Sohnes, falls er verliere, garantiert. Entspricht das den Tatsachen?«

»Ja.«

»Gut denn.« Wolfe betrachtete stirnrunzelnd seine beiden leeren Flaschen. »Das erscheint ein wenig widerspruchsvoll – zuerst lehnen Sie es ab, die zehntausend Dollar vorzustrekken, deren ihr Herr Sohn dringend bedarf, um keine Schwierigkeiten zu bekommen, und dann erklären Sie sich so nebenher telefonisch einverstanden, für eine Wette aufzukommen, die er in genau der gleichen Höhe eingegangen ist.«

»So nebenher war das keineswegs.«

»Hatten Sie denn irgendeinen bestimmten Grund zu der Annahme, daß er die Wette gewinnen würde?«

»Zum Kuckuck, wie sollte ich denn? Ich habe doch gar nicht gewußt, worum es bei der Wette ging.«

»Sie haben nicht gewußt, daß er gewettet hatte, Mr. Pratt würde den Bullen Hickory Grindon *nicht* diese Woche schlachten?«

»Nein. Da noch nicht. Das hab' ich erst später, als Clyde schon tot war, von meiner Tochter erfahren.«

»Hat Mr. Pratt es Ihnen am Telefon nicht gesagt?«

»Ich hab' ihn gar nicht dazu kommen lassen. Als ich hörte, daß Clyde zu Tom Pratt ins Haus gegangen war und mit ihm gewettet hatte und daß Pratt die Unverschämtheit besessen hatte, von mir zu verlangen, daß ich für meinen Sohn bürge –

was glauben Sie denn? Sollte ich da den Kerl etwa nach Einzelheiten fragen? Ich habe ihm gesagt, jedweder Betrag, den mein Sohn ihm jemals schulden würde, für eine Wette oder sonst was, ob zehntausend Dollar oder zehnmal soviel, würde umgehend bezahlt werden, und habe aufgelegt.«

»Hat Ihr Herr Sohn, als er kurz darauf nach Hause kam, Ihnen nicht gesagt worum es bei der Wette ging?«

»Nein. Da gab es noch eine Szene. Wenn Sie nun schon... Nun, Sie können schließlich auch alles hören. Als Clyde erschien, war ich wütend und verlangte... Ich war gereizt, und das reizte ihn ebenfalls, und er war schon drauf und dran, wegzulaufen. Ich habe ihm den Vorwurf gemacht, er hätte mich hintergangen. Ich habe ihm den Vorwurf gemacht, er hätte mit Pratt eine Scheinwette abgeschlossen und Pratt dazu veranlaßt, mich anzurufen, so daß ich nicht anders könnte als bezahlen und Pratt ihm dann das Geld geben könnte. Daraufhin ist er tatsächlich weggelaufen. Wie schon gesagt, worum es bei der Wette ging und wie es dazu gekommen war, habe ich erst hinterher erfahren. Ich habe mich aufgemacht und in einen Wagen gesetzt und bin zu einem alten Freunde rübergefahren, der auf der anderen Seite von Crowfield wohnt. Ich wollte nicht zu Hause essen. Clydes Freund, dieser Bronson, war da und meine Tochter und meine Frau – und in meiner Anwesenheit wäre das nicht gerade eine erfreuliche Mahlzeit geworden. Es war schon unerfreulich genug. Als ich zurückkam, nach zehn Uhr, war nur meine Frau da, und die saß in ihrem Zimmer und weinte. Etwa eine halbe Stunde später kam dann der Anruf aus dem Hause Pratt – sein Neffe. Ich fuhr hin. Und als ich hinkam, da hab' ich meinen Sohn tot vorgefunden.«

Wolfe saß da und sah ihn an, und nach einem Augenblick seufzte er. »Das ist bedauerlich«, sagte er. »Ich meine, es ist bedauerlich, daß Sie nicht zu Hause waren und daß Sie sich mit Ihrem Sohn gestritten hatten und darum nicht mit ihm sprachen. Ich hatte von Ihnen zu erfahren gehofft, um welche Zeit und unter welchen Umständen er das Haus verlassen und was er etwa über Ziel und Zweck seines Weges gesagt hat. Sie können mir das nun nicht erzählen.«

»Doch, das kann ich. Meine Tochter und Bronson haben mir erzählt...«

»Verzeihen Sie bitte! Wenn Sie nichts dagegen haben, möchte ich es lieber von den beiden direkt hören. Wie spät ist es, Archie?«

Ich sagte ihm, es sei zehn nach fünf.

»Danke. – Sie sind sich doch darüber im klaren, Mr. Osgood, daß wir in einem breiten Strom fischen. Hier ist Ihr Sohn zu Hause gewesen, Hunderte von Leuten im ganzen Kreise kennen ihn, einer oder mehrere mögen ihn in hinlänglichem Maße gehaßt oder gefürchtet haben, um ihn lieber tot als lebendig zu sehen, und so ziemlich jeder hätte unbemerkt zum hinteren Teil der Koppel gehen können, unbeschadet der Tatsache, daß mein Assistent bei der Koppel Wache hielt. Es war eine dunkle Nacht. Wir werden aber unseren Tätigkeitskreis nur dann weiterziehen, wenn wir uns dazu gezwungen sehen. Gehen wir erst einmal alle die durch, von denen wir wissen, daß sie dort zugegen waren. Wie steht es hinsichtlich eines Motivs bei Mr. McMillan?«

»Ich wüßte keines. Ich kenne Monte McMillan schon, solange ich lebe. Er wohnt da oben in der Nordecke des Kreises. Selbst wenn er Clyde dabei ertappt hätte, wie er irgendwelche dummen Faxen mit dem Bullen anstellen wollte – mein Gott, da hätte Monte ihn doch nicht ermordet! Und Sie sagen ja selbst...«

»Ich weiß. Clyde ist nicht dabei ertappt worden.« Wolfe seufzte. »Damit wären wir wohl durch. Pratt, McMillan, der Neffe, die Nichte, Miss Rowan... Und Sie wissen keine belastenden Hinweise zu nennen, die auf ein Motiv schließen lassen könnten. Da das Haus hier zwei Kilometer von Mr. Pratts Anwesen entfernt liegt, also doch sozusagen in nächster Nähe, sollten wir wohl auch die einbeziehen, die hier gewesen sind. Wie steht es mit Mr. Bronson?«

»Ich kenne ihn nicht. Er ist mit Clyde hergekommen und als ein Freund von ihm vorgestellt worden.«

»Ein alter Freund?«

»Ich weiß es nicht.«

»Sie hatten ihn bis dahin noch nie gesehen und auch noch nichts von ihm gehört?«

»Nein.«

»Wie steht es mit den Leuten, die hier bei Ihnen arbeiten? Es müssen doch eine ganze Anzahl sein.«

»Nein. Von denen kommt keiner in Frage. Drei Jahre lang hat Clyde an meiner Stelle hier mehr oder weniger das Regiment geführt, und er war tüchtig und geachtet und bei allen gern gesehen. Außer...« Osgood brach unvermittelt ab und ließ mit offenem Munde den Rest in der Luft schweben. Dann sagte er: »Lieber Gott, da fällt mir gerade ein... Aber nein, das ist doch lächerlich...«

»Was ist es denn?«

»Ach – ein Mann, der früher hier gearbeitet hat. Vor zwei Jahren hat eine von unsern besten Kühen verkalbt, und Clyde hat diesem Mann die Schuld gegeben und ihm den Stuhl vor die Tür gesetzt. Seitdem hat der Mann so viel Sprüche gemacht, es sei gar nicht seine Schuld gewesen, und wilde Drohungen von sich gegeben, so habe ich mir sagen lassen. Daß ich gerade jetzt daran denke – er ist drüben bei Pratt. Pratt hat ihn letztes Frühjahr eingestellt. Dave Smalley heißt er.«

»Ist er gestern abend dagewesen?«

»Ich denke doch. Sie können sich ja danach erkundigen.«

Ich steuerte meine Weisheit bei: »Natürlich ist er dagewesen. Sie besinnen sich doch noch auf Dave – den, der sich so geärgert hat, wie Sie da den Stein als Wartezimmer benutzt haben?«

Wolfe sah mich forschend an. »Meinen Sie den Idioten, der immer mit der Flinte herumgefuchtelt hat und vom Zaun heruntergesprungen ist?«

»Na klar, das war Dave.«

»Ach der!« Wolfe spuckte fast. »Das geht auch nicht, Mr. Osgood. Sie haben ganz richtig darauf hingewiesen, daß der Mörder Grips, Mut und Glück gehabt hat. Dave ist unschuldig.«

»Er hat so viele Sprüche gemacht.«

»Gott sei Dank, daß ich mir das nicht habe anzuhören brauchen!« Wolfe rückte sich in dem großen, bequemen Sessel zurecht. »Wir müssen weiterkommen. Ich möchte eine oder zwei Bemerkungen machen, bevor ich mit Ihrem Fräulein Tochter spreche. Zuerst muß ich Sie warnend darauf hinweisen, daß die amtliche These, meiner Darlegungen bei Mr. Waddell ungeachtet, so gut wie sicher die sein wird, Ihr Herr Sohn habe die Koppel betreten, um irgend etwas mit dem Bullen anzustellen. Die Herren von der Polizei werden erfahren, daß Clyde mit Mr. Pratt darauf gewettet hat, Pratt werde den Bullen Hickory Caesar Grindon nicht diese Woche schlachten. Sie werden argumentieren, Clyde habe doch, um die Wette zu gewinnen, lediglich eine Verschiebung des Festes um fünf Tage zu erzwingen brauchen und es daher wahrscheinlich auf diese Weise versucht. Sie werden begeistert sein von dem präzisierenden Zusatz ›diese Woche‹. Richtig ist allerdings, daß in der Formulierung der Wettbedingungen etwas höchst Bedeutungsvolles liegt. Aber das wird ihnen entgehen.«

»Was ist denn daran so bedeutungsvoll? Es war doch eine ganz alberne...«

»Nein. Verzeihen Sie bitte! Ich bezweifle, daß es albern war. Ich werde Ihnen das auseinandersetzen, wenn ich so weit bin, daß ich es deuten kann. – Zweitens: Wir sollten in jedem Fall mit allem Respekt darauf achten, welche Richtung Mr. Waddell einschlägt. Gibt er Anlaß zu Beanstandungen, so verdammen Sie ihn in Ihrer Arroganz nicht etwa in Grund und Boden, denn sein Tatsachenmaterial können wir uns zunutze machen. Vieles davon. Zum Beispiel werden wir wissen wollen, was die verschiedenen Personen in Mr. Pratts Hause gestern abend zwischen neun und halb elf getan haben. Ich weiß es nicht, weil ich um neun Uhr gern allein sein wollte und in mein Zimmer gegangen bin, um zu lesen. Wir werden wissen wollen, was der Arzt über den wahrscheinlichen Zeitpunkt des Todes Ihres Herrn Sohnes sagt. Die Vermutung geht dahin, daß der Tod nicht mehr als – sagen wir einmal: fünfzehn Minuten, ehe Mr. Goodwin dazukam, eingetreten ist, aber das Urteil des Arztes mag von Wert sein. Wir werden wissen wollen, ob meine Schlußfolgerungen durch einzelne Feststellungen bestätigt werden, etwa durch die Entdeckung von Blutrückständen im Gras im Umkreis des Schlauches und am Hackenstiel. Drittens: Ich möchte eine Frage wiederholen der Sie vorhin ausgewichen sind. Warum hassen Sie Mr. Pratt?«

»Ich bin der Frage nicht ausgewichen. Ich habe lediglich gesagt, daß das nichts mit der Geschichte zu tun hat.«

»Sagen Sie's mir immerhin! Freilich, es ist unverschämt von mir; ob es aber auch unwesentlich ist, das werde ich erst noch feststellen müssen.«

Osgood zuckte mit den Achseln. »Es ist kein Geheimnis. Der halbe Staat weiß es. Ich hasse ihn nicht, ich empfinde nur Verachtung für ihn. Wie ich Ihnen schon sagte, ist sein Vater bei meinem Vater Stallknecht gewesen. Als Junge war Tom wild und kampflustig, aber er hatte Ehrgeiz, wenn Sie's so nennen wollen. Er machte einem jungen Mädchen aus der Nachbarschaft den Hof und brachte sie dazu, daß sie zusagte, ihn zu heiraten. Dann kam ich nach meiner Ausbildungszeit nach Hause, ich lernte das Mädchen kennen, wir fanden Gefallen aneinander, und ich heiratete sie. Tom ging nach New York und ließ sich nie wieder hier sehen. Anscheinend hat er aber die ganze Zeit tiefen Groll gehegt, denn vor acht Jahren etwa fing er an, sich unangenehm bemerkbar zu machen. Er hatte es zu Geld gebracht, und er setzte seine ganze Intelligenz und einen Teil seines Geldes dafür ein, Pläne auszuhecken, um mich zu ärgern und zu belästigen. Dann, vor zwei Jahren hat er das Landstück gleich neben dem meinen gekauft und das Haus gebaut, und so wurde es noch schlimmer.«

»Haben Sie Vergeltung versucht?«

»Wenn ich jemals Vergeltung versuchen würde, dann nur mit der Pferdepeitsche. Ich ignorierte ihn einfach.«

»Nicht gerade eine vornehme Waffe, die Peitsche. Gestern nachmittag hat Ihr Herr Sohn ihm vorgeworfen, er habe das Schlachtfest nur angesetzt, um Sie zu ärgern. Anscheinend ist er dabei von dem Gedanken ausgegangen, es würde Sie demütigen und lächerlich machen, wenn ein Bulle, der Ihrem besten Tier überlegen ist, gebraten und verspeist würde. Ich fand das ziemlich weit hergeholt. Mr. Pratt behauptete, das Schlachtfest sei als Werbemaßnahme für sein Geschäft gedacht.«

»Mir ist das ganz egal. Ist denn da ein Unterschied?«

»Nein, wohl nicht. Aber Tatsache bleibt doch, daß der Bulle eine Zentralfigur in unserem Problem ist und daß es ein Fehler wäre, ihn aus dem Auge zu lassen. Mr. Pratt natürlich ebenfalls. Sie weisen die Möglichkeit zurück, daß sein schwelender Ärger ihn zum Mord getrieben habe?«

»Ja. Das ist ja Phantasterei. Er ist doch nicht geisteskrank – jedenfalls halte ich ihn nicht dafür.«

»Nun denn.« Wolfe seufzte. »Möchten Sie jetzt Ihr Fräulein Tochter holen lassen?«

Osgood verzog das Gesicht. »Sie ist bei ihrer Mutter. Wollen Sie durchaus mit ihr sprechen? Ich weiß, Sie gelten als fähiger Kriminalist, aber mir scheint, die Leute, die auszufragen wären, sitzen drüben bei Pratt und nicht hier.«

»Meiner kriminalistischen Fähigkeiten wegen haben Sie mir den Auftrag gegeben, mein Herr. Ihr Fräulein Tochter kommt als nächste dran. Bei Pratt drüben ist Mr. Waddell, wie es sich gehört, da er die amtliche Befugnis dazu hat.« Wolfe machte eine Bewegung mit dem Finger. »Also, wenn ich bitten darf!«

Osgood stand auf, trat an einen Tisch, um auf einen Knopf zu drücken, kam dann zurück und goß seinen Cocktail, der mittlerweile ebenso warm sein mußte wie Wolfes Bier, in drei Zügen hinunter. Das stupsnäsige Mädchen erschien und erhielt den Auftrag, Miss Osgood zu uns zu bitten.

Osgood setzte sich wieder und sagte: »Ich sehe nicht ein, was Sie damit bezwecken, Wolfe. Wenn Sie meinen, indem Sie mich befragt haben, hätten Sie alle Mitglieder des Prattschen Haushaltes ausgeschieden...«

»Keineswegs. Ausgeschieden habe ich niemanden.«

Wolfes Ton klang kaum merklich gereizt, woran ich erkannte, daß es nötig war, bei dem Stupsnäschen neues Bier, und zwar kälteres, zu bestellen.

»Die Möglichkeit der Ausscheidung als solche ist Humbug«, sagte er sehr bestimmt. »Unschuld ist etwas Negatives und läßt sich niemals nachweisen; nur Schuld kann man nachweisen. Die einzige Methode, irgendeine Person mit absoluter Sicherheit aus dem Kreise der möglichen Mörder auszuscheiden, besteht darin, daß man feststellt, wer der Täter ist. Man kann gar nicht von Ihnen verlangen, daß Sie einsehen, was ich bezwecke; wenn Sie dazu in der Lage wären, könnten

Sie die ganze Sache selber erledigen. Ich will Ihnen als Beispiel ein Problem vorlegen, an dem Sie sich versuchen können: Ist Miss Rowan eine Mittäterin? Hat sie sich gestern abend Mr. Goodwin angeschlossen und mit ihm eine Stunde lang auf dem Kotflügel meines Wagens, den er gegen einen Baum gefahren hatte, gesessen, um ihn abzulenken, während die Tat verübt wurde? – Oder möchten Sie lieber ein Problem anderer Art...«

Er hielt mit einer Grimasse inne und machte Anstalten, sich zu erheben. Ich stand ebenfalls auf, und Osgood trat quer durchs Zimmer auf die Tür zu, die aufging und seine Tochter einließ. Mit ihr kam eine ältere Frau in einem dunkelblauen Kleid, mit hochgestecktem Haar. Osgood war bestrebt, die letztere abzuwehren, und machte Einwände, aber sie kam trotzdem zu uns heran. Er ließ sich immerhin herbei, uns vorzustellen: »Das ist Mr. Nero Wolfe, Marcia. Sein Assistent, Mr. Goodwin. Meine Frau. Also, nun hör mal, das hat doch keinen Sinn, das nutzt wirklich nichts...«

Während er auf sie einredete, betrachtete ich sie diskret. Die hübsche Farmerstochter, die nach der einen Theorie schuld an Pratts Unglücksidee war, Hickory Caesar Grindon zu Beefsteak zu verarbeiten, durfte wohl noch immer als schön gelten; wenn Frauen einmal an die Fünfzig sind, kann ich das schwer beurteilen, weil ich dazu neige, mich auf Einzelheiten zu konzentrieren, die freilich nicht so lange haltbar sind. Da ihre Haut fleckig und ihre Augen vom Weinen rot und verquollen waren, wäre es jedenfalls wohl ungerecht gewesen, ein Urteil zu fällen.

»Nein, Fred, mir fehlt nichts«, sagte sie zu ihrem Mann. »Nancy hat mir erzählt, was du beschlossen hast. Du wirst schon recht haben – du hast ja immer recht, da brauchst du gar nicht so zu gucken –, du hast durchaus recht, wenn du der Sache auf den Grund kommen willst, aber ich möchte mich doch da nicht ausschließen lassen – du weißt ja, Clyde hat immer gesagt, ihm schmecke kein Kuchen, wenn ich nicht mit meinen Fingern drin rumgewühlt hätte« – ihre Lippe zitterte –, »und wenn die Geschichte mit Nancy besprochen wird, will ich auch dabeisein.«

»Aber Marcia, das hat doch gar keinen Sinn.« Osgood hatte sie am Arm ergriffen. »Wenn du doch bloß...

»Erlauben Sie bitte!« Wolfe runzelte die Stirn und schlug einen festen Ton an. »Sie werden beide nicht dableiben. Ich möchte mit Miss Osgood allein sprechen. Verwünscht, mein Herr, ich arbeite hier, und zwar für Sie! Soviel Mitgefühl ich Ihrem Kummer auch entgegenbringen mag, so kann ich mich doch davon nicht bei der Erfüllung meiner Aufgabe behindern lassen. Der Aufgabe, auf deren Erfüllung Sie Wert legen. Sofern Sie darauf Wert legen.«

Osgood funkelte ihn an, sagte aber zu seiner Frau: »Komm, Marcia!«

Ich ging ihnen drei Schritte nach und hielt ihn an: »Verzeihung, es wäre allen Teilen damit gedient, wenn er noch mehr Bier hätte, vielleicht drei Flaschen – aber etwas kälter bitte!«

10

Nancy nahm auf dem Sessel Platz, den Osgood geräumt hatte. Sie wirkte recht abweisend, was die Situation doch eigentlich gar nicht zu erfordern schien, denn Wolfes Klient war ja schließlich ihr Vater. Man hätte glauben mögen, man stehe feindlichen Truppen gegenüber. Freilich war eben erst ihr Bruder ums Leben gekommen, und man konnte nicht erwarten, daß sie vor fröhlicher Bereitwilligkeit strahlte, aber ihre steife Haltung, wie sie so dasaß, wirkte nicht nur verkrampft, sondern geradezu widerspenstig, und ihre Lippen, die mir noch vor vierundzwanzig Stunden als warm und voll erschienen waren, bildeten jetzt eine starre, farblose Linie.

Wolfe lehnte sich zurück und betrachtete sie mit halbgeschlossenen Augen. »Wir wollen uns so kurz fassen wie möglich, Miss Osgood«, sagte er honigsüß. »Ich habe mir gedacht, in Abwesenheit Ihrer Mutter und Ihres Vaters könnten wir vielleicht ein wenig rascher unser Ziel erreichen.«

Sie nickte, wobei sie den Kopf nur einmal kurz vorbeugte und wieder zurücknahm und schwieg.

Wolfe fuhr fort: »Es muß uns gelingen, Ihren Bruder den gestrigen Nachmittag über so vollständig wie möglich zu verfolgen, von dem Augenblick an, als er Mr. Pratts Terrasse verlassen hat. Sind Sie mit Mr. Bronson und ihm zusammen im selben Wagen gefahren?«

Ihre Stimme war leise und fest: »Ja.«

»Erzählen Sie mir kurz, was Sie getan haben, nachdem Sie die Terrasse verlassen hatten!«

»Wir sind über den Rasen wieder zum Wagen gegangen und eingestiegen und dann – nein, Clyde ist noch mal ausgestiegen, weil ihn Mr. McMillan rief und mit ihm sprechen wollte. Clyde ist zu ihm hingegangen, und sie haben ein paar Minuten geredet; dann ist Clyde zurückgekommen, und wir sind nach Hause gefahren.«

»Haben Sie sein Gespräch mit Mr. McMillan mit angehört?«

»Nein.«

»Machte es den Eindruck eines Streits?«

»Es hat nicht so ausgesehen.«

Wolfe nickte. »Als Mr. McMillan die Terrasse verließ, hat er die ausdrückliche Absicht bekundet, Ihrem Bruder zu raten, er solle keine Dummheiten machen. Dann hat er das also ganz in Ruhe besorgt.«

»Sie haben ein paar Minuten miteinander geredet, sonst nichts.«

»So. Sie sind nach Hause gekommen, und Clyde hat eine Unterredung mit Ihrem Herrn Vater gehabt.«

»Ach ja.«

»Bitte, Miss Osgood!« Wolfe fuchtelte mit dem Finger herum. »Diskretion hält uns nur auf. Ihr Vater hat mir die – unerfreuliche Szene, wie er sich ausdrückte, beschrieben, die er mit seinem Sohne gehabt hat. War das unmittelbar, nachdem Sie nach Hause kamen?«

»Ja. Papa hat auf der Verandatreppe auf uns gewartet.«

»In Wut wegen des Anrufs von Mr. Pratt. Sind Sie bei der Szene dabeigewesen?«

»Nein. Die beiden sind in die Bibliothek gegangen – hier in dieses Zimmer. Ich bin nach oben gegangen, um aufzuräumen – wir waren den ganzen Tag über in Crowfield gewesen.«

»Wann haben Sie Ihren Bruder dann wiedergesehen?«

»Beim Essen.«

»Wer war zu Tisch alles da?«

»Mutter und ich, Mr. Bronson und Clyde. Papa war weggefahren.«

»Um welche Zeit war das Essen zu Ende?«

»Kurz nach acht. Wir essen zeitig hier auf dem Lande, und wir haben ziemlich hastig gegessen, weil die Stimmung nicht sehr munter war. Mutter war ärgerlich – Papa hatte ihr von der Wette erzählt, die Clyde mit Monte Christo – mit Mr. Pratt geschlossen hatte, und Clyde war brummig...«

»Sie haben Mr. Pratt eben ›Monte Christo‹ genannt?«

»Da ist mir die Zunge ausgerutscht.«

»Offenbar. Beunruhigen Sie sich nicht, das war kein verräterischer Lapsus, Ihr Herr Vater hat mir von Mr. Pratts Groll schon erzählt. Sie nannten ihn also ›Monte Christo‹?«

»Ja, Clyde und ich haben ihn immer so genannt, und...«

Ihre Lippe begann zu zittern, aber sie bekam sie wieder in die Gewalt. »Wir fanden das so spaßig, als wir damit angefangen haben.«

»Vielleicht war es das auch. Nun aber – was haben Sie nach dem Essen getan, bitte?«

»Ich bin mit ins Zimmer meiner Mutter gegangen, und wir haben eine Weile geredet, und dann bin ich in mein Zimmer gegangen. Später ging ich nach unten und habe auf der Veranda gesessen. Da war ich noch, als Papa nach Hause kam.

»Und Clyde?«

»Ich weiß nicht. Ich habe ihn nicht mehr gesehen, nachdem ich mit Mutter hinaufgegangen war.«

Gut lügen konnte sie nicht; sie war nicht genügend aufgelockert dazu. Wolfe hat mir beigebracht, daß es eine der wichtigsten Voraussetzungen erfolgreichen Lügens ist, Stimmbänder und Halsmuskeln locker zu lassen; sonst ist man gezwungen, besonderen Druck anzuwenden, um die Lüge herauszubringen, und die Folge davon ist, daß man schneller und lauter spricht und einen roten Kopf bekommt. Bei Nancy Osgood zeigten sich im Augenblick all diese verräterischen Zeichen.

Ich drehte die Augen und warf Wolfe einen raschen Blick zu, aber er stellte nur murmelnd die Frage: »Sie wissen also nicht, wann Ihr Bruder weggegangen ist? Von hier weg, um auf das Prattsche Grundstück zu gehen?«

»Nein.« Sie rührte sich ein wenig und saß dann wieder still und wiederholte: »Nein.«

»Das ist aber schade. Hat er Ihnen oder Ihrer Mutter gesagt, daß er auf das Prattsche Grundstück gehen wollte?«

»Soviel ich weiß, hat er's niemandem gesagt.«

Es gab eine Unterbrechung, ein Klopfen an der Tür. Ich ging hin und nahm dem Stupsnäschen ein Tablett mit drei Flaschen Bier ab, fühlte an der einen, war mit der Temperatur zufrieden und schaffte sie zu Wolfe hinüber. Während er sie öffnete und eingoß, fragte er Nancy, ob sie etwas haben wolle, und sie lehnte dankend ab. Er trank, stellte das leere Glas auf den Tisch und wischte sich mit seinem Taschentuch die Lippen ab.

»Also, Miss Osgood«, sagte er in verändertem Tone, »ich habe Ihnen noch mehrere Fragen zu stellen, aber die nächste ist wahrscheinlich die wichtigste von allen. Wann hat Ihr Bruder Ihnen gesagt, wie und warum er damit rechnete, seine Wette gegen Mr. Pratt zu gewinnen?«

Sie glotzte einen Augenblick und sagte: »Das hat er mir überhaupt nicht gesagt. Wie kommen Sie denn auf den Gedanken?« Das schien mir aufrichtig zu klingen.

»Ich hielt es für leicht denkbar. Ihr Vater sagt, Sie und Ihr Bruder hätten einander sehr nahegestanden.«

»Das haben wir auch.«

»Aber von dieser Wette hat er Ihnen nichts erzählt?«

»Er brauchte mir doch nicht zu erzählen, daß er sie gemacht hatte, ich hatte es ja mit angehört. Er hat mir nicht erzählt, wie und warum er damit rechnete, sie zu gewinnen.«

»Wovon war gestern auf der Heimfahrt von Pratts Haus die Rede?«

»Ich weiß nicht. Von nichts Besonderem.«

»Seltsam. Die merkwürdige Wette, die gerade zustande gekommen war, kam nicht zur Sprache?«

»Nein. Mr. Bronson war... Na ja, man fährt doch bloß ein paar Minuten von Pratt hier herüber...«

»Mr. Bronson war – was?«

»Nichts. Er war dabei, weiter nichts.«

»Ist er ein alter Freund Ihres Bruders?«

»Er ist gar kein... Nein, ein alter Freund nicht.«

»Aber doch wohl immerhin ein Freund, da Sie und Ihr Bruder ihn hierher mitgebracht haben?«

»Ja«, sagte sie frostig. Es war schrecklich mit ihr.

»Sind auch Sie mit ihm befreundet?«

»Nein.« Sie hob ihre Stimme ein wenig. »Weshalb fragen Sie mich eigentlich über Mr. Bronson aus?«

»Mein liebes Kind!« Wolfe preßte die Lippen zusammen. »Fangen Sie doch um Himmels willen nicht damit an! Ich bin ein beauftragtes Werkzeug der Rache – beauftragt von Ihrem Vater. Heutzutage tragen die Erinnyen Jacketts und Hosen, trinken Bier und arbeiten für Geld, aber die Funktion ist unverändert dieselbe und muß nach wie vor, wenn überhaupt, ohne Pardon erfüllt werden. Ich werde herausbekommen, wer Ihren Bruder ermordet hat. Zu dem Schlachtplan gehört es, alles erreichbare Tatsachenmaterial zusammenzustellen. Ich habe vor, mir Bronson ebenso genau anzusehen wie alle anderen, die das Pech haben, in Reichweite gewesen zu sein. Nehmen wir zum Beispiel Miss Pratt! Waren Sie damit einverstanden, daß Ihr Bruder sich mit Miss Caroline Pratt verlobt hat?«

Sie blickte verwirrt drein, machte den Mund auf und schloß ihn wieder.

Wolfe machte eine beruhigende Kopfbewegung zu ihr hin. »Ich wende hier keine besonderen Kniffe an, um Sie aus der Fassung zu bringen und in die Enge zu treiben. Ich glaube, das brauche ich gar nicht. Sie zeigen schon selbst Ihre schwachen Stellen deutlich genug. Um Ihnen einen Begriff zu geben – hier sind einige Fragen, die ich von Ihnen beantwortet haben möchte: Warum haben Sie es zugelassen, daß Mr. Bronson, den Sie doch mit Abscheu betrachten, als Gast hier im Hause bleibt? Daß Sie ihn verabscheuen, weiß ich. Denn als er Sie gestern bei Mr. Pratt auf der Terrasse zufällig streifte, sind Sie zurückgezuckt, als hätten Sie mit Ihrem Kleid etwas Schmieriges berührt. Warum wäre es Ihnen lieber, wenn das Rätsel um den Tod Ihres Bruders ungelöst und die Schuld an dem Bullen hängenbliebe? Daß Sie so denken, hat mir heute nachmittag der Ausdruck von Erleichterung in Ihrem Gesicht verraten, als ich wegen der Unhöflichkeit Ihres Vaters schon aufbrechen wollte. Warum haben Sie mir erzählt, Sie hätten Ihren Bruder gestern abend nach dem Essen nicht mehr gesehen? Daß das gelogen war, weiß ich, weil ich Sie gehört und gesehen habe, während Sie es sagten. Sehen Sie, wie Sie sich verraten haben?«

Nancy erhob sich, und die Linie ihres Mundes war schmaler als je. Sie trat einen Schritt zur Seite und sagte: »Mein Vater... ich will doch mal sehen, ob er wirklich...«

»Unsinn!« fuhr Wolfe sie an. »Bitte, setzen Sie sich hin! Was meinen Sie denn, warum ich Ihren Vater hinausgeschickt habe? Soll ich ihn hereinholen? Er wünscht zu erfahren, wer seinen Sohn ermordet hat, und im Augenblick treten alle anderen Erwägungen dahinter zurück, auch das Selbstbewußtsein und der Seelenfrieden seiner Tochter. Seelenfrieden werden Sie sowieso nicht finden, wenn Sie etwas zu verschweigen suchen. Sie müssen auf diese Fragen plausibel und erschöpfende Antworten geben, und das einfachste ist, Sie geben sie jetzt mir gegenüber, hier auf der Stelle.«

»Das können Sie nicht tun.« Sie machte eine unsichere Handbewegung. Ihr Kinn zitterte, und sie gab sich Mühe, es ruhig zu halten. »Das können Sie auf keinen Fall. Das können Sie nicht tun.« Sie sah so reizend aus in ihrer Bedrängnis, und wenn der Kerl, der ihr so zusetzte, jemand anders gewesen wäre, so hätte ich ihm glatt eine geknallt.

»Sie sehen also, wie es ist«, sagte Wolfe ungeduldig zu ihr. »Setzen Sie sich hin! Sie müssen das einfach sagen, denn wir müssen es wissen – ob es sich als nützlich erweist oder nicht. Sie können damit nicht hinter dem Berge halten. Zum Beispiel – Ihre Abneigung gegen Mr. Bronson. Ich kann den Telefonhörer dort in die Hand nehmen und in New York einen Mann namens Saul Panzer anrufen, einen tüchtigen und eifrigen Mann, und ihm sagen, daß ich alles wissen möchte, was er über Bronson und Sie und Ihren Bruder in Erfahrung bringen kann. Sie sehen, wie albern es wäre, wenn Sie uns dazu zwingen wollten, Zeit und Geld dafür zu verschwenden. Wie steht es mit Mr. Bronson? Wer ist er?«

»Wenn ich Ihnen von Bronson erzählte...« Sie hielt inne, um ihre Stimme wieder in die Gewalt zu bekommen. »Ich kann nicht. Ich habe Clyde versprochen, es nicht zu tun.«

»Clyde ist tot. Kommen Sie, Miss Osgood, wir erfahren es doch sowieso, das kann ich Ihnen versichern. Das wissen Sie doch.«

»Ja – das kann schon sein.« Sie setzte sich unvermittelt hin, begrub ihr Gesicht in den Händen und saß steif da. Gedämpft kam ihre Stimme: »Clyde! Clyde!«

»Kommen Sie!« sagte Wolfe scharf. »Wer ist Bronson?«

Sie nahm langsam die Hände vom Gesicht und hob es empor. »Er ist ein Gauner.«

»Ein professioneller? Was ist seine Spezialität?«

»Ich weiß nicht. Ich kenne ihn nicht. Ich habe ihn erst vor ein paar Tagen das erste Mal gesehen. Ich weiß nur, was Clyde...«

Sie hielt inne und starrte auf Wolfes Gesicht, als hoffte sie, es würde sich durch ein Wunder in Dunst auflösen, wußte aber, daß das nicht möglich war »Meinetwegen«, sagte sie. »Ich habe gedacht, ich hätte so viel Kraft, aber anscheinend hab' ich sie nicht. Was soll es denn nutzen? Was soll es denn Ihnen oder Papa oder sonstwem nutzen, wenn Sie wissen, daß Bronson ihn umgebracht hat?«

»Wissen Sie das?«

»Ja.«

»Bronson hat Ihren Bruder ermordet?«

»Ja.«

»So. Haben Sie das selbst gesehen?«

»Nein.«

»Was hat er denn für ein Motiv gehabt?«

»Ich weiß nicht. Um das Geld zu bekommen, kann er's wohl nicht getan haben, denn Clyde hatte es nicht.«

Wolfe lehnte sich zurück und stieß einen Seufzer aus. »Nun denn«, murmelte er, »mir scheint, wir müssen alles hören. Was für Geld hätte denn Mr. Bronson von ihm haben wollen und warum?«

»Geld, das Clyde ihm schuldig war.«

»Im Betrage von zehntausend Dollar, vermute ich. Fragen Sie mich bitte nicht, woher ich das weiß! Und Bronson drängte auf Zahlung?«

»Ja. Deswegen ist er ja hierhergekommen. Deswegen ist auch Clyde hergekommen – um zu versuchen, das Geld von Vater zu bekommen. Er mußte es diese Woche bezahlen, sonst...« Sie hielt inne, streckte die Hand aus und ließ sie wieder fallen. »Bitte! Das war's, was ich nicht erzählen sollte, ich hab's Clyde doch versprochen.«

»Das Versprechen ist mit ihm gestorben«, sagte Wolfe zu ihr. »Glauben Sie mir, Miss Osgood, wenn Sie nicht verstört wären vor Schreck und Gram, hätten Sie nicht so den Sinn für die richtigen Maßstäbe verloren. Handelte es sich um Geld, das Clyde sich von Mr. Bronson geborgt hatte?«

»Nein. Es war Geld, das Bronson ihm bezahlt hatte.«

»Wofür hat er es denn bezahlt?«

Stückweise holte er alles geduldig aus ihr heraus. Die Geschichte war im Grunde kurz und nicht gerade hübsch. Clyde hatte für Lily Rowan all seine Moneten ausgegeben und noch verschiedene andere Gelder hinterhergeworfen, die er seinem Vater aus der Tasche gezogen, bei seiner Schwester requiriert, von Freunden geborgt hatte. Dann hatte er das Glück beschwören wollen, zum guten Zwecke beizutragen, und hatte es mit diversen Methoden, vom Knobeln bis zum Zehn-Cent-Bridge, versucht und zu spät erkannt, daß des Glückes Mühlen langsam mahlen.

Einmal, als er bis zum Halse drinsteckte, hatte ein Mr. Howard Bronson ihm Gelegenheit gegeben, eine Handvoll richtigen Geldes aus der Nähe zu betrachten, und den Wunsch geäußert, in gewisse Kreise eingeführt zu werden, darunter die beiden exklusiven Bridge-Clubs in New York, denn auf Grund seiner Familienbeziehungen hatte Clyde ja Zugang zu so ziemlich allem, was gut und teuer war. Aber Clyde brauchte das Geld nicht erst morgen oder übermorgen, sondern sofort, und Bronson hatte es ihm gegeben, woraufhin Clyde einige Schuldner befriedigte und den Rest noch vor Anbruch des nächsten Tages wieder den üblichen Weg hatte wandern lassen.

Wie er es sein Leben lang gewohnt war, hatte er sich seiner Schwester anvertraut, und ihre Bestürzung zusammen mit seinen eigenen verspäteten Überlegungen hatten ihm klargemacht, daß er in seiner Verzweiflung eine Zusage gegeben hatte, die ein Osgood auf keinen Fall erfüllen konnte. Er hatte Bronson das mitgeteilt und mit seinem Bedauern zugleich die Absicht geäußert, die zehntausend Dollar so bald wie möglich zurückzuzahlen. Bronson aber hatte sich von einer niederträchtigen Seite gezeigt. Er verlangte die Erfüllung der Zusage oder aber sofortige Rückzahlung des Geldes. Erschwerend kam noch hinzu, daß Clyde unüberlegterweise eine Quittung für das Geld unterschrieben hatte, auf der auch verzeichnet war, was Bronson dafür erhalten sollte. Bronson drohte damit, die Quittung den befreundeten Familien zu zeigen. Damit wurde die Sache peinlich auf der ganzen Linie.

Als sich Clyde zu einer Reise nach Crowfield als der letzten Ausflucht entschloß, um sich an seinen Vater zu wenden, war Bronsons Mißtrauen gegen ihn so stark geworden, daß er durchaus mitfahren wollte und nicht abzuwimmeln war, und Nancy hatte sie begleitet, um Clyde beim Vater zu unterstützen. Doch der Vater war unnachgiebig gewesen, und am Montag sah es schon so aus, als ob Clyde alles würde eingestehen müssen, um das Geld zu bekommen – was wirklich höchst peinlich gewesen wäre –, als plötzlich auf Pratts Terrasse das Glück wieder winkte und Clyde eine Wette abschloß.

Das alles holte Wolfe geduldig aus ihr heraus, mit verschiedenen Einzelheiten und Daten, und bemerkte dann, als er seine zweite Flasche Bier ausgetrunken hatte, das lasse Bronson zwar als einen Mann mit nicht sehr anständigen Motiven erscheinen, doch sei ein Motiv zum Mord wohl kaum dabei.

»Ich weiß«, sagte Nancy. »Ich habe Ihnen ja gesagt, daß er's wohl nicht getan haben kann, um das Geld zu bekommen, denn Clyde hat es gar nicht gehabt, und wenn er's gehabt hätte, hätte er's ihm ja doch gegeben.«

»Und trotzdem sagen Sie, er sei es gewesen?«

»Ja.«

»Warum?«

»Weil ich gesehen habe, wie Bronson mit Clyde zum Prattschen Grundstück hinübergegangen ist.«

»Soso! Gestern abend?«

»Ja.«

»Erzählen Sie mir das mal!«

Der Sack war jetzt offen, und die meisten Körner schon heraus. Sie schüttete auch den Rest aus: »Es war neun Uhr ungefähr, vielleicht ein bißchen später. Als ich aus Mutters Zimmer kam, ging ich nach unten, um Clyde zu suchen und ihn zu fragen, warum er eigentlich mit Pratt gewettet habe. Ich hatte Angst, er würde irgend etwas Verrücktes anstellen. Draußen beim Tennisplatz fand ich ihn im Gespräch mit Bronson, und als sie mich kommen hörten, sprachen sie nicht weiter. Ich sagte, ich wolle ihn etwas fragen, und er kam mit mir mit, aber erzählen wollte er mir nichts. Ich sagte ihm, ich sei ziemlich sicher, das Geld durch Mutter zu bekommen, und erinnerte ihn daran, daß er mir geschworen hätte, sich nicht mehr so dumm zu benehmen. So ungefähr habe ich mit ihm gesprochen. Er erwiderte, diesmal hätte ich unrecht, und er hätte recht; was er jetzt mache, sei keine Dummheit; ich würde schon damit einverstanden sein, wenn ich's erführe, aber im Augenblick wolle er mir's noch nicht erzählen. Ich habe noch etwas gebohrt, aber er hat immer schon einen dikkeren Kopf gehabt als ich.«

»Und Sie haben gar keine Ahnung, was er im Sinne hatte?«

Nancy schüttelte den Kopf: »Nicht die geringste. Er meinte, er wolle ja das Schlachtfest gar nicht verhindern.«

»Erzählen Sie mir wörtlich, wie er sich ausgedrückt hat, wenn Ihnen das möglich ist!«

»Na ja, er hat gesagt: ›Ich will niemandem was zuleide tun, auch Monte Christo nicht. Bloß schröpfen will ich ihn. Ich will ihn nicht mal um seinen blödsinnigen Schmorbraten bringen, und er wird den Unterschied zuerst gar nicht merken, sondern erst hinterher, wenn ich das so hinbiegen kann.‹ So ungefähr hat er gesagt.«

»Sonst noch etwas über das Schlachtfest, über den Bullen oder jemanden von Mr. Pratts Haushalt?«

»Nein, nichts.«

»Sie haben sich draußen von ihm getrennt?«

»Ja, danach dann. Ich bin wieder ins Haus gegangen und rauf in mein Zimmer gelaufen und hab' mir einen dunklen Rock und Pullover angezogen. Dann bin ich wieder runtergekommen und durch den Westflügel aus dem Haus gegangen, weil vorn auf der Veranda Licht brannte und ich nicht gesehen werden wollte. Ich wußte nicht, ob Clyde vorhatte, irgendwo hinzugehen oder irgend etwas anzustellen, aber ich wollte dahinterkommen. Ich konnte ihn nicht finden. Außerhalb des Lichtkreises der Veranda war es draußen stockdunkel, aber ich habe einen Rundgang gemacht und gehorcht und nachgesehen, so gut ich konnte, aber keine Spur von ihm war zu finden. Die Wagen standen in der Garage, und ich hätte es ja auch hören müssen, wenn er einen Wagen oder eins von den Lastautos genommen hätte. Wenn er etwas im Schilde führte, konnte es nur drüben bei Pratts sein. Deswegen hielt ich's für das beste, es mal dort zu probieren. Ich ging an den Stallungen und dem Gebüsch vorbei und durch ein Tor auf die Wiese, was der kürzeste Weg war, dann über einen Acker bis ans Ende der Kiefernreihe, die da als Windschutz steht...«

»Und das alles im Dunkeln?« fragte Wolfe.

»Freilich. Ich kenne ja jede Handbreit, ich bin doch hier geboren. Ich finde mich im Dunkeln schon zurecht. Ich war ungefähr die halbe Kiefernreihe entlanggegangen, als ich vor mir eine Taschenlampe aufblitzen sah, und da habe ich unvorsichtigerweise angefangen zu laufen, weil ich näher heranwollte, um zu sehen, ob es Clyde war, und bin in ein Loch getreten und mit viel Lärm hineingestolpert. Die Taschenlampe war auf mich gerichtet, ich hörte Clydes Stimme, und da habe ich gemerkt, daß es ja doch keinen Zweck hatte, und habe ihm geantwortet. Er ist zu mir zurückgekommen, und bei ihm war Bronson mit einem Knüppel in der Hand, einem Ast von einem jungen Baum. Clyde war wütend. Ich habe ihn gefragt, was er vorhätte, und das hat ihn noch wütender gemacht. Er sagte... Ach, es kommt ja nicht drauf an, was er gesagt hat. Ich mußte ihm versprechen, wieder nach Hause zu gehen und mich schlafen zu legen...«

»Und auch diesmal hat er sich über seinen Schlachtplan nicht ausgelassen?«

»Nein, er wollte mir's nicht erzählen. Ich bin nach Hause gegangen. Hätte ich das bloß nicht gemacht!«

»Ich bezweifle, ob das etwas ausgemacht hätte. Doch Sie haben mir noch nicht erzählt, warum Sie der Ansicht sind, daß Mr. Bronson Ihren Bruder ermordet hat.«

»Warum? Na ja, er ist doch dagewesen. Er ist doch ein Mensch, dem alle Gemeinheiten zuzutrauen sind...«

»Unsinn. Sie haben heute nacht nicht geschlafen. Ihr Verstand funktioniert nicht einmal bei den einfachsten Überlegungen. Wissen Sie, wann Mr. Bronson wieder hierher zurückgekommen ist?«

»Nein. Ich war auf der Veranda, bis Papa kam...«

»Dann gibt's da Arbeit für Sie. Tun Sie mal was! Erkundigen Sie sich beim Personal, ob jemand ihn hat zurückkommen sehen, und geben Sie mir dann Bescheid! Das spart vielleicht etwas Zeit.« Wolfe schob seine Lippe vor und zog sie wieder ein. »Ich sollte meinen, daß für Bronson der Gedanke recht unbehaglich ist, Sie könnten ausplaudern, daß er gestern abend auf Pratts Grundstück gewesen ist. Können Sie sich vorstellen, warum ihm das anscheinend nichts ausmacht?«

»Ja, das kann ich. Er... Er hat heute morgen mit mir gesprochen. Er sagte, er habe sich am Ende der Kiefernreihe von ihm getrennt, wo der Zaun ist, der unser Grundstück begrenzt, sei hierher zurückgekommen und habe draußen beim Tennisplatz gesessen und geraucht. Er sagte, nach seiner Meinung täusche mein Vater sich, der Bulle hätte Clyde umgebracht, und auch alle andern seien dieser Meinung. Er zeigte mir die Quittung mit Clydes Unterschrift und sagte, ich wolle doch wohl nicht, daß so etwas rauskäme und einen Schatten auf Clydes Andenken werfe, und er wolle mir Gelegenheit geben, ihm das Geld zurückzuzahlen, ehe er damit zu meinem Vater gehe. Ich müsse aber vergessen, daß ich ihn mit Clyde gesehen hätte, und ihm damit die Unannehmlichkeiten ersparen, über gestern abend ausgefragt zu werden.«

»Und auch als Sie bei dem weiteren Fortgang der Dinge zu

der Auffassung gelangt sind, er sei der Mörder, haben Sie es für besser gehalten, all dies zu verschweigen, dem Andenken Ihres Bruders zuliebe.«

»Ja. Und ich wünschte, ich wäre dabei geblieben.« Sie beugte sich vor, und eine leichte Röte, die auf ihre Wangen trat, ließ ihre Entschlossenheit erkennen. »Sie haben es aus mir 'rausgeholt«, sagte sie. »Aber Clyde hat vor allen Dingen gewollt, daß Papa nichts davon erfährt. Muß Papa es denn erfahren? Warum denn?«

Wolfe machte eine Grimasse. »Können Sie Bronson die zehntausend Dollar bezahlen?«

»Im Augenblick nicht. Aber seit Bronson heute morgen mit mir gesprochen hat, denke ich immerzu über eine Möglichkeit nach... Hat nicht Clyde seine Wette gegen Pratt gewonnen? Das Schlachtfest wird er doch jetzt bestimmt nicht abhalten, oder? Ist nicht damit das Geld fällig?«

»Mein liebes Kind!« Wolfe machte die Augen auf und sah sie an. »Was für eine bemerkenswerte Überlegung! Erstaunlich. Sie verdient es, Früchte zu tragen, und wir müssen sehen, was sich tun läßt. Ich habe Sie unterschätzt und bitte deshalb um Entschuldigung. Außerdem glaube ich, Sie verdienen es, daß man Ihnen einen Gefallen tut. Wenn es tunlich ist, und das dürfte es wohl sein, soll das Versprechen, das Sie Ihrem Bruder gegeben haben, gehalten werden. Ich habe von Ihrem Vater den festumrissenen Auftrag erhalten, den Mörder seines Sohnes zu entlarven, und ich glaube wohl, daß sich das bewerksteiligen läßt, ohne seine Abmachung mit Bronson preiszugeben. Eine grandiose Idee ist das – bei Pratt kassieren, um Bronson zu bezahlen! Die Idee gefällt mir...«

Er brach ab und sah mich an, denn an der Tür war ein Klopfen zu hören. Ich erhob mich von meinem Sessel und trat darauf zu, aber sie ging auf, ehe ich noch da war, und zwei Männer kamen herein.

Ich blieb stehen und machte ziemlich große Augen, als ich sah, daß es Tom Pratt selbst mit McMillan war. Hinter ihnen, dicht auf ihren Fersen, drängte sich eine Frau mittleren Alters in einem schwarzen Kleid heran, die ihnen mit empört funkelnden Blicken nachrief, Mr. Osgood sei gar nicht drin, sie sollten gefälligst im Flur auf ihn warten.

Dann begannen sich die Ereignisse zu überstürzen. Mit einem flüchtigen Blick sah ich, daß Mr. Howard Bronson an einer der Verandatüren stand und hereinschaute, und sah, daß Wolfe ihn ebenfalls entdeckt hatte. Gleichzeitig war vom Flur her ein zielbewußter Schritt zu hören, und dann stand Mr. Frederick Osgood unter uns, mit noch weit finstererem Gesicht als je zuvor. Er wandte es Pratt zu, ohne sich um andere unnötigerweise zu bekümmern. Fest und ergrimmt stand er einen Meter vor ihm, funkelte ihn an und sprach wie ein Herzog in wallendem Zorn: »Hinaus!«

McMillan wollte etwas sagen, doch Osgood fuhr ihn an: »Donnerwetter noch mal, Monte, haben Sie diesen Menschen mit hergebracht? Bringen Sie ihn sofort wieder weg! Er hat bei mir nichts verloren...«

»Nun warten Sie mal einen Moment, Fred!« McMillans Stimme klang so, als ob auch mit ihm nicht zu spaßen sei. »Einen Moment nur, damit wir auch mal was sagen können. Ich hab' ihn nicht hergebracht, nein, sondern wir sind zusammen hergekommen. Hier ist überall der Teufel los, und Pratt ist davon auch nicht mehr erbaut als Sie, und ich ebensowenig. Waddell und Sam Lake mit einer Horde von Beamten und einer Meute von der Landespolizei reißen da drüben alles auseinander, und wenn's da überhaupt was zu finden gibt, wollen wir hoffen, daß sie's finden. Ich jedenfalls hoffe es. Pratt kann für sich selbst sprechen. Aber sprechen werden wir wohl müssen, meine ich. Nicht bloß wegen Clyde, sondern auch wegen dem, was vor einer Stunde passiert ist.«

McMillan machte eine Pause, gab Osgoods starren Blick zurück und sagte dann mit schwerer Stimme: »Caesar ist tot. Mein Bulle Caesar.«

Pratt brummte: »Mein Bulle.«

»Meinetwegen, Pratt, Ihr Bulle.« McMillan sah ihn nicht an. »Aber tot ist er. Ich hab' ihn aufgezogen, er hat mir gehört, und jetzt liegt er tot am Boden.«

11

Ein Anflug von Bestürzung hatte Osgoods finsteren Gesichtsausdruck für einen Augenblick abgelöst. Doch schon explodierte er wieder: »Was, zum Teufel, kümmert mich denn Ihr Bulle?« Er wandte sich zu Pratt: »Raus hier mit Ihnen! Raus!«

Ihn und die anderen riß Wolfes Stimme herum, die durch den Raum dröhnte: »Mr. Osgood! Bitte!«

Wolfe war von dem bequemen Sessel aufgestanden und kam näher. Der Ausdruck seines Gesichts, das ich so gut kannte, verriet mir, daß ihm irgend etwas aufgestoßen war und ihn beinahe bis zum Äußersten reizte, und ich fragte mich, was das wohl sein mochte.

Er trat zu dem Kreise. »Guten Abend, meine Herren! Mr. Pratt, es wäre ein schlechter Dank für Ihre Gastfreundschaft, wenn Sie sich dadurch, daß ich Mr. Osgood meine Dienste zur Verfügung gestellt habe, gekränkt fühlen müßten, und ich hoffe nur, daß Sie es nicht so auffassen. Mr. Osgood, dies ist Ihr Haus, aber wie unangenehm es Ihnen auch sein mag, daß Mr. Pratt es betreten hat, so können Sie doch sicherlich angesichts der gegenwärtigen Krise Ihre feindselige Einstellung beiseite stellen. Ich versichere Ihnen, es ist höchst wünschenswert. Er scheint eine ungemein wichtige Nachricht mitgebracht zu haben, da auch Mr. McMillan...«

Osgood warf Pratt einen giftigen Blick zu und knurrte: »Sie widerlicher dreckiger Mistkäfer!«

Pratt gab den giftigen Blick zurück und brummte: »Sie aufgeblasener Pinkel!«

Schon ganz nett, dachte ich, für einen ›Landedelmann‹ und einen Millionär.

Wolfe sagte: »Aber, aber! Wenn Sie nun beide recht hätten? – Bitte, Mr. McMillan, was ist denn mit dem Bullen?«

»Er ist tot.«

»Woran ist er gestorben?«

»An Milzbrand.«

»Ach. Das ist eine Krankheit, nicht wahr?«

»Nein. Es ist ein plötzlicher, fürchterlicher Tod. Eigentlich ist es allerdings eine Krankheit, aber so rasch und tödlich, daß es eher wie ein Schlangenbiß ist oder wie ein Blitzschlag.« Der Züchter schnippte mit den Fingern. »Einfach so.«

Wolfe nickte. »Ich habe als Kind, in Europa, mal etwas davon gehört. Aber war Caesar nicht heute morgen noch ganz gesund? Wann haben Sie die Symptome beobachtet?«

»Bei Milzbrand gibt's keine Symptome zu beobachten. Meistens jedenfalls nicht. Man kommt morgens in die Koppel und findet totes Vieh vor. So war's vor einem Monat bei meiner Herde. So war's heute nachmittag um fünf Uhr bei Caesar. Einer von Sam Lakes Beamten ist in den hinteren Teil der Koppel gegangen, wo ich Caesar hinter ein paar Birken angebunden hatte, und hat ihn tot vorgefunden, alle viere von sich gestreckt. Ich war zu Lew Bennett nach Crowfield gefahren. Sie haben mich angerufen, und ich bin rausgekommen, und Pratt und ich dachten, das beste ist, wir kommen mal hierher.«

Osgoods finsterer Gesichtsausdruck hatte sich noch weiter aufgelöst. Ich wußte ja nicht, daß das bloße Wort ›Milzbrand‹

zusammen mit der Nachricht, er sei im Umkreis eines Kilometers von der eigenen Herde aufgetreten, ausreichte, jeden Besitzer von Vieh in blankes Entsetzen zu versetzen, ganz gleich, was ihm vorher begegnet sein mochte.

Wolfe wandte sich um und sagte knapp: »Mr. Pratt, ich möchte den Kadaver des Bullen kaufen. Was verlangen Sie dafür?«

Ich glotzte ihn an und fragte mich erstaunt, ob das, was ihm aufgestoßen war, etwa seinen Verstand durcheinandergerüttelt habe. Pratt glotzte ebenfalls.

Osgood bullerte: »Einen Milzbrandkadaver kann man nicht kaufen. Den nimmt der Staat.«

Pratt fragte: »Wozu wollen Sie ihn denn, um Gottes willen?«

McMillan sagte sauer: »Sie sind schon da. Ein Mitglied der Landeskammer war gerade in Crowfield, und als ich hinkam, war er auch schon da, mit dutzend Leuten. Ja, aber was wollten Sie denn damit anfangen?«

Wolfe seufzte. »Wie sie vermutlich von Mr. Waddell gehört haben, habe ich bereits dargelegt, daß Clyde Osgood nicht von dem Bullen umgebracht worden ist. Das Fehlen von Blutspuren an seinem Kopf! Ich wollte die Haut haben. Schwurgerichte sehen gern greifbare Beweise. Was macht denn das Mitglied der Landeskammer dort mit seinen Leuten? Transportieren sie den Kadaver ab?«

»Nein. Den transportiert man nicht ab. Man will auch nicht die Haut. Man faßt ihn gar nicht an, denn das ist gefährlich. Man vergräbt ihn nicht, denn die Keime leben im Boden noch jahrelang. Man kommt überhaupt nicht in seine Nähe. Die Männer von der Landeskammer sammeln jetzt Holz und stapeln es als Scheiterhaufen um den Kadaver auf.« McMillan schüttelte langsam den Kopf. »Der wird die ganze Nacht brennen, dieser Caesar.«

»Wie hat er sich denn das geholt? Ich denke, Sie haben ihn erst vorigen Freitag an Mr. Pratt übergeben. Hat er es denn schon von Ihnen mitgebracht?«

»Das kann nicht sein. Da hätte er schon längst tot sein müssen. Die Frage, wie er sich's geholt hat – das ist eins von den Problemen, über die wir hier sprechen wollten.« McMillan sah Osgood an. Er zögerte eine Sekunde und sagte dann: »Hören Sie mal zu, Fred, setzen wir uns doch hin! Ich bin ziemlich erledigt. Wir wollen Sie etwas fragen.«

Osgood sagte kurzangebunden: »Kommen Sie auf die Veranda!«

Ich unterdrückte mühsam ein Grinsen. Heiliger Strohsack, er würde doch nicht etwa zugeben, daß ein Mistkäfer sich innerhalb seiner vier Wände niederließ? Alle setzten sich in Bewegung, Wolfe folgte ihnen, und ich bildete die Nachhut, nachdem ich mich noch einmal umgedreht und gesehen hatte, daß Nancy sich gerade von ihrem Sessel erhob und Bronson nicht mehr hinter der Verandatür zu sehen war. Ich ersuchte sie, bei dem Personal die Erkundigungen anzustellen, die Wolfe ihr aufgetragen hatte, und sie nickte.

Als ich auf die Veranda kam, saßen sie auf den Korbstühlen beisammen, und McMillan sagte gerade zu Osgood: »Wir alle möchten, daß die Sache aufgeklärt wird; deswegen sind Pratt und ich ja hergekommen. Waddell wird auch gleich hiersein. Als Caesar tot war, ist jemand auf einen Gedanken gekommen – wer, spielt keine Rolle –, und wir dachten, es wäre doch nur recht und billig, Ihnen davon zu erzählen, ehe der Sache nachgegangen wird. Wenn Sie wissen wollen, warum gerade ich es Ihnen sagen komme – ich bin gekommen, weil alle andern sich nicht getraut haben. Eigentlich ist es ja Waddells oder Sam Lakes Sache und nicht meine, und die werden das untersuchen müssen, wenn sie's für richtig halten, aber sie haben mich gebeten herzukommen und erst mal mit Ihnen darüber zu sprechen. Pratt war bereit herzukommen, aber wir wußten, was dabei rauskäme und daß es höchstens noch zu weiterem Unheil führen würde. Davon haben wir doch wirklich schon genug, und da bin ich hergekommen, und er ist mitgekommen – in der besten Absicht, möchte ich sagen. Er kann Ihnen erzählen...«

Pratt begann: »Tatsache ist, Fred...«

»Osgood ist mein Name, verdammt noch mal!«

»Meinetwegen. Nehmen Sie ihren Namen, pökeln Sie ihn sich ein, und geh'n Sie zum Teufel damit!«

Osgood ignorierte ihn und fragte: »Worüber wollen Sie mit mir sprechen, Monte?«

»Über Clyde«, sagte McMillan. »Sie werden natürlich eingeschnappt sein, aber es wird nichts nutzen, wenn Sie in die Luft gehen. Tatsache ist, daß Clyde da in der Koppel gewesen ist. Wozu? Waddell und Sam Lake und Hauptkommissar Barrow von der Landespolizei geben zu, daß Nero Wolfes Rekonstruktion der Sache möglich ist; aber es ist schwer zu glauben, denn zunächst schon mal – wenn jemand das alles getan hat, wer ist es dann gewesen? Das vor allen Dingen macht sie so stutzig.«

»Nicht eben ungewöhnlich«, murmelte Wolfe.

»Behaupten Sie, der Bulle hätte ihn umgebracht?« fragte Osgood.

»Ich behaupte gar nichts.« McMillan hob seine abfallenden Schultern. »Verstehen Sie mich nicht falsch, Fred! Ich hab' Ihnen ja gesagt, ich bin zu Ihnen gekommen, weil die andern alle, bis auf Pratt, sich nicht getraut haben. Ich behaupte gar nichts. Jedenfalls – sie sagen, wenn man annimmt, daß Clyde selber in die Koppel geklettert ist, dann läge die Hauptschwierigkeit in der Frage: Wozu? Ich hab' heute morgen selber gesagt, es wär' reichlich blöd, wenn jemand sich einbildete, er hätte den Bullen rausholen wollen, denn das wäre glatt verrückt gewesen, und Clyde war doch kein Wahnsinniger. Was hätte er denn damit vorhaben sollen? Man kann doch einen Bullen nicht in einem Faß verstecken. Aber wenn nun Caesar an Milzbrand gestorben ist – Hauptkommissar Barrow hat als erster auf eine solche Möglichkeit hingewiesen –, kann das vielleicht erklären, warum Clyde in die Koppel gegangen ist. Wie Sie wissen, kann Milzbrand entweder subkutan oder durch Berührung oder auch durchs Futter übertragen werden. Wenn Caesar gestern abend irgendwas zu fressen bekommen hat, etwas, in das man ein paar...«

Unwillkürlich beugte ich mich vor, setzte die Füße unter mich und machte mich zum Sprung bereit. Frederick Osgood saß steif, mit glasigen Augen da, voll kalter Wut. Sein chronisch finsterer Gesichtsausdruck war lediglich komisch gewesen, jetzt aber wirkte er gar nicht komisch. In beherrschtem, eisigem Tone sagte er: »Nehmen Sie sich in acht, Monte! Herrgott, nehmen Sie sich in acht! Falls Sie etwa damit unterstellen wollen, mein Sohn hätte diesen Bullen absichtlich vergiftet...«

McMillan sagte schroff: »Ich will gar nichts unterstellen. Ich habe Ihnen gesagt, daß ich als Abgesandter hergekommen bin. Genau gesagt, ich bin gern gekommen, weil ich mir dachte, Sie sollten von einem Freunde darauf vorbereitet werden. Waddell und auch Hauptkommissar Barrow stehen auf dem Standpunkt, daß doch Sie die Untersuchung durchaus verlangt haben und daß Sie sich's eben selber zuzuschreiben haben, wenn Ihnen irgendwas daran nicht paßt. Übrigens werden sie jetzt jeden Augenblick hiersein, und zwar um festzustellen, wo Clyde in den letzten paar Tagen gewesen ist und ob er Zugang zu Milzbranderregern gehabt hat oder hätte haben können.«

»Wer mit dieser Idee...«, Osgood mußte innehalten, um

wieder Herr seiner Stimme zu werden, »... hierherkommt, der kann wieder gehen. Also auch Sie. Das – das ist einfach infam!« Er begann zu zittern. »Herrgott...«

»Mr. Osgood!« Das war Wolfes Stimme, im schärfsten Ton, über den er verfügte. »Habe ich Sie nicht gewarnt? Unannehmlichkeiten, indiskrete Fragen, Belästigungen aller Art, so habe ich gesagt, Mr. McMillan hat vollkommen recht, Sie haben es sich selbst zuzuschreiben.«

»Aber ich brauche mir doch nicht gefallen zu lassen...«

»O ja, alles müssen Sie sich gefallen lassen, von törichtem Geschwätz bis zu Gemeinheiten, obwohl ich bezweifeln möchte, daß wir es im vorliegenden Falle mit einer solchen zu tun haben. Hauptkommissar Barrow kenne ich nicht, aber ich kann mir schon vorstellen, wie Mr. Waddell gleich einer angesäuselten Forelle in aller Unschuld nach einer solchen Fliege schnappt. Es ist erstaunlich, mit welcher Leichtfertigkeit ein Verstand wie der seine eine Grundtatsache außer acht lassen kann – in diesem Fall die Tatsache, daß Clyde nicht von dem Bullen getötet worden ist. Ich möchte Sie dabei bitten, nicht zu vergessen, daß ich gesagt habe, wir brauchten Mr. Waddell. Es ist wirklich erfreulich, daß er herkommt, denn jetzt können wir ohne Zeitverlust Angaben bekommen, die wir brauchen. Wenn Sie sich zunächst einem Verhör unterziehen müssen, das Sie als ungeheuerlich betrachten, so werden Sie es tun, weil es unumgänglich ist. Diese Herren verkörpern die Amtsgewalt – und da sind sie schon, wie mir scheint...«

Man hörte Räder über den Kies knirschen, und auf dem Fahrweg schwenkte ein Wagen in unser Blickfeld, rollte an die Verandatreppe heran und hielt. Als erster stieg ein uniformierter Staatskosake aus, ein Leutnant, der grimmig und unerschütterlich dreinblickte, und nach ihm erschien der Oberstaatsanwalt, der sich bemühte, ebenso dreinzublicken. Sie stiegen die Stufen empor und kamen auf die Versammlung zu.

Diese Schlacht entging mir. Wolfe erhob sich von seinem Sessel und ging los, und da ich sah, daß er sein Taschentuch in der Hand hatte, stand ich auf und folgte ihm. Im Vorübergehen nickte er Waddell zu, ging aber weiter ins Haus, machte in dem Hauptflur halt, wandte sich zu mir und sagte, ich solle dort auf ihn warten, und verschwand in Richtung der Bibliothek. Ich stand da und fragte mich verwundert, was ihn wohl zu all dieser heftigen Bewegung veranlaßt haben mochte.

Nach ein paar Minuten kam er mit mißgestimmtem Gesicht zurück. Er sah mich stirnrunzelnd an und brabbelte: »Viel zu schnell für uns, Archie. Es kommt noch so, daß wir als die Dummen dastehen, daß man uns vielleicht sogar überlistet. Ich habe mit Mr. Bennett telefoniert, habe aber eine Niete gezogen. Haben Sie eine Kamera mitgebracht?«

»Nein.«

»Tun Sie das in Zukunft immer! Nehmen Sie einen Wagen und fahren Sie zu den Pratts hinüber! Irgend jemand muß ja dort eine Kamera haben. Borgen Sie sich eine aus, und nehmen Sie den Kadaver von allen Seiten auf. Machen Sie so viele Bilder, wie Sie können.«

Ich schwirrte ab. Es klang ziemlich meschugge. Während der Fahrt spielte ich in Gedanken mit allerlei Theorien, die Wolfes plötzliche Fotoleidenschaft erklären konnten, vermochte aber keine auszubrüten, die nicht allerlei Löcher hatte. Ein Beispiel: Wenn er zu Beweiszwecken lediglich festhalten wollte, daß das Gesicht des Bullen verhältnismäßig sauber war, warum dann Bilder von allen Seiten?

Vor der Auffahrt zum Hause hielt mich ein Polizeibeamter an, und ich sagte ihm, ich käme in Waddells Auftrag.

Ich parkte auf dem Platz vor der Garage neben einem gelben Wethersill, der dort stand, sprang aus dem Wagen und ging auf das Haus zu. Aber kaum war ich auf halbem Wege, da hörte ich einen Ruf: »Hallo! Escamillo!«

Ich drehte mich um und sah Lily Rowan, die, einen Ellenbogen aufgestützt, horizontal auf einer flachen Liege unter einem Ahornbaum ruhte. Ich trabte auf sie zu und sagte schon im Laufen zu ihr: »Tag, Spielzeug! Ich möchte eine Kamera geborgt haben.«

»Mein Fürst«, fragte sie, »bin ich denn so ein reizender Anblick, daß Sie mich unbedingt...«

»Nein. Es ist dringend. Haben Sie eine Kamera?«

»Ach, ich verstehe! Sie kommen von den Osgoods. Ach, ich hab' doch gewußt, daß Sie da sind. Ist es diese Nancy mit ihren braunen Augen...?«

»Spaß beiseite! Ich sage Ihnen doch, es ist Ernst. Ich will ein Bild von dem Bullen machen, eh' die ihr...«

»Von welchem Bullen?«

»Von *dem* Bullen.«

»Lieber Himmel! Sie haben aber auch einen komischen Beruf! Von *dem* Bullen wird kein Mensch mehr ein Bild machen. Die haben das Feuer schon entfacht.«

»Verdammt noch mal! Wo denn?«

»Da ganz hinten...«

Ich sauste mit langen Sätzen los, was dumm gewesen sein mag, aber die Erregung hatte mich gepackt. Ich hörte Lily schreien: »Escamillo! Warten Sie doch! Ich komm mit!« Aber ich lief weiter.

Als ich den Rasen hinter mir hatte und an der teilweise ausgehobenen Grube für das Schlachtfest vorüberkam, roch ich schon den Qualm, und bald konnte ich ihn auch sehen – über der Birkengruppe im hinteren Teil der Koppel. Ich verlangsamte mein Tempo und fluchte laut vor mich hin, während ich weitertrabte.

Ich fand dort eine ganze Schar – außer denen, die das Feuer schürten, noch fünfzehn oder zwanzig Leute. Ich stellte mich unbemerkt zu ihnen. Ein Stück des Zaunes war niedergerissen worden, und wir standen hinter der Lücke. Man hatte offenbar um Hickory Caesar Grindon einen Ring von gutem trockenem Holz in reichlicher Menge gebaut, denn das Feuer loderte so mächtig, daß man nur ab und zu zwischen den züngelnden Flammen hindurch einen Blick auf das, was von ihm übrig war, erhaschen konnte. Es war teuflisch heiß, selbst noch auf die Entfernung, in der wir standen. Vier oder fünf Männer in Hemdsärmeln, denen der Schweiß in Strömen herunterrann, warfen von daneben aufgeschichteten Haufen noch mehr Holz dazu.

Neben mir hörte ich eine Stimme: »Hab' ich mir doch gedacht, Sie täten vielleicht herkommen.«

Ich drehte mich um. »Nanu, Dave! Was hat Sie denn auf den Gedanken gebracht, daß ich hier sein würde?«

»Nichts Besonderes, bloß, ich glaube, Sie sind so einer, der immer dabeisein muß, wo was los ist.« Er kniff sich in die Nase. »Hol mich der Deibel, wenn das nich' riecht wie bei 'nem Schlachtfest! Genau derselbe Geruch. Man könnt' die Augen zumachen und sich einbilden, er wird gegessen.«

»Ja, er wird aber nicht gegessen.«

»Nee, das wird er nich'.« Ruhe, während wir in die Flammen blickten. Nach einem Weilchen fing er wieder an: »Wissen Sie, man macht sich halt seine Gedanken, wenn man so was sieht, verdammt noch mal! Ein Preisbulle wie der Caesar und wird einfach mit Schimpf und Schande verbrannt. Is' doch 'ne Gemeinheit, finden Sie nich'?«

»Durchaus.«

»Ja, das is' es.« Er kniff sich wieder in die Nase. »Lesen Sie manchmal Gedichte?«

»Nein. Sie doch bestimmt auch nicht.«

»Denken Sie! Ein Buch, wo mir meine Tochter mal zu Weihnachten geschenkt hat, das hab' ich zwanzigmal gelesen, manches da drin sogar noch öfter. An einer Stelle da heißt's:

Nie röter, dünkt mich, flammt der Rose Glut,
als wo der Grund getränkt mit Caesars Blut.

Bei unserm Caesar hier hat's freilich kein Blut gegeben, aber ein Zusammenhang is' doch da, wenn Sie ihn sehen können.«

Ich machte eine passende Bemerkung und schob los. Es rentierte sich nicht, dazustehen und sich das Gesicht rösten zu lassen, und ich war auch nicht in der Stimmung, mir von Dave Lyrik vordeklamieren zu lassen.

Ein Stück weiter, in der Nähe des Tores, durch das wir am Abend zuvor die Zeltbahn mit ihrer Last getragen hatten, saß Lily Rowan im Grase und streckte die Hände aus. »Helfen Sie mir mal aufstehen!«

Ich packte sie, zog sie mit einem kräftigen Ruck empor, und sie hopste hoch und landete flach an meiner Brust, und ich schloß sie in beide Arme, knallte ihr einen Kuß von mittlerer Dauer auf den Mund und ließ sie wieder los.

»Na«, sagte sie, und ihre Augen glänzten, »du Halunke!«

»Bilden Sie sich nicht etwa ein, Sie könnten von diesem Präzedenzfall Gewohnheitsrechte herleiten!« warnte ich sie. »Ich bin überreizt. Vielleicht komm' ich nie wieder in so eine Stimmung. Ich gifte mich so verteufelt und brauchte irgendein Ventil für meine Nervenspannung. Darf ich mal von Ihrem Apparat aus telefonieren? Vielmehr – von Mr. Pratts Apparat?«

»Gib nicht so haushoch an!« sagte sie und hängte sich bei mir ein. So gingen wir aufs Haus zu, obwohl ich mir aus solcher Intimität nichts mache, weil ich ja dazu neige, mich vor Fesseln zu hüten. Ebensowenig reagiere ich auf den schmelzenden Klang, der, wie mir schien, in ihre Stimme kam, und hielt mich streng an einen ironischen Ton.

Caroline saß lesend auf der Terrasse. Sie sah noch mehr mitgenommen aus als am Morgen, und ich blieb stehen, um sie zu begrüßen. Jimmy sah ich nirgends.

Lily ging mit mir zu dem Telefon in einer Nische des Speisezimmers, setzte sich hin und sah mich mit Schmollmund an, wie am Tage zuvor. Ich wählte Osgoods Nummer. Ein Hausmädchen meldete sich, und ich verlangte Wolfe.

Sein vertrautes Grunzen kam durch den Draht: »Hallo, Archie.«

»Hallo. Scheibenhonig. Sie hatten das Feuer schon entzündet, und es brennt wie in der Hölle. Was kann ich da machen?«

»Verwünscht! Nichts. Zurückkommen.«

»Kann ich denn hier gar nichts tun?«

»Nein. Kommen Sie und helfen Sie mir über menschliche Dummheit staunen!«

12

Eine Stunde später, nach acht Uhr, saßen Wolfe und ich in dem Zimmer im oberen Stockwerk, das man ihm angewiesen hatte, und speisten von Tabletts, was er, außer beim Frühstück, nicht leiden konnte. Doch er klagte nicht. Von beruflichen Dingen sprach er beim Essen niemals und war froh, sich seinem Klienten entziehen zu können.

Osgood hatte erklärt, seine Frau wolle nicht erscheinen, und da seine Tochter bei ihr bleiben werde, brauche man vielleicht überhaupt nicht im Speisezimmer den Tisch zu decken. Wolfe hatte höflich zugestimmt.

Sein Zimmer war geräumig und bequem. Es war ein bißchen zuviel Chintz darin, aber einer der Sessel war seinem massigen Körper angemessen, und in dem Bett hätte er sogar zweimal Platz gehabt. Man hätte vermuten können, daß auch die Küche von dem allgemeinen Durcheinander des Haushalts in Mitleidenschaft gezogen wäre, doch die Lammkeulen mit gefüllten Tomaten auf den zugedeckten Tellern waren heiß und schmackhaft, der Salat war zwar den Künsten unseres Fritz weit unterlegen, aber immerhin eßbar, und der Cremepudding war wirklich ausgezeichnet.

Osgoods Zusammenstoß mit Waddell und Leutnant Barrow war kurz gewesen: Als ich zurückkam, war er schon vorbei. Sie warteten, wie ich bemerkte, mehr oder weniger auf mich. Der Leutnant nahm von allen, die am Abend zuvor im Hause Pratt gewesen waren, die Fingerabdrücke, ohne sich darüber zu äußern, wie ungemein dringend sein Bedürfnis danach sei, und da Wolfe ihm bereits den Gefallen getan hatte, schien mir, ich könne es schließlich auch. Nachdem er meine zehn Proben abgenommen und beschriftet hatte und sie in seinem Kästchen verstaut waren, hatte er verkündet, er sei nun bereit zu einem Besuch bei dem Stallmeister. Auf Wolfes Vorschlag hatten Osgood und McMillan ihn begleitet, und Pratt hatte sich heimwärts aufgemacht, so daß Wolfe und ich mit Oberstaatsanwalt Waddell allein zurückblieben.

Waddell sagte, er sei gern bereit, mit Fred Osgoods Beauftragtem zusammenzuarbeiten. Mehr als bereit sogar. Er habe die Untersuchungen ohne Rücksicht auf irgend jemanden geführt und wolle sie auch weiter so führen.

Ein von zweiter Seite bestätigtes Alibi hatte niemand, außer Lily Rowan und mir: Kurz vor neun Uhr war man vom Abendbrottisch aufgestanden. Wolfe war hinaufgegangen, um zu lesen. Pratt hatte sich an seinen Schreibtisch im Zimmer neben dem Wohnzimmer gesetzt, um einige Geschäftspapiere durchzusehen. McMillan hatte sich von Bert in ein Zimmer im oberen Stockwerk führen lassen, sich dort die

Schuhe ausgezogen und sich zu einem Schläfchen bis ein Uhr hingelegt – bis zu der Zeit also, zu der er mich im Wachdienst ablösen sollte. Er hatte nicht sehr fest geschlafen, und das Knallen der Schüsse hatte ihn aufgeweckt.

Caroline hatte eine Weile auf der Terrasse gesessen, war dann ins Wohnzimmer gegangen und hatte sich Magazine angesehen. Jimmy war mit seiner Schwester auf der Terrasse gewesen, und als sie hineinging, war er draußen geblieben und hatte geraucht. Er hatte unsere Stimmen gehört – Lilys und meine Stimme –, als wir unseren Rundgang am Zaun der Koppel entlang machten und besonders, als wir in das Dornengestrüpp gerieten, konnte sich aber sonst an keine anderen Geräusche als das Gezirp der Grillen und Heuschrecken erinnern.

Bert hatte bis zehn Uhr beim Geschirrspülen geholfen und dann in der Küche gesessen und mit dem Ohr am Radio geklebt, weil es nur auf *pianissimo* eingestellt sein durfte. Dave Smalley – Waddell war darüber im Bilde, daß Clyde Osgood ihn entlassen hatte –, Dave also war, als er sich ein Viertel vor neun von mir trennte, in sein Zimmer in einem Flügel des Garagengebäudes gegangen, hatte sich rasiert und schlafen gelegt.

»Rasiert?« fragte Wolfe ungläubig, und Dave gab die Erklärung: Er rasiere sich immer beim Schlafengehen, weil er vor dem Frühstück zu hungrig dazu sei und nach dem Frühstück keine Zeit mehr habe.

Soweit, das gab Waddell zu, hätte jeder x-beliebige es getan haben können. Wenn man einen Schritt weiterging und fragte, *warum* ein x-beliebiger es getan haben sollte, so sah die Sache anders aus. Weit und breit war niemand, von dem ein ordentliches Motiv zur Ermordung Clyde Osgoods bekannt gewesen wäre – wenn man nicht gerade Dave Smalley ausnehmen wollte; aber Dave war immer harmlos gewesen.

Angenommen, jemand hätte Clyde dabei ertappt, wie er sich in die Koppel schlich, um den Bullen herauszuholen: Wäre es Pratt gewesen, so hätte er ihn einfach fortgeschickt. Wäre es Jimmy gewesen, so hätte er ihn verprügelt. Wäre es McMillan gewesen, so hätte er ihn genommen und über den Zaun geworfen. Wäre es Dave gewesen, so hätte er um Hilfe gebrüllt. Wäre es Goodwin gewesen, der den Bullen bewachte, meinte Waddell, so wisse er freilich nicht...

»Ich habe dargelegt«, sagte Wolfe geduldig, »daß der Mord mit Bedacht geplant war. Haben Sie den Bullen untersucht?«

»Ich hab' ihn mir angesehen, und ebenso Sam Lake und die Polizeibeamten. Er hatte einen Klecks am Gesicht und ein bißchen geronnenes Blut an den Hörnern, aber nicht viel, das meiste hatte er sich schon abgewischt. Bullen halten gewöhnlich ihre Hörner sauber.«

»Wie ist es mit dem Gras um den Schlauch und um den Hackenstiel herum?«

»Wir haben die Hacke zur Laboratoriumsuntersuchung nach Albany geschickt. Im Gras haben wir so ein paar kleine Klümpchen gefunden und die auch mitgeschickt. Wir werden aber erst morgen erfahren, was damit los ist.«

»Sie werden melden, daß es menschliches Blut ist – und was dann? Wollen Sie immer noch die Zeit mit dem Geschwätz vergeuden, daß Clyde mit einem Futterkorb voll Milzbrand zu dem Bullen hingegangen sei und der Bulle, nachdem er sich das zu Gemüte geführt hatte, plötzlich die Wut bekommen und ihn durchbohrt habe?«

»Wenn die Probe menschliches Blut enthält, so bekommt damit freilich Ihre Theorie größeres Gewicht. Ich habe gesagt, ich will mit Ihnen zusammenarbeiten, Wolfe. Ich habe mich nicht bereit erklärt, ihren Sarkasmus zu schlucken.«

»Ach was!« Wolfe zuckte mit den Achseln. »Glauben Sie nicht, ich verstünde Ihre Lage nicht, Herr Oberstaatsanwalt!

Daß es sich um einen Mord handelt, davon sind Sie so gut wie überzeugt; aber Sie möchten sich doch ein Türchen offenhalten, um nach außen hin behaupten zu können, es sei keiner gewesen, wenn es Ihnen nicht gelingt, ihn aufzuklären. Sie haben keinerlei Fortschritte zu einer Aufklärung gemacht und sehen auch keine Aussichten dazu, und Sie würden die Bemühungen schon jetzt einstellen und es als einen tödlichen Unfall infolge unbefugten Betretens der Koppel hinstellen, wenn ich nicht wäre. Sie wissen, daß ich im Auftrage von Mr. Osgood arbeite, dessen Wünsche man zwar durchkreuzen, aber nicht ignorieren kann, und Sie wissen außerdem, daß ich, wenn ich mich tatsächlich einmal blamiere, es so einzurichten verstehe, daß niemand außer mir selbst etwas davon merkt.«

Waddell sprühte vor Wut. »Sie werfen mir vor, ich durchkreuze die Sache der Gerechtigkeit? Ich bin der oberste Justizbeamte hier...«

»Schenken Sie sich das doch, Herr Oberstaatsanwalt! Sie wissen ganz genau, daß Clyde Osgood ermordet worden ist, und lassen sich auf diesen Heckmeck ein, er hätte den Bullen vergiftet!« Wolfe hielt unvermittelt inne und seufzte. »Allerdings – ich muß Sie um Verzeihung bitten! Ich habe das Recht verwirkt, selbst Heckmeck zu verurteilen. Ich habe diesen Fall schon in der Hand gehabt, vollständig...« – er zeigte eine geballte Faust – »...und habe losgelassen.« Die Faust sprang auf.

»Sie meinen, Sie kennen den Mör...«

»Ich meine, ich bin faul und eingebildet gewesen. Das können Sie ruhig weitererzählen. Vergessen Sie meine geringschätzigen Bemerkungen, sie waren fehl am Platz; Sie tun Ihr Bestes. Und ich ebenfalls. Das ist das Verteufelte daran: Mein Bestes hat heute nachmittag nicht ausgereicht. Aber es wird schon noch. Geben Sie den Gedanken auf, die Sache als Unfall *ad acta* zu legen, Mr. Waddell!«

Bald darauf waren McMillan und Leutnant Barrow zurückgekommen, und nachdem Wolfe verabredet hatte, daß McMillan uns am selben Abend um neun Uhr aufsuchen sollte, hatten sich alle verabschiedet.

McMillan war pünktlich. Es war genau neun Uhr, und wir schlürften gerade unseren Kaffee, als ein Hausmädchen heraufkam und meldete, er sei unten. Ich ging hinunter und sagte ihm, Wolfe sei der Meinung, man könne ungestörter reden, wenn er nichts dagegen habe hinaufzukommen, und er war damit einverstanden. Auf dem oberen Treppenabsatz begegneten wir Nancy, und er blieb stehen, um ein paar Worte mit ihr zu sprechen, denn wie er am Tage zuvor bemerkt hatte, hatte er ja die jungen Osgoods schon als Wickelkinder gekannt.

Wolfe begrüßte ihn. Er nahm Platz und lehnte eine Tasse Kaffee dankend ab. Wolfe betrachtete ihn und seufzte. Ich schlürfte Kaffee und beobachtete die beiden über den Rand der Tasse hinweg.

»Sie sehen müde aus«, sagte Wolfe.

Der Züchter nickte. »Ich bin ziemlich fertig. Ich glaube, ich werde alt. Wie oft bin ich die ganze Nacht aufgeblieben, wenn eine Kuh gekalbt hat! Diesmal war es allerdings nicht ganz dasselbe, als wenn eine Kuh kalbt.«

»Nein. Vielmehr das genaue Gegenteil davon. Tod statt Geburt. Es ist sehr liebenswürdig von Ihnen, daß Sie hergekommen sind; ich schätze nächtliche Ausflüge nicht. Darf ich Ihnen – in meiner Eigenschaft als Ermittler im Auftrage Ihres Freundes Mr. Osgood – einige Fragen vorlegen?«

»Dazu bin ich ja gekommen.«

»Gut. Zunächst denn: Als Sie gestern nachmittag Mr. Pratts Terrasse verließen, haben Sie ausdrücklich die Absicht bekundet, Clyde zu sagen, er solle keine Dummheiten machen. Miss Osgood hat mir erzählt, Sie hätten Clyde vom Wagen zurückgerufen und sich einige Minuten mit ihm unterhalten. Wovon war dabei die Rede?«

»Davon eben. Ich wußte, daß Clyde eine leichtsinnige Ader hatte – er war kein schlechter Junge, das nicht, bloß manchmal ein bißchen leichtsinnig –, und nach dem, was er zu Pratt gesagt hatte, dachte ich mir, man müßte ihn vielleicht etwas beruhigen. Ich hab' das so ein bißchen mit Spaß getan und ihm gesagt, ich hoffte, er würde es doch nicht etwa mit irgendeinem Gespensterspuk versuchen. Er sagte, er würde seine Wette gegen Pratt gewinnen. Da hab' ich ihm gesagt, das wär' ja gar nicht möglich, und das einzig Vernünftige wäre, er ließe mich hingehen und es mit Pratt ausmachen, daß die Wette abgeblasen wird. Er hat sich geweigert, und ich habe ihn gefragt, wieso er sich denn einbildete, er könne sie gewinnen; das hat er mir natürlich nicht sagen wollen. Weiter war nichts. Ich hab' nichts aus ihm rauskriegen können, und dann ist er gegangen und hat sich in den Wagen gesetzt.«

»Ohne Ihnen den geringsten Anhaltspunkt für seine Absichten zu geben?«

»Richtig.«

Wolfe schnitt eine Grimasse. »Ich hatte gehofft, Sie würden in der Lage sein, mir doch noch etwas mehr zu erzählen.«

»Ich kann Ihnen nicht mehr erzählen, als gewesen ist.«

»Natürlich nicht. Aber so viel – das heißt praktisch gar nichts – habe ich schon von Mr. Waddell gehört, so wie sie's ihm erzählt hatten. Er ist der Oberstaatsanwalt. Ich aber spreche hier im Namen Mr. Osgoods, mit dem Sie doch befreundet sind. Ich hatte auf Ihre Bereitschaft gerechnet, sich über manches zu äußern, was Sie ihm lieber vorenthalten haben.«

McMillan runzelte die Stirn. »Wollen Sie das vielleicht noch mal sagen? Das hat sich beinah so angehört, als wenn Sie meinten, ich hätte Ihnen was vorgelogen.«

»Das meine ich auch. – Ach, bitte!« Wolfe hob beschwichtigend die Hand. »Wir wollen uns hier keine kindlichen Moralpredigten über die Verwerflichkeit des Lügens halten. Victor Hugo hat ein ganzes Buch geschrieben, um zu beweisen, daß eine Lüge etwas Sublimes sein kann. Ich habe den starken Verdacht, daß Sie lügen, und ich möchte Ihnen erklären, weshalb. Kurz gesagt: weil Clyde kein Schwachkopf war. Ich vermute, Sie haben durch Mr. Waddell von meiner Theorie gehört, daß Clyde nicht in die Koppel geklettert, sondern hineingelegt worden ist. Zu dieser Auffassung neige ich immer noch, aber ob er nun freiwillig in die Koppel gegangen ist oder nicht, jedenfalls ist er freiwillig vom Hause seines Vaters zu Pratts Grundstück hinübergegangen. Zu welchem Zweck?«

Er hielt inne, um seine Kaffeetasse auszutrinken. McMillan saß noch immer mit gerunzelter Stirn da und sah ihn an.

»Ich wage die Hypothese«, fuhr Wolfe fort, »daß er nicht bloß spazierengegangen ist. Er hatte eine bestimmte Absicht – etwas zu tun oder mit jemandem zu sprechen. Dave habe ich beiseite gelassen. Miss Rowan war mit Mr. Goodwin zusammen. Mr. Waddell sagt mir, daß die andern, darunter auch Sie, von Clydes Anwesenheit auf dem Grundstück angeblich überhaupt nichts gewußt haben. Ich finde es nahezu unmöglich, das zu glauben, und zwar weil Clyde, wie ich gesagt habe, kein Schwachkopf war, denn wenn er nicht hingegangen ist, um mit jemandem zu sprechen, so muß ich annehmen, daß seine Absicht in irgendeinem Anschlag gegen den Bullen, ganz auf eigene Faust, bestanden hat, und das ist doch lachhaft. Was denn für ein Anschlag? Den Bullen aus der Koppel zu holen, ihn wegzuführen und ihn irgendwo versteckt zu halten, bis die Woche um wäre? Ihm Milzbranderreger zu fressen zu geben, um ihn ungenießbar zu machen?«

»Mir brauchen Sie das nicht alles auseinanderzusetzen«,

sagte McMillan trocken. »Wenn ich versuchen wollte, irgendwas zu beweisen, wüßte ich gar nicht, wo ich anfangen sollte. Aber daß ich gelogen haben soll...«

»Dazu komme ich gleich.« Wolfe rückte an seinem Tablett herum und streifte mich dabei mit einem Blick, und ich stand auf und räumte es ihm aus dem Wege.

Er fuhr fort: »Offen gestanden, mit dem Mord befasse ich mich im Augenblick noch gar nicht. So weit bin ich noch nicht. Ich muß zuerst eine plausible Hypothese finden, die erklärt, warum Clyde dort hingegangen ist – oder lassen Sie mich lieber noch weiter ausgreifen und es so formulieren: Ich muß eine plausible Hypothese dafür finden, daß er offensichtlich damit gerechnet hat, diese Wette zu gewinnen. Hat er Ihnen nicht gesagt, er rechnete damit, die Wette zu gewinnen?«

»Ja.«

»Und wie, hat er nicht sagen wollen?«

»Nein.«

»Nun denn.« Wolfe preßte die Lippen zusammen. »Dies eben kann ich nicht glauben. Ich kann es nicht glauben, weil er nur mit Ihrer Hilfe darauf rechnen konnte, die Wette zu gewinnen.«

McMillan zog seine dicken Brauen herab und glotzte. »Na«, sagte er endlich, »ich glaube nicht, daß Sie in dem Ton mit mir reden wollen. Nicht mit mir. Das kann ich mir nicht denken.«

»O doch, das will ich«, versicherte ihm Wolfe. »Das ist die einzige Art von Mut, die ich besitze. Ich rede, wie ich es für richtig halte. Aber ich meine das gar nicht böse, ich spreche bloß von Clydes Hoffnungen. Ich muß eine Erklärung dafür finden, daß er damit gerechnet hat, diese Wette zu gewinnen – vorher kann ich mich an den Mord selbst überhaupt nicht heranmachen. Ich habe alle möglichen und auch die unmöglichen Pläne, die er vielleicht im Kopfe gehabt haben mag, gründlich in Erwägung gezogen, und da ist einer, der glatt, nicht allzu grausam und durchführbar ist, wenn auch vielleicht schwierig. Ich habe gesagt, er hätte nicht damit rechnen können, den Bullen einfach aus der Koppel zu entfernen, weil er ihn bei der dadurch ausgelösten Suche nicht hätte verbergen können. Aber warum hätte er nicht Caesar wegholen und an seine Stelle einen anderen Bullen setzen können?«

»Einen besseren Holsteiner vielleicht«, brummte der Züchter.

»Nein. Tun Sie mir den Gefallen, verehrter Herr, nehmen Sie meine Frage ernst, und beantworten Sie sie! Warum hätte er das nicht gekonnt?«

»Weil er nicht gekonnt hätte.«

»Aber warum nicht? In der Ausstellung, nur siebenundzwanzig Kilometer entfernt, gab es doch, ich weiß nicht wie viele, Guernsey-Bullen und auch Viehwagen, mit denen man sie hätte holen können. Und noch viel näher, hier auf dem Gut seines Vaters, gab es ebenfalls einige, die man sogar nur hätte hinüberzuführen brauchen. Könnte nicht einer dabeisein, der – selbst wenn er dem Preisbullen Caesar in manchen Feinheiten, über die ich nicht Bescheid weiß, weit unterlegen sein mag – ihm in Größe und Färbung hinreichend ähnlich sieht, so daß er als Ersatz angehen mochte? Als Ersatz für einen einzigen Tag, denn am Mittwoch sollte ja der Schlächter kommen. Wer hätte denn den Unterschied gemerkt?«

Wieder brummte McMillan: »Ich jedenfalls.«

»Zugegeben. Sie hätten keinen anderen Bullen mit Ihrem Caesar verwechseln können. Aber jeder andere wäre leicht zu täuschen gewesen. Zum allermindesten sprach eine sehr beträchtliche Chancenquote dafür. Es liegt auf der Hand, zu welchem Zeitpunkt ein solcher Plan Clyde in den Sinn gekommen sein kann. Gestern nachmittag saß er auf dem Koppelzaun und betrachtete Hickory Caesar Grindon durch sein Fernglas. Es fiel ihm ein, daß ein Bulle von ähnlichem Aussehen, ähnlicher Größe und Zeichnung in der Zucht seines Vaters oder aber in der Ausstellung, von der er gerade kam, vorhanden war; und aus dieser zufälligen Überlegung erwuchs eine Idee. Von der Koppel verjagt, ging er zum Hause und schloß mit Mr. Pratt die Wette ab. Als Sie ihm dann von der Terrasse zu seinem Wagen nachgingen, hat er Sie beiseite gerufen und einen Vorschlag gemacht.«

Wolfe seufzte. »Zumindest wäre das möglich gewesen. Nehmen wir an, sein Vorschlag sei dahin gegangen, daß er Caesar mit Ihrer Einwilligung entfernen und einen anderen Bullen an seine Stelle setzen wollte. Er wollte Caesar in die Osgoodschen Stallungen bringen. Sie sollten den Dienstag über das Ersatztier bewachen helfen, damit niemand, der allenfalls in der Lage gewesen wäre, den Schwindel zu bemerken, allzu dicht herankäme. Am Mittwoch, sobald das Ersatztier einmal geschlachtet war, wäre die Gefahr natürlich vorüber gewesen. Am Donnerstag hätten Mr. Pratt und seine Gäste unter lautem Schall der Reklametrompeten den geschlachteten Bullen verspeist. Am Sonntag, mit Ablauf der Woche also, wollte Clyde dann Mr. Pratt mit unwiderleglichen Beweisen aufwarten, daß es nicht Caesar gewesen war, den man geopfert hatte, und daß folglich er die Wette gewonnen habe. Mr. Pratt wäre natürlich vor Wut in die Luft gegangen, hätte sich aber schließlich fassen, seine Hilflosigkeit zugeben und die zehntausend Dollar bezahlen müssen, denn wenn die Tatsache publik geworden wäre, hätte eine Woge des Gelächters ihn hinweggespült. Mr. Pratt hätte bezahlen und den Mund halten müssen. Er hätte nicht einmal Caesar zurücknehmen können, denn was hätte er mit ihm anfangen sollen? Clyde Osgood hätte die zehntausend Dollar bekommen, und zweifellos dürfte in seinem Vorschlag auch vorgesehen gewesen sein, daß Sie Caesar bekämen. Ich weiß nicht, was dabei herausgekommen wäre, denn offiziell wäre Caesar ja tot gewesen, doch hätte sich diese Schwierigkeit vielleicht irgendwie umgehen lassen, und zumindest hätten Sie seine vorzügliche Erbmasse zum Vorteil Ihrer eigenen Herde nutzen können.«

Wolfe verschränkte die Finger auf seiner Bauchwölbung. »Damit ist der Vorschlag natürlich nur grob umrissen. Clyde hatte ihn wahrscheinlich in Einzelheiten ausgeführt, zum Beispiel wann und wie die Bullen vertauscht werden sollten. Die günstigste Zeit hierfür wäre wohl nach ein Uhr gewesen, weil dann Sie Wache gehabt hätten, doch vielleicht haben Sie es auch abgelehnt, sich so weitgehend an der Ausführung zu beteiligen, und eine andere Möglichkeit wäre daher, daß die Vertauschung der Tiere schon früher angesetzt war und bereits stattgefunden hatte. Vielleicht ist Caesar in diesem Augenblick noch am Leben. Der Bulle, der an Milzbrand gestorben ist, war vielleicht nur ein Ersatztier. Ich trage das lediglich als eine Mutmaßung vor; sie läßt sich selbstverständlich nur unter der Voraussetzung halten, daß Sie sich mit Clydes Vorschlag einverstanden erklärt und an seinem Plane beteiligt haben – und darüber wissen Sie besser Bescheid als ich. Aber wenn wir das einmal völlig beiseite lassen – was halten Sie von dem Plan selbst? Entdecken Sie irgendwelche schwachen Punkte darin?«

McMillan glotzte ihn mit grimmigem Lächeln an. »Sie sind ziemlich gerissen, nicht wahr?« sagte er ruhig.

»Leidlich.« Wolfes Augen schlossen sich und gingen halb wieder auf. »Aber begehen Sie nicht den Fehler anzunehmen, daß ich Ihnen ein Bein stellen wolle! Es mag sein, daß ich einigermaßen gerissen bin, doch meine spezielle Waffe ist Offenheit. Für mich liegen die Dinge im Augenblick folgendermaßen: Daß Clyde damit rechnete, diese Wette zu gewinnen, kann ich nur damit hinlänglich erklären, daß ich annehme, er habe irgendeinen derartigen Plan ausgebrütet, wie ich ihn umrissen habe. Wenn das der Fall war, so mußte er sich um Ihre Hilfe bemühen. Wenn er sich an Sie gewandt hat, so haben Sie entweder eingewilligt oder abgelehnt. In beiden Fällen würde ich gern wissen, was er gesagt hat. Glauben Sie nicht, ich träte Ihnen zu nahe, wenn ich annehme, Sie hätten Mr. Waddell vielleicht einiges verschwiegen. Ich selbst würde zögern, ihm heikel gelagerte Tatsachen anzuvertrauen. Ich wende mich nun an Sie mit der Frage: Hat Clyde Ihnen einen Vorschlag gemacht, und haben Sie ihn angenommen oder zurückgewiesen?«

McMillan trug immer noch das grimmige Lächeln auf der Miene. »Na, und ob Sie gerissen sind! Als nächstes kommt vielleicht, ob ich ihn ermordet hätte. Vielleicht hab' ich ihn ermordet, weil er mir zu nahegetreten ist.«

»Mit Mord mache ich niemals Witze. Außerdem bin ich bis zu dem Mord noch gar nicht vorgedrungen. Ich muß zunächst einmal Clydes Optimismus hinsichtlich seiner Wette untermauern und feststellen, was er tun oder wen er sprechen wollte, als er hinüberging. Hat er Ihnen einen Vorschlag gemacht?«

»Nein.« McMillan stand unvermittelt auf.

Wolfe zog die Augenbrauen hoch. »Sie gehen?«

»Hierzubleiben hätte nicht viel Sinn, glaube ich. Ich bin Fred Osgood zuliebe hergekommen.«

»Und Sie haben, ihm zuliebe, gar keine Angaben zu machen, die nützlich sein könnten? Nichts, das vielleicht erklären...«

»Nein. Ich kann absolut nichts erklären.« Der Züchter tat drei schwere Schritte zur Tür und wandte sich um. »Und ebensowenig Sie«, stellte er fest, »wenn Sie was von dem Schlamassel mir in die Schuhe schieben wollen.« Er schritt zur Tür und machte sie auf, und sie fiel hinter ihm zu.

Wolfe seufzte und saß mit geschlossenen Augen da. Ich stand vor ihm, sah ihn eine Minute lang an, ohne in seiner Physiognomie irgendwelche leise Anzeichen von Freude oder Triumph zu entdecken, gönnte mir dann einen tüchtigen Seufzer und machte mich daran, die Tabletts in die Küche zu bringen.

In der Bibliothek brannte Licht, und durch die offene Tür sah ich Howard Bronson beim Zeitunglesen. Sonst war niemand in Sicht, und über die Haupttreppe vollendete ich den Rundgang bis zu Wolfes Zimmer.

Er war in schlechter Verfassung, denn als ich die Tür geschlossen hatte, brabbelte er sanft: »Ich hab's doch schon in der Hand gehabt.«

»Was ist daraus geworden?«

»Es ist in Flammen aufgegangen.«

»Wieder das Bullenmotiv. Ha! Machen Sie mir doch mal weis... Und nebenbei bemerkt, warum hören Sie eigentlich nicht damit auf, allen Leuten zu erzählen, ich hätte Ihren Wagen gegen einen Baum gefahren und kaputtgemacht? Was bezwecken Sie mit solchen kindischen Ausfällen eigentlich? Aber um auf diesen Fall zurückzukommen, in den Sie uns mit Ihrer wahnwitzigen Sucht nach einer passenden Sitzgelegenheit gezerrt haben – mir scheint, er ist jetzt hoffnungslos. Mir scheint, diese Trottel werden den ergötzlichen Anblick erleben dürfen, daß Nero Wolfe sich Donnerstag früh mit hängenden Ohren in südlicher Richtung absetzt. Übrigens, ich habe Mr. Bronson eben gesehen...«

»Bronson?«

»Ja doch. In der Bibliothek beim Zeitunglesen, als ob das Haus ihm gehöre.«

»Holen Sie ihn her!« Wolfe bewegte sich in seinem Sessel, und seine Augen drohten sich zu öffnen. »Bringen Sie ihn zu mir!«

»Jetzt?«

»Jetzt!«

Ich stand auf und trollte mich davon. Unterwegs auf der Treppe fiel mir aber ein, daß ich wohl auch für den Fall einer längeren Sitzung Vorsorge treffen könnte, und ich ging daher zuerst in die Küche und entführte eine Kanne Rinderleistungsbuch-Guernsey-Milch aus dem Kühlschrank. Damit in der Hand marschierte ich weiter in die Bibliothek und sagte zu Bronson, es sei mir sehr unangenehm, ihn zu stören, aber Mr. Wolfe habe den Wunsch nach seiner Gesellschaft geäußert.

Er blickte amüsiert auf, legte seine Zeitung hin und sagte, er habe schon fast gefürchtet, daß man ihn links liegenlasse.

»Keine Bange«, sagte ich. »Die Furcht wird er leicht zerstreuen.«

13

Er saß in dem Sessel, in welchem McMillan vorher gesessen hatte, und blickte immer noch leicht amüsiert drein. Wolfe, unbeweglich, mit beinahe geschlossenen Augen, schien mehr als halb zu schlafen, was Bronson irreführen mochte oder auch nicht, mich jedenfalls nicht. Ich gähnte. Da das Licht direkt auf Bronson fiel, wirkte seine Nase noch stumpfer als vorhin auf der Veranda, so als wenn sie einmal eingedrückt worden wäre, und seine intelligenten grauen Augen wirkten kleiner.

Endlich sagte er in kultiviertem Tone: »Wenn ich recht verstanden habe, wollten Sie mich etwas fragen.«

Wolfe nickte. »Ja. Haben Sie von meiner Unterhaltung mit Miss Osgood heute nachmittag viel mithören können?«

»Nicht sonderlich viel. Eigentlich sehr wenig.« Bronson lächelte. »Wozu denn das – wollten Sie sehen, ob ich den Entrüsteten spielen würde? Wenn ich einen Vorschlag machen darf – wir haben raffinierte Tricks gar nicht nötig. Ich weiß einiges von Ihnen, ich bin mir über Ihre Gewandtheit im klaren, doch auch ich selbst besitze etwas davon. Warum gehen wir nicht einfach beide davon aus, daß Sie kein Dummkopf sind und ich ebensowenig?«

»Allerdings.« Wolfes Lider hatten sich so weit gehoben, daß seine Augen mehr waren als Schlitze. »Sind Sie wirklich ein Mann mit kühlem Kopfe? Es gibt so wenige.«

»Ich bin einigermaßen intelligent.«

»Dann können wir, dank dem Himmel, in Ruhe und ohne viel unnützen Aufhebens über Fakten reden – Fakten, über die ich aus Miss Osgoods Munde erfahren habe. Zum Beispiel, daß Sie das sind, was Mr. Osgood – und viele andere Menschen – einen skrupellosen Spitzbuben nennen würden.«

»Ich weiß nicht...« Bronson machte eine rasche Handbewegung. »Ach so, Schimpfwörter...«

»Ganz recht. Dummheit kann ich bloßstellen und tue das auch oft, weil sie mich fuchst, aber sich mit moralischer Entrüstung einzulassen ist gefährlich. Charaktere einzuschätzen ist eine chaotische Angelegenheit. Finanzielles Raubrittertum zum Beispiel – wenn ich es kompromißlos verurteile, wo finde ich dann die, die es bestrafen können? Nein. Wenn ich Sie als einen skrupellosen Spitzbuben bezeichnet habe, dann allein aufgrund des Wörterbuches, und ich tue es nur, um unsere Positionen klarzustellen. Ich bin von Beruf Detektiv, und Sie sind von Beruf Spitzbube – und über beides will ich mit Ihnen verhandeln. Ich zähle darauf, daß Sie mir bei meiner Untersuchung eines Mordfalles helfen, und ich habe Ihnen außerdem einen Vorschlag bezüglich eines Ihrer Projekte zu machen – des Projektes, um dessentwillen Sie hierhergekommen sind. Bezüglich des Mordes...«

»Vielleicht sollten wir lieber das letztere Problem zuerst nehmen, damit wir das aus dem Wege haben. Einem vernünftigen Vorschlag verschließe ich mich niemals.«

»Wie es Ihnen beliebt.« Wolfe stülpte die Lippen vor und zog sie wieder zurück. »Sie haben ein Schriftstück mit Clyde Osgoods Namenszug. Sie haben es heute morgen Miss Osgood gezeigt.«

»Eine Quittung für Geld, das ich ihm gezahlt habe.«

»Worauf auch verzeichnet steht, was er dafür leisten sollte.«

»Ja.«

»Wodurch er – nach dem Moralkode seines Vaters – ebenfalls zum Spitzbuben geworden wäre.«

»Richtig.«

Wolfe rückte sich in seinem Sessel zurecht. »Dieses Schriftstück möchte ich haben. – Warten Sie nur! Ich will keineswegs Ihr Recht anfechten, Ihr Geld zurückzuverlangen. Ich gestehe Ihnen dieses Recht zu. Aber Ihre Methoden, es einzuziehen, schätze ich nicht. Es mag sein, daß Sie auch darauf ein Recht haben, doch ich schätze sie nicht. Miss Osgood hat, was bei einer Frau selten ist, heute nachmittag meine Bewunderung erregt, und ich möchte den Druck, der auf ihr lastet, erleichtern. Ich schlage vor, daß Sie Mr. Goodwin das Schriftstück aushändigen; in seiner Obhut wird es sicher sein. Innerhalb von höchstens zehn Tagen werde ich Ihnen entweder die zehntausend Dollar zahlen oder zahlen lassen oder aber Ihnen das Schriftstück zurückgeben. Ich übernehme diese Verpflichtung ohne Vorbehalt.« Wolfe wies mit einem Daumen auf mich. »Geben Sie es ihm!«

Der Spitzbube schüttelte langsam und bestimmt den Kopf. »Einen vernünftigen Vorschlag, habe ich gesagt!«

»Sie wollen also nicht?«

»Nein.«

»Die Sicherheit ist denkbar groß. Ich gehe selten Verpflichtungen ein, weil ich sie, um die Phrase zu gebrauchen, mit meinem Leben einlösen würde.«

»Mit Ihrem Leben könnte ich nichts anfangen. Die Sicherheit, die Sie bieten, mag gut sein, aber das Schriftstück mit Osgoods Unterschrift ist noch besser, und es gehört mir. Warum in drei Teufels Namen sollte ich es denn hergeben?«

Ich sah Wolfe fragend an. »Ich würde nur zu gern...«

»Nein, danke, Archie. Wir wollen, wenigstens für den Augenblick, darüber hinweggehen. – Ich hoffe, Mr. Bronson, daß Ihre widersetzliche Haltung sich...«

»Ich bin nicht widersetzlich«, unterbrach Bronson. »Verstehen Sie mich nicht falsch! Ich habe gesagt, ich bin kein Dummkopf, und ich wäre ein Dummkopf, wenn ich mich Ihnen widersetzen wollte. Ich weiß sehr wohl, daß ich meine schwachen Punkte habe, und ich weiß, wessen Sie fähig sind. Wenn ich mir Sie zum Feinde mache, so kann ich New York gleich Lebewohl sagen. Ich bin erst seit zwei Monaten dort, aber wenn Sie sich die Mühe machen wollten, meine Spur zurückzuverfolgen, so leugne ich nicht, daß Sie das könnten. Sie würden zwar nicht gerade feststellen, daß irgendwo eine Zelle auf mich wartet, aber Sie könnten immerhin so viel zusammenbringen, daß ich es verdammt schwer hätte – schwerer, als mir lieb wäre. In der Angelegenheit Clyde Osgood habe ich Pech gehabt, aber ich kann es noch einmal versuchen und hoffen, daß das Glück mir günstiger ist, und der Himmel weiß, daß ich keinen Wert darauf lege, daß Sie hinter mir herhetzen, und Sie würden sich die Kosten und Mühe ja nicht nur zum Spaß machen. Glauben Sie mir, ich bin nicht widersetzlich. Sie haben kein Recht, beleidigt zu sein, daß ich dieses Schriftstück nicht herausgeben will, denn es gehört mir; aber sonst stehe ich Ihnen zur Verfügung. Wenn ich irgend helfen kann, will ich das gern.«

»Ohne raffinierte Tricks, Mr. Bronson?«

»Ohne.«

»Gut. Dann sagen Sie mir zunächst einmal – wo sind Sie geboren?«

Bronson schüttelte den Kopf. »Helfen, habe ich gesagt – nicht, Ihre Neugier befriedigen.«

»Sie haben eingeräumt, daß ich Ihre Spur zurückverfolgen kann, wenn ich mir die Mühe mache.«

»Dann machen Sie sich eben die Mühe!«

»Also gut, ich will mich direkter ausdrücken. Haben Sie jemals mit Vieh zu tun gehabt?«

Bronson glotzte, lachte dann kurz auf und sagte: »Mein Gott, muß ich's denn zurücknehmen, daß Sie kein Dummkopf sind? Sie wollen doch nicht etwa sagen, daß Sie mir in der Geschichte da eine Rolle zuweisen möchten?«

»Haben Sie jemals mit Vieh zu tun gehabt?«

»Ich bin mit Vieh noch niemals im geringsten in Berührung gekommen. Wo Milch und Rindfleisch herkommen, weiß ich nur, weil ich's irgendwo gelesen hab'.«

»Wo ist der Knüppel, den Sie gestern abend in der Hand hatten, als Sie Clyde Osgood zum Prattschen Grundstück begleitet haben?«

»Der Knüppel?«

»Ja. Ein grober Knüppel, ein Ast von einem jungen Baum.«

»Ach ja, natürlich! Er lehnte an einem Schuppen, als wir vorbeigingen, und da hab' ich ihn bloß so...«

»Wo ist er?«

»Jetzt, meinen Sie? Schließlich...«

»Wo haben Sie ihn gelassen?«

»Na aber... Ich glaube nicht... Ach ja! Natürlich. Als wir zu dem Zaun kamen, wo die Bäume zu Ende sind, ist Clyde weitergegangen, und ich habe kehrtgemacht. Er hat den Knüppel mitgenommen.«

»Wozu?«

Bronson zuckte mit den Achseln. Er hatte sich wieder gefangen. »Um ihn halt in der Hand zu haben, denk' ich. Wie ich gesehen habe, gehen Sie immer mit einem schweren Spazierstock. Wozu?«

»Jedenfalls nicht, um mich selbst mit einem Schlag zu betäuben. Hat Clyde Sie um den Knüppel gebeten? Haben Sie ihn gefragt, ob er ihn haben wollte?«

»Ich weiß nicht. So oder so, es war rein zufällig. Wieso, hat er denn einen Schlag auf den Kopf bekommen? Ich dachte, er sei mit einer Hacke umgebracht worden, denn nach Ihrer...«

»Sie wollten doch helfen, mein Herr, und nicht schwafeln. Ich muß die Wahrheit über diesen Stock wissen.«

»Sie haben sie ja gehört.«

»Unsinn. Sie sind offensichtlich verlegen gewesen und haben nach Ausflüchten gesucht.« Wolfe stach mit dem Finger nach ihm. »Wenn Sie sich nicht meine Feindschaft zuziehen wollen, nehmen Sie sich in acht! Sie werden kaum eine günstigere Gelegenheit bekommen, die Wahrheit zu sagen, als hier bei mir, in privater und relativ freundlicher Atmosphäre. Ist es denn nicht eine Tatsache, daß Sie selbst mit dem Knüppel in der Hand auf Mr. Pratts Grundstück gegangen sind?«

»Nein. Ich bin überhaupt nicht hingegangen.«

»Dabei bleiben Sie?«

»Es ist wahr.«

»Ich warne Sie noch einmal – nehmen Sie sich in acht! Aber nehmen wir für den Augenblick einmal an, es sei wahr. Dann sagen Sie mir: Weshalb ist denn Clyde zu Pratts Grundstück hinübergegangen?«

»Ich weiß nicht.«

»Was hat er denn darüber gesagt?«

»Gar nichts hat er gesagt.«

Wolfe schloß die Augen und schwieg. Ich sah, wie die

Spitze seines Zeigefingers kleine Kreise auf der Armlehne seines Sessels beschrieb, und wußte, daß er vor Zorn sprachlos war. Nach einer Minute begann Bronson: »Ich kann vielleicht noch...«

»Halten Sie den Mund! »Wolfes Lider zuckten, als er die Augen öffnete. »Sie machen einen Fehler. Einen schweren Fehler. Passen Sie mal auf: Sie haben sofortige Rückzahlung Ihres Geldes verlangt. Da Clyde nicht in der Lage war, die Summe in New York aufzutreiben, ist er hierhergekommen, um sich an seinen Vater zu wenden, und Sie haben es so eilig gehabt oder ihm dermaßen mißtraut – vielleicht auch beides –, daß Sie mitgekommen sind. Sie wollten ihn nicht aus den Augen lassen. Sein Vater hat ihm die Bitte abgeschlagen, weil ihm Clyde nicht sagen wollte, wozu er das Geld brauchte – um die Ehre der Familie Osgood zu retten, müßte man wohl korrekt sagen –, und Sie waren drauf und dran, dem Vater die Tatsachen zur Kenntnis zu bringen und Ihre Schuldsumme direkt bei ihm zu kassieren. Dann hat Clyde vor Verzweiflung eine Wette abgeschlossen. Die Wette gewinnen und Ihnen Ihr Geld bezahlen konnte er freilich erst in sechs Tagen, mit Ablauf der Woche, und was für glaubhafte Sicherheit dafür, daß er überhaupt gewinnen würde, konnte er Ihnen geben? Nur eine einzige Sicherheit hätte Sie veranlassen können zu warten: eine einleuchtende Aufklärung über die Methode, mit deren Hilfe er zu gewinnen dachte. Eine solche hat er Ihnen also gegeben. Erzählen Sie mir nicht, er habe das nicht getan; ich bin kein Esel. Er hat Ihnen erzählt, auf welche Weise er zu gewinnen hoffte und welche Schritte er dazu zu unternehmen gedachte. Also, nun erzählen Sie mir das mal!«

Bronson schüttelte den Kopf. »Ich kann nichts weiter sagen, als daß Sie sich täuschen. Er hat mir nichts...«

»Ach, Unsinn! Ich habe recht. Ich weiß, wann ich recht habe. Nehmen Sie sich in acht, mein Herr!«

Bronson zuckte mit den Achseln. »Es wird Sie auch nicht weiterbringen, wenn Sie mir immer wieder sagen, ich solle mich in acht nehmen. Ich kann Ihnen doch nicht erzählen, was ich gar nicht weiß.«

»Hat Clyde Osgood Ihnen erzählt, wie und warum er damit rechnete, die Wette zu gewinnen?«

»Nein.«

»Oder was er auf Pratts Grundstück vorhatte oder mit wem er dort sprechen wollte?«

»Nein.«

»Hat er irgendeine Bemerkung fallenlassen oder einen Hinweis gegeben, aus dem Sie es entnommen haben?«

»Nein.«

»Sie begehen einen schweren Fehler.«

»Nein, das tue ich nicht. Es mag sein, daß ich mir damit Ihr Wohlwollen verscherze, aber dagegen kann ich nichts machen. Um Himmels willen ...«

»Halten Sie den Mund! Sie sind also doch ein Dummkopf.« Wolfe drehte sich zur Seite und zischte mir zu: »Archie, nehmen Sie ihm das Schriftstück ab!«

Er hätte mich schon durch einen raschen Seitenblick vorbereiten können, ehe er es aussprach; doch wenn ich mich über solche Dinge bei ihm beschwerte, sagte er immer, mein Tempo und meine Pfiffigkeit erforderten keine Vorbereitung, und ich erwiderte dann, daß es mir auch recht wäre, wenn er mir weniger sarkastische Schmeicheleien sagte und mehr darauf bedacht wäre, es mir leichter zu machen.

Bei dieser Gelegenheit spielte es keine große Rolle. Bronson war ungefähr von meiner Größe, aber ich zweifelte daran, daß er ein Draufgänger war. Immerhin jedoch handelte es sich um einen Mordfall, und Wolfe hatte soeben die Unterstellung geäußert, daß dieser Herr mit einem Knüppel in der Hand am Schauplatz der Feindseligkeiten gewesen sei. Ich stand daher auf und sprang rasch genug in seine Gegend hinüber, um dummen Bewegungen, die er etwa machen könnte, zuvorzukommen. Ich streckte die Hand aus und sagte: »Her damit!«

Er schüttelte den Kopf und erhob sich ohne Hast, wobei er, ohne hinzusehen, den Stuhl zurückstieß und mich statt dessen mit noch immer ruhigen und klugen Augen ansah. »Das ist doch Blödsinn«, sagte er. »Auf diese Weise können Sie mich doch nicht einschüchtern.«

Ich fragte, ohne den Kopf zu wenden: »Wollen Sie's haben, Mr. Wolfe?«

»Nehmen Sie's!«

»Na schön. – Immer druff! Ich werd' mich bedienen.«

»Nein. Das werden Sie nicht.« Seine Augen waren reglos. »Wenn Sie versuchen, es mir abzunehmen, werde ich mich nicht zur Wehr setzen. Ich bin zwar nicht gerade ein Feigling, aber ich bin nicht in Form, und Sie hätten bei mir leichtes Spiel. Statt dessen werde ich schreien, und Osgood wird kommen und wird selbstverständlich das Schriftstück sehen wollen, das den Skandal hervorgerufen hat.« Er lächelte.

»Das wollen Sie?«

»Das will ich.«

»Wohl bekomm's! Wenn Sie das tun, werd' ich Ihnen mal zeigen, wie ich Wurst mache. Ich warne Sie – einen Mucks, und ich höre erst auf, wenn das Sanitätsauto kommt. Wenn Osgood erst das Schriftstück gelesen hat, wird er mir Geld bieten, damit ich's noch mal mache. Bleiben Sie mal in der Stellung!«

Ich streckte die Hand aus, und was soll ich sagen, da versuchte er doch tatsächlich wegzutauchen, wobei er ein Knie hochstemmte, ganz aus heiterm Himmel. Er war ziemlich flink, aber ich trat rechtzeitig zur Seite. Es war nicht absolut notwendig, ihm einen 'reinzuballern, aber so ein tückischer Bursche wie er hatte sowieso eine Lektion nötig, und so verabfolgte ich sie ihm – einen ordentlichen, kräftigen Haken, der ihn aus seiner gebückten Stellung emporriß und umdrehte.

Ich war neben ihm und beugte mich über ihn, als er die Augen wieder aufschlug. »Bleiben Sie mal liegen!« sagte ich zu ihm. »Ich weiß nicht, in welcher Tasche Sie's stecken haben. Können Sie sich vielleicht noch dran erinnern? Wenn ja, dann her damit!«

Seine Hand fuhr nach seiner inneren Brusttasche, und ich griff vor ihm hinein und zog etwas heraus, was sich als eine hübsche braunlederne Brieftasche mit einem Monogramm aus Platin oder vielleicht auch Blech entpuppte. Er griff danach, und ich zog schnell die Hand weg und sagte ihm, er solle aufstehen und sich hinsetzen, und trat ein Stückchen zurück, um die Beute in Augenschein zu nehmen.

»Hast du Töne!« pfiff ich. »Da ist ja eine maßlose Menge Kleingeld drin. Ein paar tausend oder noch mehr. Nur keine Bange, Sie! Von Spitzbuben stehle ich nicht. Aber ich kann kein... Ach, hier kommt's! Geheimfächer anscheinend.« Ich faltete das Blatt auseinander, überflog es mit den Augen und reichte es Wolfe. »Das andere zurückgeben?«

Er nickte, während er las. Ich reichte die Brieftasche Bronson zurück, der wieder auf den Beinen stand. Er wirkte ein wenig mitgenommen, doch blickte er mir ins Auge, während er die Brieftasche nahm, und ich muß zugeben, daß etwas an ihm dran war, wenn auch nicht am rechten Fleck.

»Hier, Archie!« sagte Wolfe und reichte mir das Schriftstück. Ich nahm aus meiner eigenen Brusttasche die goldgeprägte Straußenledermappe, die Wolfe mir einmal zum Geburtstag geschenkt hat und in der ich meine Detektivlizenz, meinen Polizeiausweis und meinen Waffenschein herumschleppe. Ich legte das zusammengefaltete Blatt in die Mappe und steckte sie ein.

Wolfe sagte: »Mr. Bronson, es gibt noch andere Fragen, die ich Ihnen hätte stellen wollen, wie zum Beispiel die nach dem Zweck Ihres Spazierganges auf Mr. Pratts Grundstück heute nachmittag. Aber es wäre vergebens. In mir kommt sogar der Verdacht auf, daß Sie gegenwärtig mit einem Unternehmen beschäftigt sind, das sich möglicherweise als ein noch schwererer Fehler erweisen wird als Ihr Verhalten hier bei mir. Was das Schriftstück angeht, das Mr. Goodwin Ihnen abgenommen hat, so garantiere ich, daß Sie es binnen zehn Tagen wiederbekommen – oder aber Ihr Geld. Versuchen Sie keine Winkelzüge! Mein Zorn ist schon groß genug. Gute Nacht, mein Herr!«

»Ich kann nur noch einmal... Ich hab' Ihnen doch gesagt...«

»Ich will's nicht hören. Sie sind doch ein Dummkopf. Gute Nacht!«

14

Am nächsten Morgen – Mittwoch – um zehn Uhr kletterte eine buntgemischte Gruppe in Osgoods Limousine, die nach Crowfield fahren sollte. Alle bis auf Nero Wolfe wirkten einigermaßen abgespannt; wie ich selbst aussah, wußte ich nicht.

Osgood war still und stumpf; während eines kurzen Gesprächs mit Wolfe hatte er Neigung zur Bissigkeit gezeigt. Bronson wirkte nicht mehr so mitgenommen, denn er hatte wieder denselben Crawnley-Anzug angezogen wie am Montag, aber sein Kinn war an der linken Seite geschwollen, und er war mürrisch und gar nicht amüsiert.

Nancy, die wieder das Steuerrad übernahm, war blaß, hatte Schatten um die Augen und machte nervöse, ruckartige Bewegungen. Sie hatte den Weg nach Crowfield und zurück schon einmal absolviert, um ein paar Verwandte vom Bahnhof abzuholen. Die Beerdigung sollte Donnerstag nachmittag stattfinden, und die Hauptinvasion der Verwandtschaft stand in vierundzwanzig Stunden bevor.

Wolfe hatte, wie es schien, seine Absicht geändert, der Frau, die er bewunderte, sofortige Erleichterung ihrer Nöte zu verschaffen; denn ich hatte Weisung erhalten, Miss Osgood nicht unbedingt gleich zu erzählen, daß das Schriftstück mit dem Namenszug ihres Bruders in meinem Besitz sei. Was mir in Anbetracht der Art und Weise, wie es in meinen Besitz gekommen war, durchaus recht war.

Während der halbstündigen Fahrt nach Crowfield sagte niemand ein Wort, abgesehen von einem kurzen Gespräch zwischen Osgood und Nancy darüber, wo und wann sie sich später treffen wollten, wenn alles besorgt wäre. Zuerst setzten wir Osgood in der Hauptstraße ab, vor einem Etablissement mit Palmen und Farnen im Fenster und einem kleinen Schild unten in der Ecke, auf dem ›Sowieso, Beerdigungsinstitut‹ zu lesen stand. Das nächste Mal hielten wir zwei Straßen weiter, bei dem Hotel, wo Bronson sich von uns trennte, in allgemeinem düsterem Schweigen und einer unfreundlichen Atmosphäre, die wahrscheinlich das wesentlichste Berufsrisiko des Spitzbubengewerbes ist.

Nancy nuschelte mir zu: »Thompsons Garage, nicht wahr?« Ich bejahte, und drei Minuten später setzte sie mich dort ab, um die Ecke in einer Seitenstraße. Da es mit dem Wagen vielleicht eine Verzögerung geben mochte, wollte sie weiterfahren und Wolfe auf dem Ausstellungsgelände abliefern, wofür ich dankbar war, denn ich wollte nicht, daß er mir dabei herumbrabbelte.

Die Rechnung machte 66,20 Dollar – eine ganze Menge, obwohl das Abschleppen eingerechnet war. Natürlich hatte

Meckern keinen Sinn, und ich beschränkte mich deshalb auf eine gründliche Überprüfung, um sicherzugehen, daß auch alles in Ordnung und daß Benzin und Öl nachgefüllt waren, bezahlte dann in bar und fuhr los.

Ich sollte nun Lew Bennett ausfindig machen, den Sekretär des Bundesverbandes der Guernsey-Züchter. Ich versuchte es im Hotel, zog aber eine Niete und vergeudete zwanzig Minuten in einer Telefonzelle, weil ich hintereinander auf Besetztzeichen, falsche Nummern und allgemeines Nichtwissen traf. Man schien anzunehmen, daß er sich irgendwo in der Ausstellung aufhalte. Ich fuhr deshalb hinaus, parkte nach einigen Kämpfen den Wagen auf einem der für Aussteller reservierten Plätze und stürzte mich in das Gewühl.

Ich hielt es für zweckmäßig, beim Ausstellungsbüro anzufangen. Dort erfuhr ich, heute sei ein großer Viehtag, und Bennett stecke bis über beide Ohren in Arbeit. Er müsse irgendwo in den Ausstellungshallen am anderen Ende des Geländes sein. Ich wagte mich wieder in das Gewühl und kämpfte mich durch Männer, Frauen, Kinder, Luftballons, Trompeten, Puffmais und ein wildes Tohuwabohu zu meinem Ziel durch.

Ich fand Bennett in der übernächsten Baracke, die der Guernsey-Rasse gewidmet war. Hier herrschte emsige Geschäftigkeit. Bennett flitzte hin und her. Er erkannte mich nicht wieder, und ich mußte beinahe einen Ringkampf mit ihm aufführen, um ihn anzuhalten. Ich erinnerte ihn an unsere Bekanntschaft und sagte, Nero Wolfe wolle ihn so bald wie möglich in der Hauptausstellungshalle oder an einer anderen Stelle, die ihm genehm sei, sprechen. Dringend.

»Kommt gar nicht in Frage«, erklärte er mit schroffer Miene. »Ich hab' nicht mal zum Essen Zeit. Um eins wird bei uns gerichtet.«

»Mr. Wolfe hat im Auftrag von Mr. Frederick Osgood einen Mordfall aufzuklären. Er braucht von Ihnen wichtige Informationen.«

»Ich habe keine.«

»Er möchte Sie danach fragen.«

»Ich kann jetzt nicht mit ihm sprechen. Ich kann einfach nicht. Nach eins... Wenn die Richter angefangen haben... Er ist in der Haupthalle? Ich gebe ihm Nachricht...«

»Er wird in dem Methodistenzelt zu Mittag essen. Beeilen Sie sich nur! Ja?«

Er sagte schließlich zu, so bald wie möglich zu kommen.

Es war zwölf geworden, als ich wieder an unserem Standplatz in der Haupthalle war. Nicht nur Guernseys hatten ihre Prämierung – um vier Uhr nachmittags war auch für Orchideen die Stunde X.

Wolfe war damit beschäftigt, sie zu spritzen und zu maniküren. Der Zerstäuber war eine Wucht; er war eigens nach seinen Angaben angefertigt, faßte acht Liter, hatte eine Druckkammer, einen kleinen elektrischen Motor und wog leer nur zehn Pfund. Wolfes Feind und Nebenbuhler, Shanks, war bei ihm und bewunderte gerade den Zerstäuber, als ich zu ihnen trat. Ich sagte ihm, daß der Wagen wieder in Ordnung sei, beschrieb das Ausmaß des Schadens und berichtete, was Mr. Bennett versprochen hatte.

Er zog eine Grimasse. »Dann muß ich hier warten.«

»Stehen tut Ihnen gut.«

»Und die Verzögerung! Wir haben Mittwoch mittag. Ich habe Mr. Waddell angerufen. Der Knüppel, den jemand auf Mr. Pratts Grundstück mitgenommen hat, ist nicht gefunden worden, und die Polizei hat von dem Bullen keine Aufnahmen gemacht. Zustände sind das! Wie Miss Osgood berichtet, hat niemand von dem Personal Bronson zurückkommen sehen. Unser nächster Schritt hängt von Mr. Bennett ab.«

»Er sagt, er habe keine Informationen.«

»Aber er hat welche. Nur ist er sich ihrer Verwendbarkeit nicht bewußt. Wenn Sie vielleicht noch einmal hingingen und ihm das klarmachten...?«

»Ohne Gewalt nichts zu wollen. Er sagt, er habe nicht mal zum Essen Zeit.«

Dies Argument freilich brachte ihn zum Schweigen. Er grunzte und wandte sich wieder Shanks zu.

Ich lehnte mich an die Kante des Dahlientisches auf der anderen Seite des Ganges und gähnte. Ich muß die Augen eine Weile zugemacht haben, denn mit einemmal merkte ich, wie etwas an meinem Ärmel zupfte, und eine Stimme sprach: »Wach auf, Escamillo, und zeig mir die Blumen!«

Ich klappte die Lider hoch. »Ach, Sie sind's, Miss Rowan! Gehen Sie nur wieder! Ich brauche Einsamkeit.«

»Gib mir einen Kuß!«

Ich beugte mich auf sie zu und tupfte ihr einen auf die Braue. »Da! Vielen Dank für den Besuch. Nett, daß Sie gekommen sind.«

»Du bist ein Flegel!«

»Ich habe Sie nie aufgefordert, mir Schmeicheleien zu sagen.«

Ihr Mundwinkel hob sich. »Das ist hier eine öffentliche Ausstellung. Ich habe Eintritt bezahlt. Du bist ein Aussteller. Also los, stell mal aus! Zeig mir die Blumen!«

»Aussteller – nicht Schausteller! Außerdem bin ich bloß Angestellter.« Ich nahm sie beim Ellenbogen und schob sie sanft über den Gang. »Mr. Wolfe, Sie kennen ja Miss Rowan. Sie möchte gern die Orchideen sehen.«

Er verbeugte sich. »Gegen dieses Kompliment bin ich machtlos.«

Sie blickte ihm ins Auge. »Ich möchte, daß Sie mich mit Sympathie betrachten, Mr. Wolfe, oder jedenfalls nicht mit

Antipathie. Mr. Goodwin und ich werden wahrscheinlich gute Freunde werden. Schenken Sie mir eine Orchidee?«

»Ich habe für Frauen selten Antipathie und nie Sympathie, Miss Rowan. Hier habe ich nur weiße Orchideen. Ich kann Ihnen um fünf Uhr, wenn die Prämierung vorbei ist, einige verehren, wenn Sie mir sagen, wohin ich sie schicken soll.«

»Ich komme sie mir abholen.«

Das Resultat war, daß sie mit uns zum Mittagessen ging.

Das Methodistenzelt war voller als am Tage zuvor, wahrscheinlich, weil wir zeitiger hinkamen. Offenbar hatte Mrs. Miller niemals frei, denn das Frikassee mit Klößen war genausogut wie in unserer Erinnerung, und da ich mir sagte, dies sei vielleicht mein letztes Auftreten in so frommer Gesellschaft, leistete ich es mir, die Mahlzeit in zweifacher Ausfertigung einzunehmen, ebenso wie Wolfe.

Als ich meine leere Kaffeetasse hinstellte, sagte Wolfe: »Immer noch kein Bennett! Es ist halb zwei. Ist es weit bis zu den Viehbaracken?«

Nicht sehr weit, sagte ich ihm.

»Verwünscht, ich muß ihn sprechen. Wenn er nicht sofort kommen kann, sagen Sie ihm, ich würde bis drei Uhr hier sein und danach am Stand.«

»Wird gemacht.«

Ich stand auf. Lily erhob sich ebenfalls und sagte, sie müsse zu Mr. Pratt und Caroline, die wahrscheinlich schon auf sie warteten. Sie verließ mit mir das Zelt, woraufhin ich sie darüber aufklärte, daß ich jetzt im Dienst sei und mich zu energisch durch das Gedränge voranschieben müsse, um eine nette Gesellschaft für sie abzugeben. Sie behauptete, bisher habe sie ohnehin noch keinerlei Spur von Nettigkeit an mir entdeckt. Mit der Bemerkung, um fünf Uhr sähen wir uns ja wieder, entfernte sie sich in Richtung der Tribüne. Mein Weg führte mich gerade in entgegengesetzter Richtung.

Bei der Prämierung ging es hoch her. Hier stand Bennett mit Preisrichtern, Listenführern und Tieren nebst ihren Wärtern.

Eine Sekunde lang blieb mir das Herz stehen, als mein Blick auf einen Bullen fiel, von dem ich geschworen hätte, es sei Hickory Caesar Grindon. Dann sah ich, daß er von einem helleren Braun war und einen viel kleineren weißen Fleck am Kopf hatte.

Ich manövrierte mich auf die andere Seite herum, wo das Gedränge nicht so dicht war, und blieb dort stehen.

Bennett war im Augenblick unbeschäftigt; er stand da und wischte sich über die Stirn, und ich ging auf ihn los. Er blinzelte mich in der hellen Sonne an und sagte, es tue ihm leid, aber er habe es nicht geschafft. Ich sagte ihm, das sei schon verziehen – aber ob er nicht jetzt gleich ins Methodistenzelt kommen könne? Unmöglich, sagte er, es würden gerade zwei Rassen gleichzeitig vorgeführt. Er könne Nero Wolfe ohnehin gar nichts erzählen. Und außerdem hätte ich in der Abzäunung nichts zu suchen...

Ich setzte etwas Druck dahinter: »Wolfe arbeitet an einem Mordfall, und er sagt, er muß Sie sprechen, weil er vorher keinen Schritt weiter kann. Sind Sie denn in erster Linie Staatsbürger und Frederick Osgoods Freund oder Vorsitzender eines Rindertribunals? Wenn Sie meinen, daß Gerechtigkeit bei den Kühen bedeutend wichtiger ist als...«

Er sagte, er sei gar kein besonderer Freund von Osgood, der für ihn nichts weiter sei als ein Mitglied des Verbandes, und er werde in der nächsten halben Stunde, aber nun ganz gewiß, in dem Methodistenzelt sein.

Ich kletterte wieder aus den Seilen hinaus, aber statt mich zu verziehen, hielt ich es für besser, in der Nähe zu bleiben und auf ihn zu warten. Ich sah der Jury ein paar Minuten lang beim Richten zu, konnte aber wegen des Gedränges nicht viel sehen und schlenderte deshalb vor den Baracken auf und ab.

Dort war weit und breit kein Mensch, denn im Augenblick übte das Richten große Zugkraft aus, und mir fiel daher natürlicherweise das Etwas ins Auge, das sich da bewegte, zumal ich auf den ersten Blick feststellte, daß mir dieses Etwas nicht unbekannt war.

Es war Nancy Osgood, und der Blick, mit dem sie sich umsah, als sie in eine Baracke trat, war verstohlen – sofern ich nicht gerade Gespenster gesehen habe. Auch wenn es ein verstohlener Blick war, ging mich das freilich nichts an. Doch ein Detektiv, der sich um Dinge, die ihn nichts angehen, nicht kümmert, wäre wohl ein Widerspruch in sich selbst. Ich flitzte also zu der Baracke hinüber und schob mich durch die Tür.

Sie war nicht in Sicht. Kühe waren massenhaft da, diesmal schwarzweiß-gefleckte, und weiter hinten im Gange ein paar Besucher – aber keine Nancy. Ich wanderte zwischen den Reihen von Hinterteilen entlang. Etwa in der Mitte der Baracke war linker Hand ein mit Bretterwänden abgeteilter Raum, in dem sich keine Kuh befand, sondern, wie ich bei kurzem Hineinlugen feststellte, drei andere Dinge: 1. ein großer Strohhaufen, aus dessen Mitte ein Heugabelstiel herausragte, 2. Nancy Osgood und 3. Jimmy Pratt.

Ich wäre vorbeigegangen, doch man hatte mich bereits gesehen. Jimmys Stimme war barsch und wenig verbindlich: »Was ist los?«

Ich zuckte mit den Achseln. »Alles angebunden. Bei Ihnen hoffentlich auch.« Ich wollte weitergehen, aber seine Stimme sagte, noch barscher: »Warten Sie! Je mehr Sie sehen und hören, desto mehr können Sie erzählen!«

»Nicht doch, Jimmy!« Nancys Stimme klang sehr bekümmert. Sie wandte die Augen, die mehr denn je umschattet waren, zu mir: »Sind Sie mir schon die ganze Zeit nachgegangen, Mr. Goodwin? Weshalb?«

Einige Passanten schienen stehenbleiben zu wollen, und ich trat deshalb in die Box, damit es in der Familie bliebe. »Ja«, sagte ich, »das bin ich. Schon seit ungefähr vierzig Sekunden. Ich habe zufällig gesehen, wie Sie hier in die Baracke gegangen sind und sich erst nach Bluthunden umgeguckt haben, und da bin ich Ihnen aus Neugier nachgeschlichen.« Ich musterte den jungen Pratt. »Gut, daß Sie Architekt werden wollen und nicht etwa Diplomat. Ihnen fehlt's an verbindlichem Auftreten. Wenn das hier ein heimliches Rendezvous ist und Sie den Verdacht haben, ich könnte es ausposaunen, so dürfte es richtiger sein, wenn Sie mich mit Samthandschuhen anfassen und nicht mit Sandpapier.«

Jimmy Pratt wandte sich an Nancy. »Er ist sowieso über Bronson und über das Schriftstück, das Clyde unterzeichnet hat, im Bilde, weil er dabeigewesen ist, als du das Wolfe erzählt hast. Und wenn dein Vater nichts davon hören soll, daß wir uns hier getroffen haben...«

Ich war äußerst froh darüber, daß er sich Nancy zugewandt hatte, weil mir das eine Gelegenheit gab, die ich dringend brauchte. Ich kann mich freilich ganz gut beherrschen, aber aus Holz bin ich nicht, und noch heute wundert es mich, daß nichts an meinem Gesicht ihnen auffiel.

Was ich gesehen hatte, war zutage getreten, als ein Stallbursche ein Bündel Stroh wegnahm. Ich hatte eine Bewegung gemacht, und dabei hatte meine Fußspitze etwas berührt, das nicht aus Stroh war, und ein kurzer Blick nach unten hatte mir verraten, was es war: Es war ein maßgearbeiteter brauner Halbschuh, der an einem Fuß saß, ferner ein paar Zentimeter von einer braunen Socke und der Umschlag eines Crownley-Hosenbeines.

Deshalb war ich, wie gesagt, äußerst froh, daß Jimmy sich Nancy zugewandt hatte, denn es gab mir Gelegenheit, mit dem Fuß wie im Spiel im Stroh herumzustochern und Schuh,

Socke und Hosenbein dadurch wieder von der Bildfläche verschwinden zu lassen, so daß nichts mehr zu sehen war als Stroh.

Nancy sagte unterdessen zu mir: »Vielleicht sollte ich das nicht tun, nachdem Mr. Wolfe gesagt hat, er wollte mir helfen; aber ich hab' Jimmy heut morgen getroffen, und da... wir haben uns unterhalten... Da hab' ich ihm von diesem Schriftstück erzählt und ihm gesagt, daß Bronson es immer noch hat... Und er meinte, er könnte in der Sache etwas unternehmen. Ich wollte natürlich nicht, daß er's versuchte, ohne vorher mit Mr. Wolfe zu reden... Wir wollten uns um zwei Uhr hier treffen und es besprechen...«

Ich hatte mich unauffällig an eine Stelle geschoben, von wo aus ich den Heugabelstiel erreichen konnte, der mitten aus dem Strohhaufen emporragte. Während meine Augen mit gebührendem Respekt an Nancy hingen, spielte meine Hand lässig mit dem Stroh, das sich so schön anfühlte, und fand ohne viel Mühe die Stelle, wo die Zinken der Gabel am Stiel befestigt waren. Mit zwei Fingernagelspitzen, die keine Abdrücke hinterlassen, tastete meine Hand sich an einer Zinke ein Stück abwärts, doch nicht weit, nur ein paar Zentimeter, bis sie auf etwas stieß, das weder Zinke noch Stroh war. Ich ließ die Finger eine halbe Minute dort stecken, um zu tasten, und zog dann langsam meine Hand zurück.

Jimmy fragte: »Weshalb wollen Sie denn Nancy an der Nase rumführen?

»An der Nase rumführen?« Ich grinste. »Kommt ja nicht in die Tüte. Ob das nun pure Nettigkeit ist, weiß ich nicht, aber Wolfe und ich tun stets das, was er sagt. Aber, Kinder, ihr macht es bloß schwerer, wenn ihr hier so unvorsichtig auf dem ganzen Messegelände rumlauft. Osgood ist als Klient schon schwierig genug. Schiebt doch um Gottes willen diese Konferenz einen oder zwei Tage auf! Alle Leute im ganzen

Kreise kennen euch, und da stellt ihr euch hier so auf den Präsentierteller. Wenn ihr tut, was ich sage, übernehme ich die Garantie, daß Wolfe und ich uns von der nettesten Seite zeigen und Osgood dieses Schriftstück nie zu sehen kriegt.«

Jimmy runzelte die Stirn. »Ja, und?«

»Trennt euch! Geht auseinander! Sofort. Sie, Mr. Pratt, gehen am andern Ende raus, und ich nehme Miss Osgood hier in dieser Richtung mit.«

»Er hat recht, Jimmy. Es war eine schreckliche Dummheit, aber du wolltest ja durchaus...«

»Also los, hauen Sie ab! In den letzten drei Minuten sind zehn Leute stehengeblieben, um hier zu uns reinzugucken.«

»Aber ich muß doch wissen...«

»Verdammt noch mal, tun Sie, was ich sage!«

»Bitte, Jimmy!«

Er ergriff ihre Hand, sah ihr ins Auge, sprach zweimal ihren Namen, als nähme er auf dem Bahnsteig von ihr Abschied, und riß sich dann los. Ich sagte zu ihr, sie solle mitkommen, und wir traten aus der Box und wandten uns nach rechts zu der Tür, durch die ich hereingekommen war.

Draußen nahm ich sie beim Ellenbogen und sagte im Gehen zu ihr: »Sie haben sich wie ein weiblicher Hornochse benommen. Gefühle sind Gefühle, freilich. Aber Verstand ist schließlich auch Verstand. Zu Jimmy Pratt zu laufen und ihn um Hilfe anzubetteln, wo Sie doch schon Nero Wolfes Hilfe haben! Machen Sie sich hier nur aus dem Staube! Sie wollten sich doch irgendwo mit Ihrem Vater treffen. Wenn das so ist, gehn Sie nur da hin, und warten Sie auf ihn, und denken Sie mal ein bißchen nach!«

»Aber ich hab' doch gar nicht... Sie reden ja, als ob...«

»Ich rede überhaupt nicht, als ob irgendwas. Machen Sie sich nur keine Sorgen darüber, wie ich rede! Hier muß ich abbiegen. Auf Wiedersehn im Kindergarten!«

Ich trennte mich mitten im Gedränge von ihr, was schließlich wohl ebensogut war wie irgendwo anders, und bahnte mir mit den Ellenbogen meinen Weg quer durch die Strömung bis in eine Gegend, wo ich mehr Tempo vorlegen konnte, ohne mir irgendwelche Zeichen von Panik anmerken zu lassen.

Ich brauchte nicht ganz fünf Minuten von dort bis zu dem Methodistenzelt. Wolfe war noch da. Er saß am Tisch und wirkte auf dem Klappstuhl bei all seiner Massivität recht verloren. Nie zuvor hatte er wahrscheinlich unter so schwierigen Umständen gutes Essen verdauen müssen.

Er blickte stirnrunzelnd zu mir auf. »Nun? Mr. Bennett?«

Ich setzte mich hin, nickte und dämpfte die Stimme: »Ich muß einen kurzen, aber unangenehmen Bericht machen. Punkt 1: Mr. Bennett wird in zehn Minuten oder so hiersein. Hat er gesagt. Punkt 2: Ich habe Nancy Osgood und Jimmy Pratt in einer Kuhbaracke gefunden. Sie besprachen gerade Mittel und Wege, um an das Schriftstück zu kommen, das ich in der Tasche habe. Punkt 3: In derselben Baracke habe ich Mr. Bronson unter einem Strohhaufen gefunden, tot, eine Heugabel durchs Herz gespießt. Von dem letzten Punkt hat außer mir noch niemand was gemerkt – jedenfalls bis ich dort wegging.«

Wolfes Augen schlossen sich und gingen wieder halb auf. Er stieß einen tiefen Seufzer aus. »Der Dummkopf! Ich habe dem Menschen doch gesagt, er sei ein Dummkopf.«

15

Ich nickte. »Ach ja. Sie haben ihm auch gesagt, daß Ihnen der Verdacht käme, er wäre mit einem Unternehmen beschäftigt, das sich möglicherweise als ein schwerer Fehler erweisen würde. Madame Shasta, da hinten in ihrer Bude, nennt so was Hellsehen und nimmt dafür einen Zehner.« Ich kramte nach zwei Fünfern und schob sie ihm zu. »Ich bin baff. Woher haben Sie das gewußt?«

Er nahm von meinem Angebot keine Notiz. »Verwünscht!« murmelte er. »Wiederum zu spät. Ich hätte gestern abend Saul oder Fred anrufen und mit einem Nachtzug herkommen lassen sollen. Heute morgen hätte jemand Bronson im Auge behalten müssen. Einmal zum Reden gezwungen, hätte er allein uns als Beweisstück vollständig genügt. Ich bin nicht ich selbst, Archie! Zum Kuckuck, wie kann ich denn auch, wenn ich in all diesem Tumult herumsause! Bei diesem Schuft Shanks muß ich mich dafür bedanken. Na ja!« Er seufzte von neuem. »Sie sagen, niemand wisse etwas davon?«

»Richtig. Bis auf den, der's gemacht hat. Als ich da auf Bennett wartete, habe ich gesehen, wie Nancy in eine Kuhbaracke ging, und bin ihr nachgestiegen. Sie hat sich mit Jimmy Pratt in einer Box getroffen, in der außerdem ein Strohhaufen war. Ich bin als dritter dazugekommen, und wir haben uns unterhalten. Da ist ein Stallbursche gekommen und hat was von dem Stroh weggeholt und dadurch einen Schuh und einen Hosenumschlag freigelegt. Außer mir hat's niemand gesehen, und ich habe mit dem Fuß wieder Stroh darübergeschoben. Eine Heugabel steckte in dem Haufen, senkrecht, mit dem Stiel noch ein ganzes Stück im Stroh drin, und ich hab' mit der Hand mal gelotet und festgestellt, in was für einem Nadelkissen sie steckte. Mitten durch die Brust! Aus war's mit ihm. Ich habe Romeo und Julia vorgeworfen, sie wären zu unvorsichtig, und sie weggejagt, jeden in eine andere Richtung, und bin dann hierhergekommen.«

»Dann hängt die Entdeckung also davon ab, daß noch weiteres Stroh weggeräumt wird?«

»Ja. Was vielleicht schon geschehen ist oder vielleicht auch erst morgen passiert.«

»Wahrscheinlich aber schon eher. Sie haben sich fortbegeben, um in keinen Skandal hineinzugeraten?«

»Um Sie zu informieren. Und um Ihnen auszurichten, was Bennett gesagt hat. Und um zu verhüten, daß Nancy belästigt wird – von ihrem Vater wegen ihres unerwünschten Umgangs und von den Polizeifritzen, weil sie doch praktisch auf einer Leiche gesessen hat.«

»Der Mann, der das Stroh wegräumte, hat Sie alle gesehen?«

»Klar, und auch noch verschiedene andere Leute. Soll ich jetzt wieder hingehen und ihn finden?«

Wolfe schüttelte den Kopf. »Das würde nichts nutzen. Auch das Pack von der Polizei dürfte dabei wahrscheinlich keine Spur finden – es eilt also nicht. Ich hätte doch nicht gedacht, daß Bronson so ein Idiot wäre, ihm eine derart günstige Gelegenheit zu geben, aber natürlich hat er sich irgendwo mit ihm treffen müssen. Desto vordringlicher jedoch ist es jetzt – ah, Gott sei Dank, endlich! Guten Tag, mein Verehrter!«

Lew Bennett, noch in Hemdsärmeln und ganz außer Atem, stand neben ihm und erwiderte den Gruß kurz. »Sie wollen mich sprechen? Einen schlechteren Augenblick dazu hätten Sie sich wohl wahrhaftig nicht aussuchen können.«

»Das hörte ich schon von Mr. Goodwin. Es tut mir leid, doch ich kann es nicht ändern. Aber nehmen Sie Platz. Trinken Sie einen Kaffee?«

»Ach, ich bleibe lieber stehen. Was wollen Sie denn?«

»Haben Sie schon gegessen?«

»Nein.«

»Lachhaft!« Wolfe schüttelte den Kopf über ihn. »Inmitten der schwierigsten und chaotischsten Probleme habe ich noch nie eine Mahlzeit versäumt. Ein Magen, der zu lange leer bleibt, macht das Blut dünn und bringt das Gehirn in Unordnung. – Archie, bestellen Sie eine Portion von dem Frikassee! – Um Gottes willen, Verehrter, setzen Sie sich doch hin!«

Ich weiß nicht recht, ob er sich Wolfes Worte so zu Herzen genommen hat; es war wohl der Geruch der Speisen. Ich sah, wie seine Nasenflügel bebten. Er zögerte, und als ich eine Methodistin heranwinkte und ihr sagte, sie möge für einen Zehner zusätzlich Klöße bringen – die Idee stammte von Wolfe –, erlag er der Versuchung und ließ sich auf einen Stuhl sinken.

Wolfe sagte: »Na also! Nun denn. Ich bin von Mr. Osgood mit der Aufklärung eines Mordfalles beauftragt, und dazu muß ich einiges wissen. Vielleicht halten Sie meine Fragen für unwesentlich oder sogar für idiotisch, doch da wären Sie im Irrtum. Mein einziger ernstlicher Fehler ist meine Lethargie, und ich ertrage Mr. Goodwins Gegenwart, ja, ich bezahle ihn sogar dafür, daß er mir hilft, ihrer Herr zu werden. Vor achtundvierzig Stunden, am Montagnachmittag auf der Terrasse, haben Sie zu Mr. Pratt gesagt, ein Dutzend Mitglieder Ihres Verbandes warteten auf Sie, und wenn sie hörten, was Sie zu erzählen hätten, dann würden Maßnahmen ergriffen werden. Sie haben ihm das voller Überzeugung ins Gesicht geschleudert. Was für Maßnahmen hatten Sie da im Sinne?«

Bennett glotzte ihn an. »Einen Mord jedenfalls nicht«, sagte er kurz. »Was hat denn das mit…«

»Bitte!« Wolfe stach mit dem Finger nach ihm. »Ich habe Ihnen doch gesagt, daß ich kein Idiot bin. Ich habe Ihnen eine schlichte, direkte Frage gestellt. Können Sie nicht ebenso schlicht darauf antworten? Ich weiß, daß Sie Mr. Pratt das in der Wut ins Gesicht geschleudert haben. Aber was für Maßnahmen hatten Sie da im Sinne?«

»Eigentlich keine.«

»Überhaupt keine?«

»Keine besonderen. Ich war empört. Wir alle waren empört. Was er da vorhatte, war die widerlichste Unverschämtheit und Beleidigung...«

»Ich weiß. Wenn ich mich auf Ihren Standpunkt stelle, bin ich der gleichen Meinung. Aber waren nicht schon Mittel und Methoden zur Verhinderung dieser Absicht erörtert worden? Zum Beispiel: Hat etwa jemand auf die Möglichkeit hingewiesen, Hickory Caesar Grindon insgeheim fortzuschaffen und einen anderen Bullen an seine Stelle zu setzen?«

Bennett wollte etwas sagen, hielt aber inne. Seine Augen blickten aufmerksam. »Nein«, sagte er kurz.

Wolfe seufzte. »Also gut. Ich wünschte, Sie wären sich darüber im klaren, daß ich einen Mordfall untersuche, nicht ein Unterschlagungskomplott. Sie müssen diese Klöße aber heiß essen. Vielleicht wäre es besser, wir warteten mit dieser Angelegenheit, bis Sie fertig sind...«

»Sprechen Sie nur weiter! Wenn ich fertig bin, muß ich gleich wieder gehen.«

»Gut denn. Ich habe nicht gefragt, ob einer von Ihnen einen anderen Bullen untergeschoben oder es auch nur versucht hat; ich habe lediglich gefragt, ob im Eifer der Entrüstung ein derartiger Vorschlag gemacht worden sei. Was ich eigentlich wissen möchte, ist dies: Wäre ein solcher Plan durchführbar gewesen?«

»Durchführbar?« Bennett schluckte ein Stück Huhn hinunter. »Das wäre ein Verbrechen gewesen. Juristisch.«

»Freilich. Aber – bitte unterziehen Sie diese Frage einer ernsthaften Überlegung – könnte es funktioniert haben?«

Er überlegte. »Nein, Monte McMillan war doch da.«

»Wenn Mr. McMillan nicht dagewesen oder etwa selbst mit im Komplott gewesen wäre, könnte es dann funktioniert haben?«

»Das könnte sein.«

»Es wäre also möglich gewesen, an Caesars Stelle einen anderen Bullen zu setzen, der ihm hinreichend ähnlich sah, so daß jemand, der mit seinem Aussehen nicht gründlich vertraut war, ohne genaue Prüfung die Unterschiebung nicht bemerkt hätte?«

»Das könnte sein.«

»Caesar war aber doch ein Preisbulle der Bundesspitzenklasse.« Wolfe zog eine Grimasse und rückte sich auf dem Klappstuhl zurecht. »Hat er nicht nahezu einzig dagestanden?«

»Ach wo! Gute Bullen gibt's viele, und auch eine ganze Menge großartige. Der Spitzenklassen-Rummel ist schon in Ordnung, und es stimmt auch, aber manchmal läßt sich die Grenze verdammt schwer ziehen. Voriges Jahr in Indianapolis hat Caesar 96 Punkte gemacht und Portchester Compton 95. Etwas anderes ist natürlich ihre Nachkommenschaft – wieviel und was für Töchter und Söhne sie haben. Caesar hat 51 RL-Töchter gehabt...«

»...und neun RL-Söhne. Ich weiß. Und das kann man natürlich mit dem Auge nicht erkennen. Und doch genügt mir das immer noch nicht. Wenn jemand – nun, sagen wir: Clyde Osgood – für Caesar einen anderen Bullen unterschieben wollte, so konnte es gewiß keiner sein, der selbst in die Spitzenklasse gehörte, denn das Tier war ja zum Schlachten bestimmt, und Bullen, die nur beinahe in die Spitzenklasse gehören, sind schließlich auch wertvoll. Wäre es möglich, daß ein durchschnittlicher Bulle, einer von verhältnismäßig geringem Wert, ziemlich starke Ähnlichkeit mit einem Spitzentier hätte?«

»Möglich. Auf eine Entfernung von – sagen wir mal: hundert Metern. Es käme drauf an, wer der Betrachter ist.«

Wolfe nickte. »Ich verstehe. Damit scheint die Frage der äußeren Erscheinung geklärt. Der nächste Punkt... Ich habe mich über das gewundert, was Sie mir gestern am Telefon sagten, als ich Sie von Mr. Osgoods Haus aus anrief. Ich hätte angenommen, jedes reinrassige Kalb bekäme bei der Geburt ein unauslöschliches Kennzeichen. Aber Sie haben gesagt, die einzigen, die ein Kennzeichen bekämen – eine Tätowierung am Ohr –, seien die glattfarbigen, ohne Weiß.«

»Das stimmt auch.«

»Wenn Caesar also gegen einen anderen Bullen vertauscht worden wäre, hätte man das jedenfalls nicht daran feststellen können, daß irgendeine Kennzeichnung fehlte.«

»Richtig. Sondern nur, indem man die Farbzeichnung des betreffenden Bullen mit Caesars Farbzeichnung verglichen hätte, wie man sie in Erinnerung hatte, oder mit der Skizze auf seiner Herdbuchkarte.«

»Ganz recht. Sie haben von Skizzen oder Fotografien gesprochen. Wie werden die erstellt?«

»Sie werden vom Züchter bei der Geburt angefertigt, oder jedenfalls, ehe das Kalb sechs Monate alt ist. Auf der Rückseite der Herdbuchanmeldung sind die Umrisse eines Rindes aufgedruckt, von beiden Seiten und von vorn. Darauf trägt der Züchter mit Tinte die Farbzeichnung des Kalbes ein und gibt dabei an, ob weiß, hellbraun, dunkelbraun, rotbraun oder gescheckt. Die Skizzen werden in unserem Büro in Fernborough aufbewahrt und gelten fürs ganze Leben des Tieres als Unterlagen zur Identifizierung. Eine zweite Ausfertigung davon hat auch der Züchter auf seiner Herdbuchkarte. Wenn man einen Bullen kauft und genau wissen will, ob man auch den richtigen kriegt, vergleicht man seine Farbe und seine Zeichnung mit den Skizzen.«

»Dann habe ich Sie am Telefon also doch richtig verstanden. Es hörte sich ein bißchen zufällig an.«

»Das ist die allgemein übliche Methode«, erklärte Bennett steif. »Es hat noch nie irgendwelche Schwierigkeiten gegeben.«

»Ich will auch gar nichts dagegen sagen. Wenn es funktioniert, funktioniert es.« Wolfe seufzte. »Aber noch etwas, solange Sie bei Ihrem Kaffee und Kuchen sind. Es bedarf vielleicht einigen Nachdenkens. Wenn wir als Hypothese einmal annehmen wollen, daß Clyde Osgood es tatsächlich unternommen hat, für Caesar ein Ersatztier unterzuschieben – wie viele Bullen gibt es im Umkreis von – sagen wir: hundert Kilometern von hier, die wohl als Kandidaten in Frage gekommen wären? Bullen, die in der äußeren Erscheinung und Farbzeichnung Caesar einigermaßen ähnlich sehen, je mehr, desto besser. Wohl gemerkt, es darf nicht auch wieder ein Spitzentier sein, das Tausende wert ist.«

Bennett wandte ein: »Aber ich habe Ihnen doch gesagt, es hätte nicht funktionieren können. Ganz gleich, wie groß die Ähnlichkeit auch sein mochte, Monte McMillan hätt's erkannt. Der hätte Hickory Caesar Grindon aus sämtlichen Bullen der ganzen Welt rausgekannt.«

»Als Hypothese, habe ich gesagt. Wie viele solche Bullen gibt es im Umkreis von hundert Kilometern?«

»Das ist ziemlich viel verlangt.« Bennett kaute langsam an einem Stück Kuchen, rührte in seinem Kaffee herum und überlegte. »Einen hätten wir natürlich schon mal hier, hinten in der Baracke. Einen dreijährigen Willowdale-Bullen. Er wird zwar nie so ein Format haben wie Caesar, aber äußerlich sieht er ihm sehr ähnlich, in der Farbzeichnung und Haltung und so weiter.«

»Wissen Sie bestimmt, daß der in der Baracke der Willowdale-Bulle ist?«

Bennett machte einen Augenblick lang ein verdutztes, dann ein erleichtertes Gesicht. »O ja, das ist schon Willowdale Zodiac. Er ist vorhin bewertet worden und ist weit unter der Wertung eines Spitzenbullen geblieben.« Er nahm einen Schluck Kaffee. »Dann gibt's bei Hawley drüben einen Bullen, der passen könnte, den Orinoco, bloß seine Lende ist etwas schmal, aber das könnte man, gleich ob man weit weg steht oder dicht dran, merken oder auch nicht – es käme drauf an, wie er gerade stünde. Mrs. Linville drüben auf der anderen Seite von Crowfield hat einen, der sogar noch besser passen würde als Orinoco, aber ich weiß nicht genau, ob er im Stall ist. Ich hab' gehört, sie wollte ihn nach Syracuse schicken. Außerdem wäre natürlich auch Hickory Buckingham Pell, Caesars Vollbruder, in Frage gekommen; aber der ist tot.«

»Wann ist er gestorben?«

»Vor einem Monat ungefähr. Milzbrand. Zusammen mit den meisten andern Tieren aus McMillans Zucht.«

»Ja. Das war ja eine Katastrophe. Ist Buckingham auch ein Spitzentier gewesen?«

»Aber nein. Er und Caesar stammten zwar beide von dem alten Hickory Gabriel ab, einem schönen, großartigen Bullen, aber ein Zuchtbulle kann noch so gut sein, man kann nicht von ihm verlangen, daß er jedesmal die Kombination trifft. Buckingham sah sehr gut aus, aber sein Pigmentsekret war schlecht, und seine Töchter waren nicht viel wert. Er war seit zwei Jahren nicht mehr ausgestellt worden, und damals in Jamestown hat er 68 Punkte erzielt.«

»Jedenfalls, der wäre also tot. Wie ist es mit der Osgoodschen Zucht? Gäbe es da irgendwelche Kandidaten?«

Bennett schüttelte langsam den Kopf. »Kaum. Da ist ein vielversprechender Jungstier, der Thistleleaf Lucifer, den man dazu rechnen könnte, aber der ist eigentlich mehr gescheckt als rotbraun. Immerhin, das fiele einem möglicherweise nicht auf, wenn man keinen Grund hätte, es zu vermuten, und wenn man nicht etwa Caesars Zeichnung genau im Kopf hätte.«

»Was ist Lucifer wert?«

»Schwer zu sagen. Bei einer Auktion kommt's ganz drauf an...«

»Aber grob geschätzt?«

»Ach, zwischen 500 und 800 Dollar.«

»Aha. Nur ein Bruchteil von 45 000 Dollar.«

Bennett brummte verächtlich. »Einen Bullen, der 45 000 Dollar wert war, hat's überhaupt noch nicht gegeben. Wenn McMillan das für Caesar gekriegt hat, so war das nicht etwa ein richtiger und vernünftiger Preis. Es war nur eine Bestechungssumme, die Pratt ihm geboten hat, um ihn in ein schändliches und unanständiges Gaunerstück mit reinzuziehen. Einer oder zwei von unsern Leuten neigen dazu, McMillan zu entschuldigen, weil sie meinen, achtzig Prozent der Zucht durch Milzbrand einzubüßen wäre doch ein furchtbarer Schlag, und er wäre in höchster Not gewesen – und auf der anderen Seite diese Riesensumme; aber für mich gibt's auf der ganzen Welt keine Entschuldigung für so was, und die meisten denken da genau wie ich. Ich würde mir lieber das Leben nehmen, als mich... Hallo, George, hierher! Ich wollte gerade kommen. Was ist denn los?«

Einer von den Männern, die ich in dem Richtgehege bemerkt hatte, ein großer, breitschultriger Kerl mit einer Zahnlücke vorn, kam auf uns zu, wobei er gegen die Rückenlehnen der Stühle stieß.

»Können die denn nicht zehn Minuten ohne mich auskommen?« fragte Bennett. »Was ist denn jetzt schiefgegangen?«

»Beim Richten ist nichts schiefgegangen«, sagte der Mann. »Aber wir können die Tiere nicht mehr von der Baracke holen und zurückführen – wegen des Gedränges. Zu Tausenden laufen sie da rum. In der Holsteiner-Baracke hat jemand unter einem Strohhaufen einen Toten gefunden mit einer Heugabel im Leib. Ermordet.«

»Lieber Gott!« Bennett sprang auf. »Wer?«

»Weiß nicht. Es ist einfach nichts rauszukriegen. Wenn Sie die Menschenmenge sehen würden...«

Mehr hörte ich nicht, denn schon schwirrten sie ab. Eine Methodistin lief hinter Bennett her, doch ich fing sie ab und sagte ihr, ich würde sein Gedeck bezahlen. Sie sagte, es mache neunzig Cent, und ich stiftete ihr einen Dollarschein und setzte mich dann wieder Wolfe gegenüber.

»Da will ich wohl mal hingehen«, sagte ich, »und rumschnüffeln.«

Wolfe schüttelte den Kopf. »Es ist schon drei Uhr vorbei, und wir haben selbst etwas zu tun. Kümmern wir uns lieber darum!« Er stand auf, drehte sich mit einem verächtlichen Blick nach dem Klappstuhl um, und wir gingen los.

Draußen kam man jetzt leichter vorwärts als vorhin, denn die Menge schob sich nicht mehr kreuz und quer durcheinander, sondern strömte größtenteils geradewegs und möglichst schnell zum hinteren Teil des Geländes, zu den Viehbaracken hin.

Charles E. Shanks war in der Orchideenabteilung nirgends zu sehen, aber Raymond Plehn, der *Laeliocattleya* und *Odontoglossum* ausstellte, war da. Wir hatten bisher noch nicht mit ihm gesprochen, uns aber freilich seine Kollektion angeschaut, die mit unserer nicht in Konkurrenz lag.

Die Halle mit ihrer gewaltigen Fläche von Tischen, auf denen alles ausgestellt war, vom schlichten Brot bis zu 4,20 Meter hohen Maisstengeln, schien etwa ebenso viele nachmittägliche Besucher zu haben wie sonst, die entweder die Neuigkeit aus der Holsteiner-Baracke noch nicht vernommen hatten oder so eigenwillig waren, sich für Blumen und Gemüse mehr zu interessieren als für Leichen.

Wolfe tauschte mit Plehn Artigkeiten aus, und dann machten er und ich uns an die Arbeit. Eine von unseren achtzehn Pflanzen war schwermütig geworden und zeigte Anzeichen des Verwelkens; ich schob sie also unter den Tisch und deckte Zeitungspapier darüber. Wir nahmen uns die andern gründlich vor, richteten Blätter auf, bei denen es nötig war, banden einige neu an und entfernten ein halbes Dutzend Blüten, deren Kelchblätter an den Spitzen braun zu werden begannen.

»Im ganzen sehen sie doch munter aus«, sagte ich zu Wolfe.

»Trocken«, grunzte er, während er ein Blatt inspizierte. »Gott sei Dank, noch keine Rotspinnen. – Ach, guten Tag, Mr. Shanks!«

Um vier Uhr kamen die Richter mit ihrem Gefolge und ihren Bewertungsbogen. Einer war ein Mondgesicht von der Gartenbaugesellschaft der Oststaaten, der andere war Cuyler Ditson, der schon bei der Metropolitan-Ausstellung einige Male Preisrichter gewesen war. Die beiden begannen zu gukken und zu prüfen und zu diskutieren, und eine kleine Zuschauermenge sammelte sich.

Es ging alles wie im Handumdrehen und war, soweit es die weißen Orchideen betraf, so schnell aus und vorbei, daß es nach all der Mühe, die wir uns gemacht hatten, beinahe sinnlos wirkte, obwohl Wolfe die Medaille und alle drei Bänder, Shanks aber nichts weiter bekam als einen tröstenden Klaps auf den Rücken. Doch sie wußten beide, wie das in der nächsten Nummer der ›Amerikanischen Orchideen-Zeitschrift‹ aussehen, und wußten auch, wer es lesen würde. Shanks war dumm genug, sich aufzuregen und sich mit Cuyler Ditson herumzuzanken, und Raymond Plehn lachte ihn aus.

Als die Richter gingen, zerstreute sich die Zuschauermenge. Wolfe und Plehn begannen Kinngymnastik zu treiben, und als das losging, wußte ich, daß es endlos so weitergehen würde, und sah mich denn der Langenweile gegenüber. Wolfe hatte gesagt, wenn das Richten vorbei sei, wolle er mit Nikotin und Seife spritzen; ich kramte also diese Zutaten unten aus einem der Verschläge heraus, holte eine Kanne Wasser und machte die Mischung in dem Zerstäuber zurecht. Er besorgte es gründlich, unterstützt von Plehn, stellte dann den Zerstäuber auf den Tisch und begann wieder zu fachsimpeln.

Ich setzte mich auf eine Kiste, gähnte und ließ meinen Geist herumschwirren, um einer Idee auf den Grund zu kommen, die mir bei einer der Fragen, die Wolfe an Bennett gerichtet hatte, in den Kopf gekommen war. Doch ich hoffte inbrünstig, die Antwort stimme nicht; denn wenn sie stimmte, so waren wir zweifellos aufgeschmissen und konnten einpacken und nach Hause fahren.

Ich warf einen Blick auf meine Armbanduhr, und als ich sah, daß es zehn Minuten vor fünf war, fiel mir ein, daß Lily Rowan ja um fünf Uhr ihre Orchideen abholen wollte. Dadurch hatte ich wieder etwas zu tun, nämlich mir eine Bemerkung auszudenken, die sie komplett durcheinanderrütteln würde. Sie machte den Eindruck, als wäre ihr das noch nie in nennenswertem Maße passiert, und mir schien, daß sie es darauf anlegte. Wenn man jemanden mal im Spaß Escamillo nennt, so ist das gut und schön, aber wenn man es tut, unmittelbar nachdem der Betreffende, von einem Bullen gejagt, über einen Zaun gesprungen und dabei fast umgekommen ist, so kann man wohl erwarten, daß sich der andere, je nach seinen Möglichkeiten, revanchiert.

Mit der Bemerkung, die ich mir ausdenken wollte, wurde ich nicht fertig. Die erste Unterbrechung verursachte der Aufbruch von Raymond Plehn, dessen Abschiedszeremonien ebenso formvollendet waren wie alles, was er sonst tat.

Die zweite Unterbrechung nahte aus etwas größerer Entfernung heran, war aber wesentlich peinlicher: Ich sah, wie jemand mit dem Finger auf mich zeigte. Er stand in dem Gang, vielleicht zehn Schritt entfernt, und zeigte auf mich, und kein Zweifel, es war der schlaksige Strohholer im Arbeitskittel, den ich zum letztenmal vor drei Stunden in der Holsteiner-Baracke gesehen hatte. Zu seiner Rechten stand Leutnant Barrow von der Staatspolizei, zu seiner Linken Oberstaatsanwalt Waddell. Während ich ihnen mit unbehaglich zusammengezogenen Brauen entgegenstarrte, kamen sie auf uns zu.

Durch den Mundwinkel sagte ich zu Wolfe: »Achtung! Wir kriegen Gesellschaft.«

Offenbar waren sie der Meinung, der Stallbursche werde nicht mehr gebraucht, denn er trottete in der anderen Richtung davon, während die andern beiden geradewegs auf ihr Opfer, das heißt auf mich, zusteuerten. Sie machten ein ziemlich saures Gesicht und nickten kurzangebunden, als Wolfe und ich sie begrüßten.

Wolfe sagte: »Wie ich höre, haben Sie es mit einem weiteren Toten zu tun, und diesmal bedarf es keiner Erläuterungen meinerseits.«

Waddell brabbelte etwas, doch Barrow blickte mich an, ohne sich um die beiden zu kümmern, und sagte: »Der, von dem ich eine Erläuterung haben will, sind Sie. Nehmen Sie Ihren Hut und kommen Sie mit!«

Ich grinste. »Wohin denn, bitte?«

»Zum Staatsanwalt. Den Weg zeige ich Ihnen mit Vergnügen. Aber erst mal halt!« Er streckte seine Pfote aus.

Ich verschränkte die Arme und trat einen Schritt zurück. »Halt – das finde ich auch! Ich habe eine Pistole und einen Waffenschein dazu. Die Pistole ist rechtmäßig in meinem Besitz. Wir wollen's doch nicht etwa auf unsinnige Komplikationen ankommen lassen, wie?«

16

»Ich gebe Ihnen mein Wort, Leutnant Barrow«, sagte Wolfe honigsüß, »daß er in meiner Gegenwart nicht auf Sie schießen wird. Er weiß, daß Gewalt mir zuwider ist. Die Waffe gehört übrigens mir. Geben Sie sie mir, Archie!«

Ich nahm sie aus der Pistolentasche und reichte sie ihm. Er hielt sie sich dicht vor die Nase, beäugte sie und sagte dann »Es ist eine 9,65 mm Worthington, Nr. 63092 T. Wenn Sie auf der Herausgabe bestehen, Leutnant – unrechtmäßigerweise, wie Mr. Goodwin ganz richtig sagt –, so stellen Sie eine Quittung aus, dann können Sie sie mir abnehmen.«

Barrow grunzte. »Schluß mit der Komödie! Behalten Sie das Ding. Kommen Sie mit, Goodwin!«

Ich schüttelte den Kopf. »Ich bin außerdem ganz rechtmäßig hier. Was suchen Sie denn? Wenn ich Ihnen irgendeinen Gefallen tun soll, können Sie mich ja darum bitten. Wenn Sie hier 'rumkommandieren wollen, zeigen Sie mir erst mal einen Wisch mit Unterschrift und Stempel! Sie kennen die Vorschriften genausogut wie ich. Einstweilen aber fassen Sie mich nicht an.«

Waddell sagte: »Wir kennen die Gesetze, auf unsere ländlich-einfache Weise. Ein Mord ist verübt worden, und Leutnant Barrow will Ihnen ein paar Fragen stellen.«

»Dann soll er doch! Oder wenn er eine Konferenz im kleinen Kreise wünscht, soll er mich doch um meine Gesellschaft bitten, aber mich nicht anplärren.« Ich wandte mich zu Barrow um. »Ach Gott, ich weiß ja, was Sie wollen. Ich hab' doch den Affen da gesehen, der mit Ihnen 'reingekommen ist und auf mich gezeigt hat. Ich weiß, daß er mich vorhin in der Holsteiner-Baracke neben einem Strohhaufen gesehen hat, als ich gerade mit zwei Bekannten redete. Ich hab' auch erzählen hören, daß unter einem Strohhaufen in dieser Baracke ein Toter gefunden worden ist, mit einer Heugabel im Bauch. Ich vermute, es ist derselbe Strohhaufen gewesen, bei so was hab' ich Glück. Und Sie möchten wissen, warum ich dort gewesen bin und worüber ich und meine Bekannten gesprochen haben und was für ein Motiv ich gehabt hätte, dem Mann die Heugabel in den Bauch zu spießen, und der Arzt hat gesagt, der Mann ist seit zwei Stunden und sechs Minuten tot, und ich soll deshalb einen genauen Fahrplan liefern, was ich von heute morgen um 10 Uhr bis 14.37 Uhr nachmittags gemacht hab'. Stimmt's?«

»Stimmt«, sagte Barrow einigermaßen manierlich. »Nur, wir interessieren uns mehr dafür, was der Ermordete gemacht hat, als dafür, was Sie gemacht haben. Wann haben Sie ihn zum letztenmal gesehen?«

Ich schnitt ein Gesicht. »Das müssen Sie anders versuchen. Den Trick hab' ich schon vor Jahren aufgegeben. Sagen Sie mir erst mal, wer er ist beziehungsweise gewesen ist!«

Barrows Augen ließen mein Gesicht nicht los. »Er hieß Howard Bronson.«

»Mich laust der Affe!« Ich verzog die Lippen und hob höflich erstaunt die Augenbrauen. »Der Freund von Clyde Osgood? Schon identifiziert?«

»Ja. Von Osgood und seiner Tochter. Wann haben Sie ihn zum letztenmal gesehen?«

»Heute morgen um elf, als er vor dem Hotel aus Osgoods Wagen ausgestiegen ist. Miss Osgood, Mr. Wolfe und ich sind dringeblieben und weitergefahren.«

»Haben Sie ihn gut gekannt?«

»Montag nachmittag hab' ich ihn das erste Mal gesehen, vorher noch nie.«

»Haben Sie in engeren Beziehungen zu ihm gestanden?«

»Nein.«

»Irgendwie in direkte persönliche Berührung mit ihm gekommen?«

»Ach – nein.«

»Was ach?«

»Gar nichts. Nein.«

»Finanzielle Transaktionen etwa? Haben Sie ihm Geld gegeben oder er Ihnen?«

»Nein.«

»Möchten Sie uns dann vielleicht erklären, wie es kommt, daß eine leere braunlederne Brieftasche, die wir bei ihm gefunden haben, mit Ihren Fingerabdrücken bedeckt war, innen und außen?«

Der Dussel hatte mich freilich den Braten längst riechen lassen. Wenn er das nicht getan, wenn er mich gleich zu Anfang damit überfallen hätte, so hätte er vielleicht das Vergnügen gehabt, mich ein bißchen herumdrucksen und wie die Katze um den heißen Brei schleichen zu sehen, doch er selbst war es, der mir reichlich Zeit verschafft hatte, mich darauf vorzubereiten.

Ich grinste ihn an. »Selbstverständlich kann ich das erklären. Gestern abend in Osgoods Haus. Ich hab' auf der Veranda eine Brieftasche gefunden. Ich hab' reingeguckt, um festzustellen, wem sie gehörte, gemerkt, daß sie Bronson gehörte, und sie ihm wiedergegeben. Natürlich bin ich nicht auf die Idee gekommen, meine Fingerabdrücke abzuwischen.«

»Na, das haben Sie aber schön parat gehabt.«

»Was parat gehabt?« fragte ich scheinheilig. »Die Brieftasche?«

»Die Erklärung.«

»Tja, ich hab' immer eine Hausapotheke für alle Fälle bei mir.« Ich sah ihn mit zusammengepreßten Lippen an. »Strengen Sie doch mal um Gottes willen Ihren Grips an! Wenn ich den Kerl ermurkst und die Brieftasche ausgeräubert hätte, oder wenn ich ihn tot aufgefunden und sie ausgeräubert hätte – hätte ich denn da meine Handschrift auf dem ganzen Ding hinterlassen? Mache ich etwa den Eindruck, als ob ich zu der Sorte gehöre? Vielleicht aber kann ich Ihnen mit einer Einzelheit dienen. Sie sagen, die Brieftasche sei leer gewesen. Gestern abend, als ich sie gefunden und ihm zurückgegeben habe, steckte ein dickes Bündel drin – 2000 Eier, grob geschätzt.«

An dieser Stelle trat Nero Wolfes Genie in Tätigkeit. Genie sage ich nicht deshalb, weil er die Kriegslist ausbrütete, denn das war nichts weiter als schnelles Schalten, sondern weil er die Notwendigkeit dazu schon so lange vorhersah, daß er rechtzeitig Vorbereitungen dazu treffen konnte. Im Augenblick durchschaute ich noch gar nicht, wozu das alles gut war. Ich sah, ohne besonders darauf zu achten, weiter nichts, als daß er, anscheinend gelangweilt von einem Gespräch, an dem er keinen Anteil hatte, die Pistole in seine seitliche Rocktasche schob, den Zerstäuber ergriff und an der Düse und dem Druckhebel herumzufummeln begann.

»Sie empfehlen mir, meinen Grips anzustrengen«, sagte Barrow. »Ich will's versuchen. Haben Sie irgendwas aus der Brieftasche rausgenommen?«

»Heute? Da hab' ich sie ja überhaupt nicht gesehen. Ich hab' sie nur das eine Mal gefunden.«

»Heute oder irgendwann sonst. Na, wie ist das?«

»Nein.«

»Haben Sie Bronson überhaupt irgendwas weggenommen? Von ihm selbst oder von seinen Sachen?«

»Nein.«

»Sind Sie bereit, sich durchsuchen zu lassen?«

Mir wurde nicht gerade schwindlig im Kopf, aber die Drähte summten. Eine halbe Sekunde lang jagten sich fünf oder sechs verschiedene Möglichkeiten in tollem Kampf herum. Währenddessen gönnte ich Barrow ein Lächeln, um zu zeigen, wie seelenruhig ich sei, und bemerkte zugleich mit dem Augenwinkel, daß Nero Wolfe mir mit dem rechten Zeigefinger, der halb von seiner Jacke verborgen an dem Druckhebel lag, ein Zeichen gab.

Es war ein bewegter Augenblick. In der inbrünstigen Hoffnung, daß ich die Fingerbewegung richtig gedeutet hätte, sagte ich verbindlich zu Barrow: »Verzeihen Sie mein Zögern, aber ich versuche mir gerade darüber klarzuwerden, was für Sie wohl am ärgerlichsten wäre – wenn ich Ihnen nicht höflich entgegenkäme und Sie zwänge, Maßnahmen zu ergreifen, oder wenn ich Sie ruhig machen ließe und Sie dann nichts fänden. Da ich ja meine Pistole nicht mehr habe und Sie mich nicht entwaffnen können ...«

Der Nikotin- und Seifenstrahl traf ihn mit hohem Druck und voller Kraft mitten ins Gesicht.

Er prustete und quietschte und sprang zur Seite, die Augen zusammengekniffen. Wieder ein bewegter Augenblick. Meine Hand fuhr blitzschnell in meine Brusttasche und wieder heraus und schob, ohne daß ich mir Zeit zum Überlegen gönnte, meine Straußenledermappe in die seitliche Rocktasche von Oberstaatsanwalt Waddell, der mit einem Ausruf auf den Hauptkommissar zugetreten war. Sonst rührte ich mich nicht. Barrow griff nach seinem Taschentuch und betupfte sich die Augen. Unter den Zuschauern lief ein Murmeln um.

Wolfe bot dem Beamten sein eigenes Taschentuch an und sagte feierlich: »Bitte tausendmal um Entschuldigung, Leutnant Barrow. Meine dumme Unachtsamkeit. Weh tun freilich wird es Ihnen nicht, immerhin jedoch ...

»Hören Sie auf, sonst helf' ich Ihnen!« An Barrows Kinn und Ohren perlten immer noch Tropfen, aber die Augen hatte er sich abgewischt. Er wandte sich zu mir und fragte ingrimmig: »Verdammt raffinierter Trick, was? Wo haben Sie's hingesteckt?«

»Was denn hingesteckt? Sie sind ja verrückt.«

»Verrückt bin ich, da haben Sie recht.« Er fuhr zu Waddell herum: »Was hat er gemacht, als dieser Fettwanst mir die Augen zugespritzt hatte?«

»Nichts«, sagte Waddell. »Gar nichts hat er gemacht. Er hat hier direkt neben mir gestanden. Er hat sich nicht vom Fleck gerührt.«

»Das kann ich meinerseits bekräftigen«, fiel Wolfe ein. »Wenn er sich gerührt hätte, müßte ich es gesehen haben.«

Barrow funkelte ihn ingrimmig an. »Sie sind so raffiniert, daß Sie wohl nicht wissen, wohin damit?«

»Ich habe mich entschuldigt, Leutnant.«

»Der Teufel soll Sie holen! Sie möchten wohl auch mit aufs Gericht kommen?«

Wolfe schüttelte den Kopf. »Sie sind noch ein wenig durcheinander, Leutnant Barrow. Ich nehme Ihnen das nicht übel, doch ich möchte bezweifeln, ob das eine strafbare Handlung gewesen ist. Mich zu verhaften, weil ich Sie aus Versehen mit Seife bespritzt habe, das wäre doch wohl – nun ja, etwas unbesonnen gehandelt...«

Barrow drehte ihm den Rücken zu und wandte sich an Waddell: »Sie sagen, er hat sich nicht vom Fleck gerührt?«

»Goodwin? Nein.«

»Er hat Wolfe nichts gegeben?«

»Bestimmt nicht. Er ist überhaupt nicht in seine Nähe gekommen.«

»Zugeworfen hat er ihm auch nichts?«

»Nein.«

In dem Gang, nach beiden Richtungen, hatten sich etwa ein Dutzend Zuschauer angesammelt. Barrow hob die Stimme und fragte sie: »Hat jemand von Ihnen gesehen, ob der Mann hier irgendwas aus der Tasche genommen und dem Dicken gegeben oder es irgendwo hingesteckt oder hingeworfen hat? Sie können's ruhig ganz offen sagen. Ich bin Leutnant Barrow von der Staatspolizei, und es ist wichtig.«

Die Leute schüttelten die Köpfe, und einige nuschelten verneinend. Eine Frau mit Doppelkinn sagte laut: »Ich hab' gesehen, wie Sie das Zeug ins Gesicht gekriegt haben, das war wie eine Szene im Kino, aber wenn er irgendwas geworfen hätte oder so, hätt' ich's bestimmt auch gesehen, denn ich hab' gute Augen.«

Man hörte nervöses Kichern hier und da, und Barrow ließ von seine Amateuren ab. Er blickte um sich, und er tat mir leid. Ich hatte mich noch immer nicht von der Stelle gerührt. Im Umkreis von etwa zwei Metern war nichts, wo ich irgend etwas hätte verstecken können. Vor mir standen auf den Gestellen Töpfe mit Orchideenpflanzen, hinter mir war der Tisch mit Dahlienblüten in Vasen – beides viel zu weit weg von mir. Ich stand mit verschränkten Armen da.

Barrow hatte seine aufrechte und unerschütterliche Haltung wiedergewonnen. In Ruhe wischte er sich mit seinem Taschentuch hinter den Ohren und unterm Kinn ab und sagte zu mir: »Ich nehme Sie im Zusammenhang mit dem Mord an Howard Bronson zum Verhör mit aufs Gericht. Wenn Sie sich immer noch überlegen, was für mich am ärgerlichsten wäre, kostet's uns vielleicht zwanzig Minuten, eine amtliche Verfügung zu bekommen, mit der wir Sie als Zeuge in Schutzhaft nehmen können...«

»Erlauben Sie mir...«, fiel Wolfe honigsüß ein. »Wir sind Ihnen nach diesem bedauerlichen Zwischenfall zweifellos einiges Entgegenkommen schuldig, Leutnant. Ich glaube, Archie, auch Sie sollten ohne Haftbefehl ruhig mitgehen. Wir sollten den Herren wirklich unseren guten Willen nicht versagen.«

»Wie Sie meinen, Chef.«

»Gehen Sie nur mit! Schließlich ist hier, in aller Öffentlichkeit, nicht ganz der richtige Ort für eine vertrauliche Unterredung. Möglicherweise komme ich später nach. – Inzwischen möchte ich Sie, Mr. Waddell, sofern Sie einige Minuten erübrigen können, von einer Entdeckung in Kenntnis setzen, die ich gestern abend gemacht habe und die sowohl Clyde Osgood wie Mr. Bronson betrifft. Ich habe Bronson nahezu eine Stunde lang ausgefragt, und ich glaube, Sie werden es interessant finden.«

»Na... Ich wollte eigentlich mit Barrow mitgehen...«

Wolfe zuckte mit den Achseln. »Jetzt, da auch Bronson ermordet worden ist, scheint es mir sogar doppelt interessant.«

»Wie machen wir das, Barrow?«

»Ganz, wie Sie's für richtig halten«, erwiderte Barrow. »Sie sind der Oberstaatsanwalt, Sie haben zu entscheiden. Ich komme mit Goodwin schon zurecht.« Es hörte sich so an, als wenn er nichts weiter brauche als einen rotglühenden Schürhaken und ein Paar Daumenschrauben. »Soll ich mich dranmachen?«

Waddell nickte. »Ich komme bald hinterher.«

Ich sagte zu Wolfe: »Wenn die junge Dame die Orchideen abholen kommt, sagen Sie ihr, ich bin Heidelbeeren pflücken gegangen.«

Während wir durch die ganze Haupthalle bis zum Ausgang und dann durch das Menschengewühl an der Tribüne entlanggingen, hielt Barrow sich hinter mir, mit dem linken Ellenbogen etwa einen Viertelmeter hinter meinem rechten, womit er bewies, daß er auf der Polizeischule gewesen war. Draußen wartete ein Streifenwagen auf uns.

Trotz des Ausstellungsverkehrs fuhren wir binnen fünf Minuten am Gerichtsgebäude vor. Statt vorn hineinzugehen, wie am Tage zuvor, als wir mit Osgood zusammen Waddell aufgesucht hatten, gingen wir um die Ecke zu einem Seiteneingang, der zu ebener Erde lag. Der Flur war dunkel und roch nach Desinfektionsmitteln. Der Gendarm, der uns voranging, drückte auf die Klinke einer Tür mit der Aufschrift ›S AATSANWALTSCHAFT‹ – das T fehlte –, und ich betrat das Zimmer, gefolgt von Barrow. Es war ein großer, schmuddliger Raum mit altersschwachen Schreibtischen und Stühlen. An einem Schreibtisch in einer Ecke saß ein glatzköpfiger Herr mit gutem Gesicht und goldgeränderter Brille, der uns zunickte, ohne etwas zu sagen.

»Wir werden Sie jetzt durchsuchen«, verkündete Barrow.

Ich nickte gelassen und setzte mich in Positur. Ich wußte, das gehörte nun einmal dazu, und wußte auch, daß Wolfe mich den Hunden hatte vorwerfen müssen, um Gelegenheit zu einer vertraulichen Unterredung mit der Rocktasche des Oberstaatsanwalts zu bekommen. Ich ließ es also über mich ergehen und erhielt einen weiteren Beweis dafür, daß sie auf der Polizeischule gewesen waren. Sie taten alles Erdenkliche, nur meine Nähte blieben gerade noch heil.

Als sie fertig waren, verstaute ich die verschiedenen Gegenstände wieder da, wo sie hingehörten, und setzte mich. Barrow stand da und glotzte mich an. Ich war erstaunt, daß er sich nicht sein Gesicht waschen ging, denn diese Nikotin- und Seifensauce mußte doch beißen.

»Sie haben den Fehler gemacht«, sagte ich zu ihm, »daß Sie so feuerschnaubend angekommen sind. Nero Wolfe und ich sind ehrsame Detektive, die die Gesetze respektieren.«

Er grunzte. »Sagen Sie sich das doch! Ich würde ein Monatsgehalt dafür hingeben, wenn ich wüßte, wie Sie das gemacht haben, und vielleicht komm ich noch mal dahinter, aber jetzt nicht. Ich will nicht darauf rumhacken. Momentan jedenfalls nicht.« Mit einem Blick überzeugte er sich, daß der Gendarm schreibbereit mit Block und Bleistift an einem Pult saß. »Ich will bloß verschiedenes wissen. Behaupten Sie nach wie vor, daß Sie Bronson niemals irgend etwas weggenommen haben?«

»Allerdings.«

»Haben Sie ihn im Verdacht gehabt, daß er in den Mordfall Clyde Osgood verwickelt gewesen wäre?«

»Da fragen Sie den Falschen. Verdacht ist in unserer Firma ausschließlich Mr. Wolfes Angelegenheit. Erkundigen Sie sich doch bei ihm! Ich bin bloß der Bürojunge.«

»Sie weigern sich also zu antworten?«

»Nein, das nicht. Wenn Sie wissen wollen, ob ich persönlich Bronson im Verdacht des Mordes gehabt habe, so lautet die Antwort: nein. Man weiß ja kein Motiv.«

»War nicht in seinen Beziehungen zu Clyde irgendwas, was ein Motiv hätte abgeben können?«

»Schlagen Sie mich tot – Sie vergeuden bloß Zeit. Vorgestern mittag um zwei noch waren Mr. Wolfe und mir Bronson und die Familien Osgood und Pratt völlig unbekannt. Daß wir uns jetzt für sie interessieren, liegt nur daran, daß Osgood uns beauftragt hat, den Mord an seinem Sohn zu untersuchen. Sie haben mit Ihren Untersuchungen genau zur selben Zeit angefangen. Wenn Sie nicht zufrieden sind mit dem, was Sie zusammengebracht haben, und unsere Ernte gratis und franco haben wollen, müssen Sie schon zu Mr. Wolfe gehen. Sie haben gesagt, Sie wollten mich im Zusammenhang mit dem Mord an Howard Bronson verhören.«

»Das mache ich ja gerade.«

»Na, dann mal weiter!«

Er schob mit dem Fuß einen Stuhl heran und setzte sich hin. »Wolfe hat gestern abend ein Gespräch mit Bronson gehabt. Wovon ist in diesem Gespräch die Rede gewesen?«

»Fragen Sie doch Mr. Wolfe!«

»Sie weigern sich also zu antworten?«

»Allerdings. Sie wissen, ich bin Angestellter und möchte meinen Posten nicht loswerden.«

»Und ich ebensowenig. Ich arbeite an einem Mordfall, Goodwin!«

»Ich auch.«

»Haben Sie daran auch gearbeitet, als Sie heute nachmittag in die Baracke gingen, in der Bronson umgebracht wurde?«

»Nein, in dem Augenblick nicht. Ich hab' darauf gewartet, daß sich Lew Bennett von der Jury losrisse. Zufällig sah ich, wie Nancy Osgood in die Baracke trat, und bin ihr aus Neugier nachgegangen. Drin hab' ich sie in der Box gefunden, wie sie gerade mit Jimmy Pratt sprach. Ich wußte, daß ihr Alter böse sein würd, wenn er davon hörte, und weil das unter den gegebenen Umständen peinlich gewesen wäre, hab' ich den beiden empfohlen, es aufzuschieben und sich zu trennen, und das haben sie auch getan; danach bin ich wieder zu dem Methodistenzelt gegangen, wo mein Brötchengeber saß.«

»Wieso haben Sie und die beiden sich denn gerade die Stelle ausgesucht, wo Bronsons Leiche lag?«

»Ich hab' sie mir nicht ausgesucht, ich hab' die beiden dort gefunden. Ich weiß nicht, warum die sie sich ausgesucht haben, aber es scheint mir durchaus denkbar, daß da gar kein ursächlicher Zusammenhang bestanden hat. Ich kann mir vorstellen, daß sie sich irgendeinen andern Ort ausgesucht hätten, wenn ihnen klar gewesen wäre, was da unter dem Strohhaufen lag.«

»Haben Sie gewußt, was darunter lag?«

»Dreimal dürfen Sie raten.«

»Haben Sie's gewußt?«

»Nein.«

»Warum sind Sie denn so darauf aus gewesen, die beiden möglichst schnell wegzulotsen?«

»Ich würde nicht sagen, ich bin drauf aus gewesen. Ich fand

es nur ziemlich dumm von ihnen, gerade zu diesem Zeitpunkt irgendwelchem Gerede Nahrung zu liefern.«

Barrow grunzte. »Erklärungen haben Sie immer bei der Hand. Wie bei den Fingerabdrücken an der Brieftasche. Es ist ja auch sehr wahrscheinlich, daß ein Mann wie Bronson eine Brieftasche mit zweitausend Dollar Inhalt auf einer Veranda liegenläßt. Und jetzt das! Ist Ihnen klar, was für gute Erklärungen Sie bei der Hand haben?«

»In Ermangelung eines Beweises für das Gegenteil können Sie ruhig annehmen, daß ich meine fünf Sinne durchaus beisammen habe.«

»Machen Sie das einem Schwurgericht mal weis!«

Ich brummte. »Nun mal 'raus damit, mein Lieber! Was für ein Schwurgericht? Soll's denn um mein Leben gehen? Sind Sie tatsächlich bekloppt?«

»Nein.« Der Hauptkommissar sah mich schräg an und rieb über eine Stelle seitlich an seinem Hals. »Nein, Goodwin, das bin ich nicht. Ich glaube nicht, daß ich das Vergnügen haben werde zu hören, was ein Schwurgericht über Sie denkt. Und ich bin auch nicht etwa eingeschnappt, weil Sie und Ihr Chef dieses Gedöns wegen der Osgood-Geschichte angestiftet haben. Mir ist es gleich, wie raffiniert Sie sind oder wo Sie herkommen oder wieviel Sie Osgood abknöpfen; aber nachdem der Sack jetzt einmal aufgemacht ist, soll er auch ausgeleert werden. Ganz bis unten hin. Verstehen Sie?«

»Na dann schütteln Sie doch mal ein bißchen!«

»Das will ich auch. Sie sagen, ich soll Wolfe fragen, und das werde ich auch tun; aber im Augenblick frage ich Sie. Wollen Sie reden oder nicht?«

»Lieber Himmel, mir kratzt schon der Hals.«

»Ja, ja. Ich habe die Brieftasche, über und über voll mit Ihren Fingerabdrücken. Wollen Sie mir nun sagen, was Sie von Bronson haben und wo es ist?«

»Sie verführen mich ja glatt zum Lügen, Herr Hauptkommissar.«

»Meinetwegen. Dann will ich Sie noch ein bißchen weiter verführen. Heute morgen war einer unserer Beamten in der Hotelhalle, als Bronson reinkam. Als Bronson in eine Telefonzelle ging und ein Gespräch nach New York anmeldete hat sich der Beamte an einer andern Strippe reingehängt. Er hat mit angehört, wie Bronson jemandem in New York erzählte, ein Mann namens Goodwin hätte ihm eine vors Kinn geballert und ihm eine Quittung abgenommen, aber er hoffe, schon wieder dranzukommen. Nun?«

»Na also«, sagte ich, »ist ja bestens! Sie brauchen nur dafür zu sorgen, daß die New Yorker Kripo den Jemand schnappt, und ihn durch die Kaffeemühle zu drehen...«

»Verbindlichsten Dank. Was war das für eine Quittung und wo ist sie?«

Ich schüttelte den Kopf. »Der Beamte muß falsch gehört haben. Vielleicht sollte es Doodwin oder Goldstein heißen oder sonstwie...«

»Ich möchte Sie wirklich zu gern auf Nummer Sicher bringen!« Barrow holte Atem. »Wollen Sie nun mit der Sprache rausrücken?«

»Tut mir leid, ich hab' nichts rauszurücken.«

»Auf dem Meldeformular im Hotel haben Sie ›Archie‹ als Ihren Vornamen angegeben. Stimmt das?«

»Ja, stimmt.«

Er wandte sich an seinen Kollegen: »Bill, oben sitzt Richter Hutchins und wartet. Lauf doch mal rauf, besorge eine Schutzhaft-Verfügung auf den Namen Archie Goodwin und komm dann gleich wieder runter damit! Wir müssen die Beine in die Hand nehmen.«

Ich hob die Augenbrauen. Der Bursche ging ja ziemlich forsch daran. »Wie ist denn die Unterkunft?« fragte ich.

»Ordentlich. Ein bißchen überfüllt wegen der Ausstellung. Sobald Sie bereit sind, frisch von der Leber weg zu reden...«

»Nix verstehn. Dabei kommt für Sie nichts weiter raus als Spottgelächter und Bauchschmerzen.«

Er blickte bloß unerschütterlich vor sich hin. Wir saßen eine Weile da. Nach ein paar Minuten kehrte sein Genosse mit einem Schriftstück zurück. Ich bat darum, es sehen zu dürfen, und erhielt meinen Wunsch erfüllt. Barrow nahm es und forderte mich auf mitzukommen, und ich ging zwischen ihnen den dunklen Flur entlang, um eine Ecke und einen weiteren Flur entlang und dann in ein anderes Bürozimmer, das kleiner war als das, aus dem wir gerade kamen, aber nicht so schmuddlig. An der Tür stand ›VERWALTUNG‹.

Ein dicklicher Mensch mit schläfrigem Gesicht saß an einem Schreibtisch, auf dem unter anderem eine Vase mit Blumen stand. Als er uns sah, gab er ein Brummen von sich wie ein Hund, der mitten in seinem Geschäft gestört wird.

Barrow reichte ihm das Papier und sagte zu ihm: »Schutzhaft als Zeuge im Fall Bronson. Durchsucht haben wir ihn schon. Sie werden ihm wohl sein Messer abnehmen wollen. Ich schaue nachher noch mal vorbei und hol' mir meine Durchschrift ab, oder auch morgen früh. Wenn er mich sprechen will, möchte ich ihn sofort sehen – zu jeder Tages- und Nachtzeit.«

Der Verwalter drückte auf einen Knopf an seinem Schreibtisch, überflog das Papier, sah mich an und feixte: »Na, Freundchen, Sie hätten sich aber alte Sachen anziehen sollen. Kammerdiener haben wir hier keine.«

17

Es war wirklich eine uralte Bude – offenbar ein ganzer Flügel im Erdgeschoß des Gerichtsgebäudes. Die Zellen lagen in zwei Reihen zu beiden Seiten eines langen Ganges einander gegenüber. Meine war die dritte von hinten. Mein Zellengenosse war ein Kerl in dunkelblauem Anzug, der eine spitze Nase, stechende braune Augen und eine dichte Tolle gut gebürsteten Haares hatte. Als ich zu ihm gesperrt wurde, etwa um sechs Uhr abends, saß er gerade auf einer der Pritschen und bürstete sich die Haare. Durch das Gitterfensterchen, das so hoch angebracht war, daß man nicht hinaussehen konnte, fiel mattes Licht, so daß alles düster wirkte. Wir begrüßten uns, und er bürstete sich weiter.

Bald darauf fragte er: »Haben Sie vielleicht Karten oder Würfel dabei?«

»Nee.«

»Die haben Sie wohl gar ausgezogen?«

»Mein Messer haben sie mir abgenommen.«

Er legte die Bürste hin und nickte. »Darüber können Sie nicht meckern. Haben Sie draußen bei der Messe gearbeitet? Ich hab' Sie doch noch nie hier gesehen.«

»Können Sie auch nicht. Mein Name ist Archie Goodwin, ich bin aus New York und soll hier ausgequetscht werden.« Ich machte eine Handbewegung und setzte mich auf die andere Pritsche. »Na, lassen wir das! Haben Sie denn draußen bei der Messe gearbeitet?«

»Bis gestern nachmittag.« Mit einer zugreifenden Handbewegung deutete er die Art seiner Tätigkeit an und fragte dann: »Haben Sie Hunger?«

»Essen könnte ich schon, aber ich trau' mich nicht recht, eine Bestellung aufzugeben...«

»Ach, ich meine doch nicht den Fraß, den die einem hier hinstellen. Nein. Den gibt's um fünfe, das übliche Zeug. Aber wenn Sie Hunger haben und zufällig ein bißchen Pinke-Pinke...«

»Immer los!«

Er ging an die Tür und klopfte mit dem Fingernagel dreimal an eine der Eisenstangen, wartete eine Sekunde und klopfte dann zweimal. Bald darauf hörte man leise Schritte auf dem Gang, und als sie vor unserm Appartement ankamen, sagte mein Zellengenosse in gedämpftem, aber nicht sonderlich heimlichem Tone: »Hier, Langer!«

Ich stand auf und schlenderte hin. Es war nicht der Wärter, der mich hereingeführt hatte, sondern ein großer, hagerer Kerl mit einem Adamsapfel so groß wie ein Gänseei. Ich zückte die dienstliche Spesenbrieftasche, nahm einen Dollarschein heraus und sagte ihm, ich wünschte zwei Schinkenbrötchen und eine Schokoladenmalzmilch mit Ei. Er nahm den Schein, schüttelte aber den Kopf und sagte, das reiche noch nicht. Ich erwiderte ihm, das wisse ich, hätte ihn aber nicht verwöhnen wollen, riß mir einen weiteren Schein von der Seele und trug ihm auf, auch gleich fünf Abendzeitungen für mich zu besorgen.

Als er nach einer Viertelstunde wiederkam, waren mein Zellengenosse und ich bereits alte Freunde. Er hieß Basil Graham und besaß aus unmittelbarer Anschauung Kenntnisse der Geographie und der Kreisgefängnisse. Ich baute mein Abendessen auf der Pritsche auf, wobei ich ein Blatt der Zeitung als Tischdecke benutzte.

Langsam wurde es dunkel in der Zelle, und nach einer Weile gingen die Lichter an. Irgendwie wurde es noch düsterer, denn in der Zelle selbst war kein Licht. Abgesehen von den Schlagzeilen, die schreiend den Mord verkündeten, hätte ich die Zeitung nur lesen können, wenn ich sie dicht an die

Gitterstäbe der Tür gehalten hätte, um das Licht aus dem Gang darauffallen zu lassen, und ich ließ es daher lieber sein und widmete mich Basil.

Von der Luft in der Zelle begann mir die Nase innen weh zu tun. Drüben auf der andern Seite des Ganges fing einer mit dünnem Tenor zu singen an: »Komm zurück, ich warte auf dich, denn du bist für mich all mein Glück...«, und ein Stück weiter hörte man jemanden knurren, unterbrochen von einer Stimme, die klang wie das Schaben einer Feile: »Laßt ihn doch singen, laßt ihn doch singen, was wollt ihr denn, ist doch schön.«

Basil zuckte mit den Achseln. »Die armen Luder«, sagte er nachsichtig.

Auf meiner Armbanduhr war es zehn Minuten vor acht, als wieder Schritte vor unserer Hausnummer haltmachten, ein Schlüssel sich im Schloß drehte und die Tür aufsprang. Ein Wärter, den ich noch nicht gesehen hatte, stand in der Öffnung und sagte: »Goodwin? Sie werden verlangt!« Er trat zur Seite, um mich vorbeizulassen, schloß die Tür wieder ab und ließ mich vor sich her den Korridor entlanggehen. »Zur Verwaltung«, knurrte er.

In dem Bürozimmer standen drei Männer: Nero Wolfe in ruhiger Selbstbeherrschung, Frederick Osgood mit finsterer Miene und der Verwalter mit verlegenem Gesicht. Ich wünschte ihnen guten Abend. Osgood sagte: »Kommen Sie, Ollie, wir gehen mal raus!« Der Verwalter brabbelte etwas von Vorschriften, Osgood wurde ungeduldig und heftig, und die beiden gingen hinaus.

Wolfe stand da und sah mich mit zusammengepreßten Lippen an. »Nun denn?« fragte er. »Wo haben Sie denn Ihre Schlauheit gelassen?«

»Natürlich«, sagte ich erbittert, »veräppeln Sie mich nur

noch! Hat sich was mit Schlauheit! Fingerabdrücke an der Brieftasche. Aber die Hauptsache ist: Ein Polizeibeamter behauptet, er habe heute morgen in einem Hotel gehört, wie Bronson jemandem in New York am Telefon erzählte, ein Mann namens Goodwin hätte ihm eine vors Kinn geballert und ihm eine Quittung abgenommen. Hahaha! Haben Sie schon mal so was Komisches gehört? Für einen Mörder halten sie mich immerhin nicht. Sie halten mich bloß für verstockt. Sie wollen meinen Willen brechen. Natürlich, wenn ich Bronson tatsächlich eine Quittung weggenommen hätte und wenn sie sie finden sollten...«

Wolfe schüttelte den Kopf. »Da das nicht der Fall ist, können sie sie auch nicht finden. Wobei mir einfällt...« Seine Hand fuhr in die Tasche und zog meine Briefmappe hervor. Ich nahm sie, sah hinein und stellte fest, daß alles drin war, was hineingehörte, und steckte sie wieder an ihren Platz.

»Danke. War's schwer, wieder dranzukommen?«

»Gar nicht. Es war ganz einfach. Nachdem Sie gegangen waren, habe ich mich mit Mr. Waddell unterhalten und ihm von meinem Gespräch mit Mr. Bronson gestern abend erzählt, soweit ich es für förderlich hielt. Dann ist er gegangen, und ich habe im Gerichtsgebäude angerufen, konnte jedoch nichts herausbekommen und sah mich abgehängt. Schließlich ist es mir gelungen, Mr. Osgood zu finden, und seine Tochter hat mich abgeholt. Sie war vernommen worden, aber vermutlich nicht mit allzu großer Strenge – außer von ihrem Vater. Mr. Osgood ist schwierig. Er argwöhnt, die Zusammenkunft seiner Tochter mit Mr. Pratts Neffen hätten Sie arrangiert, weiß der Himmel, warum. Geben Sie acht auf ihn, wenn er wieder hier hereinkommt! Möglicherweise fällt er gerade über Sie her, wenn ich Sie deswegen verhöre.«

»Sehr gut! Sie sind also hier, um mich zu verhören. Ich hab' mich schon gefragt, wozu Sie wohl gekommen sind.«

»Zunächst einmal…« Er zögerte, was selten passiert. Dann fuhr er fort: »Zunächst einmal bin ich gekommen, um Ihnen dieses Paket zu bringen. Osgoods Haushälterin war so freundlich, es herzurichten.«

Ich schaute hin und sah ein waschkorbgroßes Bündel, in braunes Papier eingeschlagen, auf einem Tische liegen. »Sägen und Strickleitern?« erkundigte ich mich.

Er sagte nichts. Ich ging hin, riß ein Stück von dem Papier weg und stellte fest, daß das Paket ein Kissen, Bettlaken und zwei Decken enthielt. Ich trat wieder zu Wolfe.

»So«, sagte ich. »So ist das also. Ich glaube, Sie haben eben etwas von Schlauheit gesagt?«

»Halten Sie den Mund!« brummte er voll Grimm. »So etwas ist noch nie vorgekommen. Ich habe herumtelefoniert, habe getobt, doch Mr. Waddell ist nicht zu finden. Seit ich erfahren habe, daß man Sie in Gewahrsam genommen hat, sucht er sich mir geflissentlich zu entziehen, davon bin ich überzeugt. Der Richter ordnet eine Freilassung gegen Kaution nicht ohne das Einverständnis des Oberstaatsanwalts an. An einer Freilassung gegen Kaution ist uns übrigens gar nichts gelegen. Welche Schmach, wenn mein Assistent und Privatsekretär nur gegen Kaution freikommen könnte! Warten Sie ab! Warten Sie ab, bis ich ihn gefunden habe!«

»Ja, ja! Sie warten in Osgoods Villa – und ich bin in einer stinkigen Zelle, zusammen mit einem gefährlichen Verbrecher. Das Paket, das Sie freundlicherweise mitgebracht haben, das nehmen Sie nur der Haushälterin wieder mit! Der Himmel mag wissen, wie lange ich hier noch sitzen muß, und ich möchte hier nicht gleich als verzärteltes Muttersöhnchen verschrien werden. Ich kann's schon aushalten, und allem Anschein nach werde ich's auch müssen.«

»Sie haben von Geld gesprochen. Das ist der zweite Grund meines Kommens.«

»Ich weiß, Sie haben ja nie welches. Wieviel brauchen Sie denn?«

»Nun ja – zwanzig Dollar.«

Ich zückte die Spesenbrieftasche und überreichte ihm eine Banknote.

»Ich kann Ihnen versichern, daß ich Ungeziefer haben werde, wenn ich hier rauskomme...«

»Einmal, als ich für die österreichische Regierung arbeitete, bin ich in Bulgarien eingekerkert worden...«

Ich ging mit langen Schritten zur Tür, machte sie auf und rief laut in den Flur hinein: »Hallo, Herr Verwalter! Ich reiße aus!«

Von irgendwoher kam er im Stolperschritt angetrottet. Hinter ihm erschien Osgood mit verwunderter Miene. Aus der andern Richtung war ein trabender Schritt zu hören – der Wärter, wie sich herausstellte, der eine Pistole in der Hand hatte. Ich grinste sie an. »April, April!« rief ich. »Zeigt mir mein Zimmer! Ich bin müde. Das macht die Landluft.«

»Hanswurst!« knurrte Osgood. Der Verwalter machte ein erleichtertes Gesicht. Ich warf Wolfe einen fröhlichen Gute-Nacht-Gruß über die Schulter zu und trat in den Flur hinaus, gefolgt von dem Wärter.

Basil saß auf seiner Pritsche und bürstete sich die Haare. Er fragte mich, was das Gebrüll zu bedeuten hatte, und ich erwiderte ihm, ich hätte einen Anfall gehabt. Ich fragte ihn, um welche Zeit das Licht ausgemacht werde, und er sagte mir, um neun Uhr. Ich ging also daran, mein Bett herzurichten. Da ich mir vorsorglich fünf Exemplare der Zeitung bestellt hatte, war mehr als genug Papier vorhanden, um die Pritsche mit einer doppelten Schicht vollständig abzudecken. Basil stellte einen Augenblick sein Bürsten ein, um zuzusehen, wie ich die Bogen mit reichlichen Überlappungen zurechtlegte, und als ich nahezu fertig war, meinte er, das werde so sehr knistern, daß wir alle beide nicht würden schlafen können.

Ich entgegnete, wenn ich mich einmal hingelegt hätte, schliefe ich wie ein Murmeltier, und er bemerkte in düsterem Tone, in meinem gegenwärtigen Quartier könne das möglicherweise anders werden. Ich führte mein Werk trotzdem zu Ende.

Es war nicht mehr weit von neun Uhr, als sich der Schlüssel von neuem in unserm Schloß drehte und der Wärter in der Tür erschien und zu mir sagte, ich würde verlangt.

»Heiliger Bimbam!« sagte Basil. »Wir werden uns hier ein Telefon legen lassen müssen.«

Wolfe konnte es nicht sein, überlegte ich. Ansonsten kam niemand weiter in Frage als Waddell oder Barrow. Daß sie mich etwa an die frische Luft setzen wollten, war ausgeschlossen, und wenn sie mich piesacken wollten, so hätten sie wahrhaftig auch bis zum nächsten Morgen warten können. Ich nahm mir vor, mich stur zu stellen.

»Ganz gleich, wer das ist, sagen Sie ihm, ich bin schon schlafen gegangen!«

Trotz des matten Lichtes kam es mir vor, als mache der Wärter ein enttäuschtes Gesicht. »Wollen Sie wirklich nicht mit ihr sprechen?« fragte er.

»Mit *ihr?*«

»Ihre Schwester ist es.«

»Ach, das ist doch nicht die Möglichkeit! Mein liebes Schwesterlein.«

Ich muß den Tonfall richtig getroffen haben, denn jedenfalls vernahm ich nichts von Spöttelei, als ich zum zweitenmal, den Wärter hinter mir, den Gang entlangschritt. Ich ging aus zwei Gründen hin, von denen Neugier der erste war. Es war zwar auch denkbar, daß es Nancy oder Caroline war, doch ich tippte auf Lily, und die einzige Möglichkeit, das festzustellen, war eben die, daß ich nachsehen ging. Zum andern schien es mir gut, mich entgegenkommend zu zeigen, denn neun Uhr war im Gefängnis schließlich keine Besuchszeit. Lily mußte sich also, falls sie es war, bei ihren Verhandlungen mit dem Verwalter ziemlich freigebig gezeigt haben, und ich wollte auf keinen Fall, daß Geld unnütz vertan würde. Es war das erste Mal, daß jemand bares Geld bezahlt hatte, um mich sehen zu dürfen, und das fand ich rührend.

Es war Lily. Der Verwalter saß an seinem Schreibtisch und blieb auch sitzen, und der Wärter machte die Tür zu und stellte sich davor. Lily saß in einer dunklen Ecke auf einem Stuhl, und ich ging auf sie zu.

»Guten Abend, Schwesterherz!« Ich setzte mich.

»Weißt du«, sagte sie, »gestern abend hab' ich mir überlegt, was man wohl am besten mit dir machen sollte; aber dich einzusperren, das ist mir gar nicht eingefallen. Wenn du hier rauskommst, muß ich das mal probieren. Wann wird das übrigens sein?«

»Schwer zu sagen. Hoffentlich so, daß ich Weihnachten zu Hause bin. Wie geht's denn Papi und Mami und Oscar und Margaret und Arthur...«

»Gut. Ist es nett da drin?«

»Wunderbar.«

»Hast du was zu essen gekriegt?«

»Mehr als genug. Da ist ein Lieferant, der kommt an die Tür.«

»Hast du Geld in der Tasche?«

»Na sicher, wieviel brauchst du denn?«

Sie schüttelte den Kopf. »Aber nicht doch, ich schwimme ja im Gelde.« Sie machte ihre Handtasche auf.

Ich streckte die Hand aus und klappte sie zu. »Nein, tu das nicht! Geld ist die Wurzel allen Übels. Brauchst du irgendwas, kann ich dir helfen?«

»Aber Escamillo, ich will dich doch bloß besuchen.«

»Das merk' ich. Hast du etwa Bettzeug mitgebracht?«

»Nein, aber ich kann's besorgen.«

»Nein, danke. Ich war bloß neugierig. Ich hab' genug Zeitungspapier. Aber möchtest du mir vielleicht einen Gefallen tun?«

»Ich würde kein Auge zutun, wenn ich dir keinen tun könnte.«

»Wirst du um Mitternacht noch auf sein?«

»Ich kann ja aufbleiben.«

»Dann sei so gut! Ruf um Mitternacht die Nummer von Osgood an und verlange Mr. Nero Wolfe! Sag ihm, du wärst die alte Mrs. Goodwin, wärst gerade mit dem Flugzeug aus Cleveland in Ohio gelandet und wärst jetzt im Hotel Crowfield. Sag ihm, du hättest ein Telegramm von deinem Sohn Archie bekommen, daß er im Gefängnis säße, hilflos, verlassen und verzweifelt. Sag ihm, du wolltest wissen, wie er eigentlich dazu käme, mich ins Gefängnis zu stecken, und du wolltest ihm die Polizei auf den Hals hetzen. Du verlangtest, ihn gleich morgen früh zu sprechen, und er solle sich nur schon darauf vorbereiten, sein furchtbares Vergehen unverzüglich wieder in Ordnung zu bringen. Und dafür zu büßen. Sag ihm, daß er dafür büßen müßte.« Ich überlegte. »Ich glaube, so ist es gut.«

Sie nickte. »Ich hab' schon verstanden. Ist da irgendein klares Wort dabei?«

»Nein, das hat alles einen doppelten Boden.«

»Warum soll ich ihn dann nicht heut abend noch aufscheuchen? Ihn sofort zu mir ins Hotel kommen lassen? Um Mitternacht, meine ich.«

»Lieber Himmel, nein! Da würde er mich umbringen. So wird das schon genügen. Du machst es genau so, wie ich's dir gesagt hab'.«

»Na gut. Sonst noch was?«

»Nee.«

»Gib mir einen Kuß!«

»Da müßte ich mir erst das Gesicht waschen. Außerdem hab' ich dir doch gesagt, du könntest von dem einen Präzedenzfall keine Gewohnheitsrechte herleiten.«

»Wann wirst du denn hier rauskommen?«

»Ich weiß nicht. Du kannst ja Wolfe heut nacht am Telefon mal danach fragen.«

»Na schön.«

Sie sah mich an, und dabei kam mir wieder in den Sinn, daß sie mich in dem Methodistenzelt geschält hatte wie eine Kartoffel.

»Aber weswegen ich eigentlich hergekommen bin: Wenn du eine Kaution brauchst, in jeder beliebigen Höhe, könnte ich bis morgen früh um elf dafür sorgen. Soll ich das?«

»Das kann teuer kommen.«

»In jeder beliebigen Höhe, habe ich gesagt.«

»Ich würde mich nicht drum bemühen. Das würde Wolfe nur eifersüchtig machen. Ich möchte nicht, daß ihr beiden euch gegenseitig den Rang abzulaufen sucht. Trotzdem vielen Dank!«

Die heisere Stimme des Wärters ließ sich vernehmen: »Neun Uhr durch! Wollen Sie nicht Schluß machen?«

Ich erhob mich und sagte zu ihm: »Meinetwegen, ich will mal nicht so sein. Gute Nacht, Schwesterherz!«

18

Donnerstag morgen um neun Uhr saß Basil auf der Kante seiner Pritsche und bürstete sich die Haare. Ich saß auf der Kante der meinen, auf der immer noch die Zeitungen lagen, schon ziemlich zerfetzt freilich vom Liegen, und kratzte mich an der Schulter, am Schenkel, als ein Wärter erschien, um mich abzuholen.

Leutnant Barrow, immer noch mit unerschütterter Miene, wartete im Flur vor dem Zimmer des Verwalters. Er forderte mich barsch zum Mitkommen auf und dirigierte mich, hinter meinem Ellbogen gehend, aus diesem Flügel des Gebäudes hinaus, zwei Treppen empor und einen oberen Korridor entlang bis zu einer Tür, durch die ich schon Dienstag nachmittag in Osgoods und Wolfes Gesellschaft geschritten war. Wir traten durch das Vorzimmer ins Allerheiligste, und dort saß Oberstaatsanwalt Waddell an seinem Schreibtisch, mit verschleierten Augen, wodurch er noch knubbliger wirkte als sonst.

Ich trat auf den Schreibtisch zu und sagte keck zu ihm: »Hören Sie mal, Nero Wolfe will Sie sprechen.«

Barrow knurrte: »Setzen Sie sich hin, Sie!«

Ich setzte mich hin und kratzte mich betont an Schenkel, Schulter, Seite und Arm.

Waddell fragte: »Wie steht's? Haben Sie sich's überlegt?«

»Ja«, sagte ich, »das habe ich. Ich habe immer geglaubt, Leute, die über Gefängnisreformen Reden halten und Bücher schreiben, wären allesamt Weichlinge und sentimentale Schwätzer. Aber jetzt glaube ich das nicht mehr. Manche sind vielleicht...«

»Abdrehen!« brummte Barrow. »Und hören Sie auf mit der Kratzerei!«

Waddell sagte streng: »Ich rate Ihnen, die Scherze sein zu lassen, Goodwin. Wir haben Beweise dafür, daß Sie wesentliche Informationen über einen Mordfall besitzen. Wir wollen sie von Ihnen hören.« Er legte eine Faust auf seinen Schreibtisch und beugte sich vor. »Wir *werden* sie auch hören.«

Ich zuckte mit den Achseln. »Wenn Sie wirklich im Ernst mit mir reden wollen, werd' ich Ihnen mal was erzählen. Wie ist das?«

»Noch ehe wir mit Ihnen fertig sind, werden Sie schon merken, wie ernst wir's meinen.«

»Na schön. Erstens: Wenn Sie sich einbilden, Sie können mich durch Drohungen einschüchtern, können Sie mir bloß leid tun. Der gesunde Menschenverstand spricht dagegen, alle Wahrscheinlichkeit spricht dagegen, und ich bin auch dagegen. Zweitens: Es ist durchaus richtig, daß es Leute gibt, denen man die Zunge lösen kann, indem man ein böses Gesicht macht und ein bißchen laut spricht, aber wenn ich zu denen gehörte, was meinen Sie denn, wie lange ich's da als Nero Wolfes Angestellter und Vertrauter, der mit ihm am Tische ißt, ausgehalten hätte? Sehen Sie sich mich doch mal an! Können Sie denn nicht zwischen solchen und solchen unterscheiden? Drittens: Die Situation, in der wir uns befinden, ist so einfach, daß sogar ich sie verstehe. Sie sind der Meinung, ich hätte Kenntnisse, die Ihr rechtmäßiges Eigentum seien, weil Sie die Kripo sind und an einem Mordfall arbeiten, und ich sage Ihnen, ich habe keine solchen Kenntnisse. Was kann ich unter diesen Umständen tun? Ich kann den Mund halten. Was können Sie tun? Sie können mich festnehmen und mich zwingen, auf Wunsch jederzeit zu erscheinen. Und schließlich: Wenn Sie alles zusammengekratzt haben, was Sie finden können, und es ordnen, können Sie mir entweder irgendwas anhängen – etwa Verdunkelung oder Meineid, falls ich vorher vereidigt worden bin, oder irgend so einen Mist –, oder aber

Sie können's nicht. Ich komme für einen Augenblick auf Ihren Einwand gegen meine Scherze zurück. Sie haben das verdient, weil Sie selbst sich wie zwei Clowns aufgeführt haben.«

Barrow setzte sich hin und sah Waddell an. Der Oberstaatsanwalt sagte: »Wir glauben nicht nur, daß Sie Kenntnisse über bestimmte Fakten besitzen – wir *wissen* es. Und das sind durchaus keine Scherze. Wollen Sie's uns erzählen?«

»Da gibt es nichts zu erzählen.«

»Wissen Sie, was Sie riskieren? Haben Sie sich juristisch beraten lassen?«

»Das brauche ich nicht. Suchen Sie erst mal einen Rechtsanwalt, der dagegen was sagen kann!«

»Sie haben von einer Kaution gesprochen. Wenn Sie Ihre Freilassung beantragen, werde ich mich dem Antrag widersetzen. Wenn ihm stattgegeben wird, wird die Summe so hoch sein, wie ich's nur irgend erreichen kann.«

»Schon recht. Machen Sie sich nur nicht noch darüber Kopfschmerzen! Sie haben doch schon genug Kummer. Ich glaube nicht, daß ein Dorfrichter mir ins Auge blicken und mir die Freilassung gegen Kaution verweigern kann. Die Höhe des Betrages ist Nebensache. Der Vater meiner Schwester ist ein steinreicher Kanalröhrenmagnat.«

»Ihr Vater? Wo denn?«

»Der Vater meiner Schwester, hab' ich gesagt! Meine Familienverhältnisse sind so kompliziert, daß Sie's sowieso nicht verstehen würden. Mitunter ist er auch der Vater meiner Mutter, weil nämlich meine Schwester gestern abend am Telefon meine Mutter gewesen ist. Aber *mein* Vater ist er nicht, denn ich hab' ihn noch nie zu Gesicht bekommen.«

Barrow verdrehte den Kopf und heftete die Augen musternd auf mich. »Herrgott, ich weiß nicht«, sagte er, und es klang zweifelnd-verwundert. »Vielleicht sollten wir Sie mal von Dr. Sackett untersuchen lassen.«

Waddell war anderer Meinung. »Es würde fünf Dollar kosten, und das lohnt sich nicht. Stecken Sie ihn ruhig wieder in den Kasten, und sagen Sie Ollie, wenn er Unruhe stiftet, soll er ihn in eine Einzelzelle stecken. Sagen Sie Ollie, er soll doch mal nachprüfen...«

Die Tür sprang auf, und Nero Wolfe trat herein. Mit dem sauberen gelben Hemd und der braunen Krawatte mit helleren Streifen, die Constanza Berin ihm aus Paris geschickt hatte, wirkte er ordentlich und ausgeruht, nur seine Schuhe waren nicht geputzt. Ich nahm diese Einzelheiten mit einem Blick wahr, während er mit seinem bekannten gemächlichen Watschelgang quer durchs Zimmer auf uns zukam. Ich kratzte mich wie wild am Bein.

Er blieb vor mir stehen und fragte: »Was machen Sie da? Was ist denn los?«

»Nichts. Es juckt mich.«

»Sehen Sie sich doch Ihre Jacke an, sehen Sie sich Ihre Hose an! Haben Sie denn darin geschlafen?«

»Was meinen Sie denn, worin ich geschlafen haben sollte – etwa in seidenen Gewändern? Es freut mich, daß Sie mal vorbeikommen, das ist sehr nett von Ihnen. Wir haben eben ein bißchen geplaudert. Die Herrn schicken mich gerade wieder in den – na, Sie wissen ja. Haben Sie was von meiner Mutter gehört, der schwer geprüften?«

»Frechheit!« murmelte er, wandte sich von mir ab, sah die beiden anderen an, sagte guten Morgen und ließ die Augen durchs Zimmer streifen. Dann trat er einen Schritt auf Barrow zu und sagte aufs höflichste: »Verzeihen Sie bitte, Leutnant Barrow, aber Sie haben den einzigen Sessel, der für mich erträglich ist. Ich denke, es macht Ihnen doch sicherlich nichts aus, den Platz zu wechseln.«

Barrow tat den Mund auf, machte ihn aber wieder zu, stand auf und suchte sich einen anderen Platz.

Wolfe dankte mit einem Nicken, setzte sich hin und wandte dem Oberstaatsanwalt einen seelenruhigen Blick zu. »Ihrer habhaft zu werden ist ungemein schwer«, bemerkte er. »Ich habe gestern abend mehrere Stunden darauf verwandt, nach Ihnen zu suchen. Ich hege sogar den Verdacht, daß Sie mir ausgewichen sind.«

»Ich hatte zu tun.«

»So. Mit irgendwelchem Erfolg?«

Barrow brummte. Waddell beugte sich wieder vor, die Faust auf den Schreibtisch gestützt. »Passen Sie mal auf, Wolfe«, sagte er in hämischem Tone. »Ich bin zu der Ansicht gekommen, daß Sie bestenfalls einer sind, der einem überflüssigerweise die Zeit wegnimmt, wahrscheinlich aber noch was Schlimmeres. Wenn man über das nachdenkt, was Sie mir von Ihrem Gespräch mit Bronson erzählt haben – was kommt dabei raus? Null-Komma-Nichts. Sie haben mich an der Nase herumgeführt. Und Sie sprechen vom Ausweichen! Für den Augenblick habe ich für Sie nur eines – einen Rat: Entweder Sie geben Ihrem Mann hier Anweisung, den Mund aufzumachen und mit der Sprache rauszurücken, oder Sie tun's selbst!«

Wolfe seufzte. »Sie sind ein wenig durcheinander. Gestern Leutnant Barrow, jetzt Sie. Sie sind außerordentlich empfindliche meine Herren!«

»Ich bin immerhin so empfindlich, daß ich es merke, wenn man mich an der Nase herumführt. Spaß macht mir das nicht. Und Sie begehen einen Fehler, wenn Sie sich einbilden, mit Fred Osgood als Rückendeckung könnten Sie sich alles erlauben, was Sie wollen. Dieser Kreis hier mag Osgood einmal gehört haben, aber heute nicht mehr, und möglicherweise hat er sogar selbst eine unangenehme Überraschung vor sich.«

»Ich weiß.« Wolfe war sanftmütig und machte ein resigniertes Gesicht. »Es ist zwar gar nicht zu glauben, aber nach

Gerüchten, die Mr. Osgood zu Ohren gelangt sind, sollen Sie tatsächlich die Theorie hegen, Bronson habe seinen Sohn umgebracht, und Bronsons Ermordung sei dann eine Rache nach dem Grundsatz ›Auge um Auge‹ gewesen. Das ist doch kindisch, Mr. Waddell! Es ist so offensichtlich kindisch, daß ich es ablehne, es ihnen näher zu erläutern. Und Ihre Unterstellung, ich spekulierte darauf, daß Mr. Osgoods Ansehen und Einfluß mich vor Bestrafung schützten, denen ich mich etwa ausgesetzt hätte, ist gleichermaßen kindisch. Wenn ich mich überhaupt auf eine Debatte mit Ihnen einlasse...«

»Das brauchen Sie nicht«, zischte Waddell. »Erzählen Sie das doch sonstwo!« Er stand unvermittelt auf. »Mir käm's gar nicht drauf an, Sie genauso einzulochen wie Goodwin. Hauen Sie ab! Raus hier! Wenn ich Sie mir noch einmal anhöre, dann vor Gericht. Führen Sie Goodwin wieder runter, Barrow!«

»O nein!« Wolfe war immer noch sanftmütig. »Nein doch. Ich habe mich nur Mr. Goodwins wegen zu Ihnen bemüht. Sie werden mich jetzt anhören.«

»Und weshalb eigentlich, bitte?«

»Das will ich Ihnen sagen. Weil ich weiß, wer Clyde Osgood und Howard Bronson ermordet hat.«

Barrow richtete sich ruckartig auf. Waddel glotzte. Ich grinste.

»Des weiteren«, fuhr Wolfe ruhig fort, »die Aussicht, daß Sie jemals darauf kommen könnten, ist sehr gering; und daß Sie jemals in der Lage wären, es zu beweisen, ist vollends ausgeschlossen. Ich hingegen bin bereits darauf gekommen und werde bald auch in der Lage sein, es zu beweisen. Unter diesen Umständen ist es, sollte ich meinen, geradezu Ihre Pflicht, mich anzuhören.«

Barrow zischte: »Ich schlage vor, wir lassen lieber einen Richter sich Ihren Senf anhören.«

»Wie schändlich, Leutnant Barrow! Wollen Sie mir etwa

mit der gleichen Behandlung drohen, die Sie Mr. Goodwin haben angedeihen lassen? Ich würde dem Richter lediglich sagen, ich hätte aufgeschnitten. Sollte er sich auch noch als Schwachkopf erweisen und mich festsetzen, so würde ich eine Freilassung gegen Kaution erwirken – und was täten Sie dann?«

Waddell explodierte: »Das ist doch weiter nichts als ganz billiger Bluff!«

Wolfe schnitt eine Grimasse. »Bitte, Herr Oberstaatsanwalt! Mein Ruf – doch nein, mein Ruf ist mir zuviel wert...«

»Sie sagen, Sie wissen, wer Clyde Osgood ermordet hat? Und auch Bronson?«

»Stimmt.«

»Na, dann allerdings haben Sie recht. Dann will ich Sie mal anhören.« Waddell setzte sich, zog seinen Telefonapparat zu sich heran und bullerte nach einem Augenblick in den Hörer: »Schicken Sie Phillips 'rein!«

Wolfe zog die Augenbrauen hoch. »Phillips?«

»Ein Stenograf.«

Wolfe schüttelte den Kopf. »O nein. Sie mißverstehen die Situation. Ich bin nur Mr. Goodwins wegen hergekommen. Ich benötige ihn.«

»Soso, Sie benötigen ihn? Wir nämlich auch. Wir behalten ihn hier. Ich wiederhole Ihnen, was ich auch ihm schon gesagt habe: Wenn ein Antrag auf Freilassung gegen Kaution eingereicht wird, werde ich mich ihm widersetzen.«

Die Tür ging auf, und ein junger Mann mit pickligem Gesicht erschien. Waddell nickte ihm zu, und der Mann nahm sich einen Stuhl, schlug sein Stenogrammheft auf, zückte den Stift und fragte: »Name?«

Waddell nuschelte ihm zu: »Später. Schreiben Sie mit!«

Wolfe sagte, ohne sich um diese Anstalten zu kümmern, in befriedigtem Tone: »Jetzt sind wir also an dem Punkt angelangt, auf den es mir ankommt. Ich brauche Mr. Goodwin. Wenn Sie mir nicht geflissentlich ausgewichen wären, hätte ich ihn schon gestern abend geholt. Ich stelle Ihnen zwei Alternativen zur Wahl. Für mich ist jetzt die Angelegenheit durch den Umstand vereinfacht, daß Mr. Lake, der Staatsanwalt, zufällig ein Protegé von Mr. Osgood ist, Sie hingegen nicht. Soviel ich gehört habe, bestehen zwischen Ihnen und Mr. Lake gewisse Gegensätze.

Erstens: Sie lassen Mr. Goodwin sofort frei. Mit seiner Hilfe werde ich in Kürze meine Beweisführung vollendet haben; ich werde sie Ihnen dann überliefern, und dazu den Mörder, lebendig oder tot.

Zweitens: Sie weigern sich, Mr. Goodwin freizulassen. Behalten Sie ihn! Ohne seine Hilfe, und folglich unter schwierigeren Bedingungen, werde ich den Beweis trotzdem zustande bringen, dann wird eben Mr. Lake das Beweismaterial von mir bekommen. Ich habe mir sagen lassen, das ›Crowfield Daily Journal‹ sei gern bereit, ihn zu unterstützen und dafür zu sorgen, daß ein umfassender und wahrheitsgemäßer Bericht über seine erfolgreiche Tätigkeit erscheint. Das ist durchaus erfreulich, denn die Öffentlichkeit hat schließlich Anspruch darauf zu wissen, was die Diener des Staates für die Steuergelder leisten, die man ihnen zahlt. Sie, meine Herren, haben insofern Glück, als Mr. Goodwin sich in Ihrer Hand befindet. Wäre das nicht der Fall, so würde ich mich mit Ihnen überhaupt nicht abgeben.«

Wolfe sah den Oberstaatsanwalt fragend an: »An Ihnen ist es, zu wählen.«

Ich grinste. »Er meint, Sie können sich's aussuchen.«

Barrow kollerte mich an: »Halten Sie die Schnauze!«

Waddell erklärte: »Ich glaube immer noch, es ist Bluff.«

Wolfe hob die Schultern einen halben Zentimeter und ließ sie wieder sinken. »Dann also Mr. Lake!«

»Sie haben gesagt, Sie wüßten, wer Clyde Osgood und Howard Bronson ermordet hat. Soll das heißen, der Täter wäre in beiden Fällen ein und derselbe?«

»So geht das nicht. Sie erhalten Auskunft erst dann, wenn mein Assistent freigelassen ist – und wenn ich so weit bin, daß ich sie Ihnen geben kann.«

»In einem oder zwei Jahren vielleicht, wie?«

»So lange dürfte es kaum dauern. Sagen wir: binnen vierundzwanzig Stunden. Hoffentlich schon früher.«

»Und Sie wissen tatsächlich, wer der Mörder ist, und haben auch Beweismaterial dafür?«

»Was Ihre erste Frage betrifft – ja. Und hinlängliches Beweismaterial besitze ich auch.«

»Was denn für welches?«

Wolfe schüttelte den Kopf. »Ich sage Ihnen doch, so geht das nicht. Ich spiele hier kein Ratespiel, und ich lasse mich auch nicht ausholen.«

»Überzeugendes Beweismaterial?«

»Zwingendes.«

Waddell setzte sich zurück, zupfte sich am Ohr und schwieg. Schließlich wandte er sich dem Stenografen zu und sagte zu ihm: »Geben Sie mir Ihr Heft, und hauen Sie ab!« Als dieser Befehl ausgeführt war, saß er wiederum eine Minute da, sah dann den Leutnant an und fragte in säuerlichem Tone: »Wie ist das, Barrow? Was zum Kuckuck wollen wir denn machen?«

»Ich weiß nicht.« Barrow preßte die Lippen zusammen. »Ich weiß nur, was ich gern machen würde.«

»Na, das ist ja auch eine große Hilfe! Sie haben sechs oder acht Mann an diese Geschichte gesetzt, und die haben nicht ein einziges Stückchen ausgegraben, und dieser kluge Elefant hier weiß, wer's gewesen ist, und wird binnen vierundzwanzig Stunden zwingendes Beweismaterial in der Hand haben.

Sagt er jedenfalls. Wann haben Sie's denn aufgegabelt? Wo sind Sie gewesen? Goodwin hat Ihnen bestimmt nicht dabei geholfen, denn wir haben ihn ja festgenommen, bald nachdem Bronsons Leiche gefunden wurde. Lieber Himmel, wenn das eine Finte ist...«

Wolfe schüttelte den Kopf: »Bitte! Wer Clyde Osgood umgebracht hat, weiß ich schon seit Montag abend. Ich habe es sofort gewußt, als ich den Kopf des Bullen sah, und ich habe auch das Motiv gewußt. Mit Ihrem ungläubigen Gesicht können Sie nur einen dummen Eindruck machen. Genauso war es bei Mr. Bronson; es lag doch ganz klar zutage.«

»Sie haben darüber schon Bescheid gewußt, als Sie Dienstag nachmittag dort auf dem Sessel gesessen haben? Während Sie mit mir, dem Oberstaatsanwalt, sprachen?«

»Ja. Aber es war kein Beweismittel vorhanden – oder vielmehr, vorhanden war es zwar, doch bevor ich seiner habhaft werden konnte, war es vernichtet worden. Jetzt muß ich einen Ersatz dafür finden, und ich werde ihn auch finden.«

»Was war das für ein Beweismaterial, das vernichtet worden ist?«

»Jetzt nicht. Es ist beinahe elf Uhr, und Mr. Goodwin und ich müssen uns sputen. Wir haben zu arbeiten. Übrigens, ich wünsche nicht, daß man mich belästigt, indem man mich etwa überwacht. Es wäre zwecklos, und ich werde mich, falls man uns beobachtet, als von unserer Vereinbarung entbunden betrachten.«

»Geben Sie mir Ihr Ehrenwort, daß Sie genau das tun werden, wozu Sie sich bereit erklärt haben – ohne Vorbehalte und ohne Spitzfindigkeiten?«

»Nein, kein Ehrenwort! Die Phrase schätze ich nicht. Das Wort ›Ehre‹ ist gar zu oft von zweifelhaften Leuten angewendet worden und dadurch arg in Mißkredit gekommen. Ich gebe Ihnen mein Wort. Aber ich kann nicht den ganzen Tag hier sitzen und darüber reden. Soviel ich weiß, ist mein Assistent ganz formell inhaftiert worden, und die Entlassung muß daher ebenfalls formell vollzogen werden.«

Waddell saß da und zupfte sich am Ohr. Er sah Barrow stirnrunzelnd an, entdeckte aber in der steinernen Miene des Leutnants offensichtlich keine hilfreiche Anregung. Er griff nach seinem Telefonhörer, verlangte eine Nummer und sprach nach kurzem Warten in den Apparat: »Frank? Fragen Sie mal Richter Hutchins, ob ich für einen Augenblick zu ihm raufkommen kann. Ich möchte ihn bitten, einen Haftbefehl zu annullieren.«

19

Ich fragte: »Soll ich ihn holen gehen?«

»Nein«, sagte Wolfe. »Wir wollen lieber warten.«

Wir saßen in einem Zimmer der Ausstellungsleitung, einem anderen als dem, in dem wir uns Dienstag nachmittag mit Osgood getroffen hatten. Das jetzige war kleiner, enthielt Schreibtische, Aktenschränke und Stühle und war mit Papieren übersät. Es war Mittag.

Als ich mit Wolfe das Gerichtsgebäude verließ, hatte ich zu meinem Erstaunen unsere Limousine draußen parkend vorgefunden. Er erklärte mir, einer von Osgoods Leuten habe den Wagen abgeholt, wo ich ihn am Tage zuvor hatte stehenlassen. Nero Wolfe hatte mir aufgetragen, zum Messegelände zu fahren, und wir hatten zunächst an der Haupthalle haltgemacht, wo wir die Orchideen untersuchten und spritzten und Wolfe mit einem Bekannten übereinkam, er möge sich bis Samstag um sie kümmern und für Verpackung und Versand sorgen, wenn die Ausstellung schlösse. Dann waren wir zu

Fuß zur Ausstellungsleitung gegangen, wo man uns in das Zimmer Nummer 9 führte. Ich durfte nun immerhin wissen, daß wir uns dort mit Lew Bennett treffen sollten, aber er war noch nicht gekommen, und nun war es zwölf Uhr, und noch immer warteten wir auf ihn.

Ich sagte: »Wenn Sie meine Meinung hören wollen: Ich glaube, das beste ist, wir vermummen uns so gut wie möglich, schmeißen uns in den Wagen und sausen mit Vollgas ab in Richtung New York. Oder vielleicht über die Grenze nach Vermont, und verstecken uns da in einem alten Marmorbruch.«

»Hören Sie doch mit der Kratzerei auf!«

Ich steckte meine Hände in die Taschen. »Sie wissen doch, daß ich zehn Jahre lang Ihr Gesicht studiert habe, in ernsten und heiteren Momenten, und daß ich seine Grundlinien kenne und auch weiß, was Sie damit auszudrücken oder zu verbergen wissen. Und – das erlaube ich mir ungehorsamst zu sagen – ich glaube nicht, daß das Beweismaterial, von dem Sie diesen Nieten erzählt haben, überhaupt existiert.«

»Es existiert auch nicht.«

»Ich spreche von dem Beweismaterial, das Sie binnen vierundzwanzig Stunden liefern wollten.«

»Ich spreche auch davon.«

»Und das existiert also nicht?«

»Nein.«

»Aber liefern wollen Sie's?«

»Ja.«

Ich glotzte. »Schön. Na ja, früher oder später mußte das wohl mal passieren.«

»Halten Sie den Mund! Ich werde es schaffen.«

»Was?«

»Das Beweismaterial zu beschaffen. Vorhanden ist keines. Der Bulle ist eingeäschert worden. Sonst ist nichts mehr da, womit man das Motiv zum Mord an Clyde handgreiflich belegen könnte, und selbst wenn noch andere belastende Einzelheiten dagewesen wären – und das war nicht der Fall –, so hätten sie nichts genutzt. Was Bronson betrifft, so meldet Mr. Lake ein Vakuum. Keinerlei Fingerabdrücke, außer den Ihren an der Brieftasche; niemand, der sich erinnern könnte, er hätte ihn in die Baracke gehen sehen; niemand, der ihn mit irgend jemandem zusammen gesehen hätte; niemand mit irgendeinem erkennbaren Motiv. Am New Yorker Ende, wo sein telefonischer Anruf den Ausgangspunkt bildet, bisher nichts – und freilich kann da auch gar nichts sein. Ein völliges Vakuum. Unter diesen Umständen gibt es nur... Ah! Guten Tag, Mr. Bennett!«

Der Sekretär des Guernsey-Bundesverbandes war eingetreten, hatte die Tür hinter sich zugemacht und kam auf uns zu. Er sah aus wie einer, den man mitten aus der Arbeit herausgerissen hat, doch längst nicht so abgehetzt wie am Tage zuvor. Sein Gruß war freundlich, aber auch nicht überschwenglich, und er setzte sich hin, als ob er nicht lange zu bleiben gedächte.

Wolfe sagte: »Vielen Dank, daß Sie gekommen sind! Sie sind natürlich sehr beschäftigt. Interessant, auf wievielerlei Art man sehr beschäftigt sein kann. Ich glaube, Mr. Osgood hat Ihnen am Telefon schon gesagt daß ich Sie in seinem Namen um eine Gefälligkeit bitten möchte. Ich will mich kurz fassen. Zunächst der wesentliche Tatbestand: Die Aktenunterlagen Ihres Verbandes werden in Ihrem Büro in Fernborough aufbewahrt, das heißt 170 Kilometer von hier, und das Flugzeug von Mr. Sturtevant, der von dem Flugplatz auf der anderen Seite des Messegeländes aus Charterflüge ausführt, könnte den Weg hin und zurück in zwei Stunden bewältigen. Das steht einwandfrei fest.«

Bennett machte ein leicht verdutztes Gesicht. »Das mag

stimmen. Über das Flugzeug weiß ich allerdings nicht Bescheid.«

»Aber ich! Ich habe mich erkundigt. Ich habe Mr. Sturtevant sogar schon einen provisorischen Auftrag erteilt. Was ich gern hätte, Mr. Bennett, und zwar noch vor drei Uhr, sind die Farbzeichnungsskizzen von Hickory Caesar Grindon, Willowdale Zodiac, Orinoco, dem Bullen von Mrs. Linville, dessen Namen ich nicht weiß, und Hickory Buckingham Pell. Mr. Sturtevant ist bereit, sofort zu starten. Sie können mitfliegen – oder aber Mr. Goodwin –, oder aber Sie geben ihm lediglich einen Brief mit.«

»Sie meinen – die Originale der Skizzen?« fragte Bennett stirnrunzelnd.

»Wenn ich Sie recht verstehe, sind ja keine anderen greifbar. Die auf den zweiten Ausfertigungen der Herdbuchkarten sind doch überall bei den Besitzern verstreut.«

Bennett schüttelte den Kopf. »Die dürfen nicht aus dem Archiv raus, das ist ein strikter Grundsatz. Sie sind unersetzlich, und wir können da kein Risiko eingehen.«

»Ich verstehe. Ich habe ja aber gesagt, Sie können selbst hinfliegen. Wenn Sie dann wiederkommen, können Sie mich mit den Skizzen hier an diesen Tisch setzen, so daß Sie sie dauernd im Auge behalten. Ich benötige sie nur eine Stunde, möglicherweise nicht einmal so lange.«

»Aber sie dürfen doch nicht aus dem Archiv raus. Außerdem kann ich gar nicht weg.«

»Das ist die Gefälligkeit, um die Mr. Osgood Sie bittet.«

»Ich kann's nicht ändern. Es... Es ist einfach zuviel verlangt.«

Wolfe lehnte sich zurück und musterte ihn. »Ein Prüfstein wirklicher Intelligenz«, sagte er geduldig, »ist die Fähigkeit, eine einzigartige Situation ohne sonderliche Mühe zu erfassen, wenn sich die Notwendigkeit dazu ergibt. Strikte

Grundsätze gibt es überall. Wir alle haben den Grundsatz, nicht auf die Straße zu gehen, ohne uns zuvor anzukleiden, doch wenn das Haus in Brand steht, handeln wir diesem Grundsatz zuwider. Jetzt haben wir eine Feuersbrunst hier in Crowfield, bildlich gesprochen. Menschen werden ermordet, einer nach dem anderen. Sie muß gelöscht und der Brandstifter gefaßt werden. Der Zusammenhang zwischen dieser Sachlage und den Skizzen in Ihrem Archiv mag zwar Ihnen verborgen sein, nicht aber mir. Deshalb müssen Sie eben mein Wort dafür hinnehmen. Es ist dringend erforderlich, es ist wesentlich, daß ich diese Skizzen zu sehen bekomme. Wenn Sie sie nicht Mr. Osgood zuliebe herausrücken wollen, so tun Sie es aus Pflichtgefühl gegenüber der Allgemeinheit! Sehen muß ich sie.«

Das schien Bennett Eindruck zu machen. Doch er entgegnete noch: »Ich habe ja nicht gesagt, Sie dürften sie nicht sehen. Sie können sie sehen, genau wie jedermann in unserm Büro. Fliegen Sie doch selbst hin!«

»Lachhaft! Schauen Sie mich doch an!«

»Ich wüßte nicht, weshalb Sie das nicht könnten. Und das Flugzeug wird Sie schon befördern.«

»Nein.« Wolfe schüttelte sich. »Das wird es nicht. Sie müssen auch dafür mein Wort hinnehmen, daß die Erwartung, ich könnte ein Flugzeug besteigen, absolut illusorisch wäre. Verwünscht, Sie wenden sich dagegen, daß ein nebensächlicher bürokratischer Grundsatz verletzt wird, und besitzen dann die Dreistigkeit, vorzuschlagen... Sind *Sie* übrigens schon einmal geflogen?«

»Nein.«

»Dann versuchen Sie es doch mal! Es wird ein Erlebnis für Sie sein. Wie ich mir habe sagen lassen, versteht Mr. Sturtevant seine Sache, ist vertrauenswürdig und hat eine gute Maschine. Holen Sie mir die Skizzen!«

Dies eigentlich war es, was nach weiteren fünf Minuten die Frage entschied – die Aussicht auf einen kostenlosen Flug. Bennett gab nach. Er schrieb sich auf, welche Skizzen Wolfe haben wollte, besorgte ein paar Anrufe und war reisefertig.

Ich begleitete ihn zum Flugplatz. Wir gingen zu Fuß, weil er unterwegs noch einmal in die Guernsey-Baracke hineinschauen wollte. Auf dem Platz fanden wir Sturtevant, einen sympathischen jungen Mann mit sauberem Gesicht und schmierigem Anzug. Er ließ gerade den Motor seiner hübschen, gelbgestrichenen Cessna anlaufen. Er sagte, er sei startklar, und Bennett kletterte hinein.

Ich trat zurück und sah, wie sie über den Platz rollten, wendeten, über den Rasen herangebraust kamen und sich in die Luft schwangen. Ich blieb stehen, bis sie gute hundert Meter hoch waren und nach Osten abdrehten, und ging dann zu Fuß zum eigentlichen Ausstellungsgelände zurück, um, wie vereinbart, Wolfe im Methodistenzelt zu treffen. Ein Lichtblick am grauen Horizont war immerhin, daß ich nun noch einmal das Frikassee zu kosten bekam.

Doch es war kein geruhsames Mahl, denn anscheinend hatten wir ein Programm, das heißt: Wolfe hatte es, und ich sollte es ausführen. Nach all seinem Geschwätz darüber, daß man Grundsätze auch einmal verletzen könnte, hielt er sich sehr wohl an den seinen, der für die Dauer des Essens Gespräche über unsere Arbeit verbot, und da er in düsterer Stimmung war, wurde überhaupt nicht viel geredet.

Als wir die Nachspeise hinter uns hatten und der Kaffee gebracht wurde, rückte er sich auf dem Klappstuhl in eine neue Stellung und begann es darzulegen. Ich sollte den Wagen nehmen, mich zur Osgoodschen Villa begeben, dort baden und mich umziehen. Da das Haus voller Trauergäste sein würde, sollte ich mich so unauffällig wie möglich verhalten, und wenn Osgood meiner nicht ansichtig würde, desto besser, denn ich stand immer noch in dem Verdacht, seine Tochter zu dem Rendezvous mit dem verhaßten Pratt-Jüngling angestiftet zu haben. Ich sollte unser Gepäck zusammenräumen und es ins Auto laden, dem Wagen Benzin und Öl und worauf er sonst noch Appetit haben mochte, nachfüllen lassen und mich spätestens um drei Uhr in dem Zimmer, in dem wir uns mit Bennett getroffen hatten, wieder einfinden.

»Gepäck?« Ich schlürfte Kaffee. »Fertig zur Flucht, wie?«

Wolfe seufzte. »Wir fahren bald nach Hause.«

»Halten wir unterwegs irgendwo?«

»Wir werden bei Mr. Pratt halten.« Er trank einen Schluck. »Übrigens, beinahe hätte ich etwas vergessen. Haben Sie ein Notizbuch bei sich?«

»Ich hab' einen Block. So einen, wie ich ihn immer nehme.«

»Kann ich ihn haben? Und auch Ihren Bleistift? Es wäre gut, einen Bleistift von der Art zu benutzen, wie man ihn in der Tasche bei sich trägt, obwohl ich nicht glaube, daß es jemals zu einer mikroskopischen Untersuchung kommt. Danke.« Er betrachtete den Block stirnrunzelnd. »Größere Blätter wären zwar besser, aber der hier wird seinen Zweck schon erfüllen, und in Crowfield einen zu kaufen wäre nicht angängig.« Er steckte sich Block und Bleistift in die Tasche. »Und zweitens: Ich brauche jemanden, der gut und zuverlässig zu lügen versteht.«

»Ja, bitte!« Ich tippte auf meine Brust.

»Nein, Sie nicht. Oder vielmehr – noch jemanden außer Ihnen.«

»Jemanden, der außer mir noch lügen kann? Soll es was Einfacheres oder was Besonderes sein?«

»Einfach genügt. Doch wir sind in unserer Auswahl begrenzt. Es muß eine von den drei Personen sein, die dabei gewesen sind, als ich Montag nachmittag da in der Koppel auf dem Felsblock gestanden habe.«

»Na.« Ich stülpte die Lippen vor und überlegte. »Ihr Freund Dave kann sicherlich ganz gut lügen. Er liest doch Gedichte.«

»Nein. Kommt nicht in Frage. Dave nicht.« Wolfe machte die Augen auf und sah mich an. »Wie wäre es mit Miss Rowan? Sie scheint doch freundschaftliche Absichten zu haben. Sehr betonte sogar, da sie Sie ja im Gefängnis besucht hat.«

»Verdammt noch mal, woher wissen Sie denn das?«

»Ich weiß es nicht. Ich vermute es. Die Stimme Ihrer Frau Mutter am Telefon ist doch ihre Stimme gewesen. Über diese Episode werden wir uns noch zu unterhalten haben, wenn wir wieder zu Hause sind. Nur Sie können sie zu diesem Unternehmen angeregt haben, folglich müssen Sie mit ihr in Kontakt gewesen sein. Gefängnishäftlinge werden nicht ans Telefon geholt. Angerufen also kann sie Sie nicht haben. Sie muß zu Ihnen hingekommen sein. Wenn sie sich derart freundschaftlich zeigt, ist sie sicherlich recht anstellig.«

»Ich nutze meine – übrigens rein platonische – Anziehungskraft nicht gern zu beruflichen Zwecken aus.«

»So überspitzte Beschränkung führt ins Nichts.«

»Wenn ich das kapiert habe, werde ich mich wieder bei Ihnen melden. Am liebsten möcht' ich Ihnen das erst mal ungeöffnet zurückgeben.«

»Wird sie lügen?«

»Lieber Gott, ja doch! Warum denn nicht?«

»Es ist wichtig. Können wir darauf zählen?«

»Ja.«

»Dann wäre ein weiterer Punkt für Sie, daß Sie sie telefonisch ausfindig machen und dafür Sorge tragen, daß sie von drei Uhr ab in Mr. Pratts Hause ist. Sagen Sie ihr, Sie wollten mit ihr sprechen, sobald wir dort ankommen.« Er machte sich einer Methodistin bemerkbar, und als sie auf seinen Wink herankam, verlangte er noch ein Kännchen Kaffee. Dann sagte er zu mir: »Es ist ein Uhr durch. Mr. Bennett ist bereits auf halbem Wege nach Fernborough. Sie haben nicht viel Zeit.«

Ich trank meine Tasse leer und machte mich auf den Weg.

Das Programm lief ohne Hindernis ab, aber es hielt mich in Trab. Zunächst rief ich im Hause Pratt an und fragte nach Lily Rowan; sie war da, so daß ich diesen Punkt also streichen konnte.

Ich jagte zur Osgood-Villa hinaus, daß der Asphalt nur so dampfte, ging durch den hinteren Eingang hinein und die Hintertreppe hinauf, um ein Zusammentreffen mit dem erzürnten Vater zu vermeiden. Wahrscheinlich wäre ich sowieso nicht bemerkt worden, denn auf dem Grundstück wimmelte es beinahe ebensosehr von Leuten wie bei der Ausstellung. An die hundert Wagen standen da, weswegen ich schon weit vor dem Ende des Zufahrtsweges parken mußte, und natürlich mußte ich nachher auch das Gepäck so weit tragen. Oben huschte mir Nancy über den Weg, und ich wechselte hinten im unteren Flur ein paar Worte mit der Haushälterin; Osgood aber sah ich nicht.

Der Trauergottesdienst begann um zwei Uhr, und als ich wieder wegfuhr, war es totenstill in dem großen alten Hause, nur hörte man aus den Gemächern, die ich gemieden hatte, das Auf und Ab der Stimme des Pfarrers bei seiner Abschiedspredigt für Clyde Osgood, der eine Wette gewonnen und zugleich eine verloren hatte.

Fünf Minuten vor drei fand ich mich im Zimmer 9 der Ausstellungsleitung ein, mit sauberen Kleidern und sauberem Körper, nicht zu reden von den sauberen Gedanken, mit dem Wagen, der, gefüllt mit Gepäck und den anderen Requisiten, nahebei an bequem erreichbarer Stelle parkte – doch ohne eine rechte Vorstellung davon, was für Beweismittel-Ware

Wolfes Fabrik eigentlich produzierte, obwohl ich eine starke Ahnung hatte, wer als Abnehmer dafür gedacht war.

Sturtevant hatte seinen Fahrplan offensichtlich geschafft, denn die Fabrik war bereits in Betrieb. Wolfe war allein da und saß an einem Tisch, vor sich sauber aufgereiht ein halbes Dutzend Skizzen von Bullen, auf weißen Papierblättern von etwa 15 × 23 Zentimeter Größe. Eine der Skizzen lag gesondert – unmittelbar vor seinen Augen, die fortwährend hin und her wanderten zwischen dem Blatt und meinem Notizblock, auf dem er mit meinem Bleistift herumfuhr. Er blickte ebenso konzentriert darauf wie ein Künstler, der in verbissener Arbeit ein Meisterwerk zu schaffen trachtet. Ich stand da und beobachtete den Betrieb ein paar Minuten über seine Schultern, wobei ich bemerkte, daß auf dem gesondert liegenden Blatt, von dem er seine Inspiration zu beziehen schien, der Name ›Hickory Buckingham Pell‹ verzeichnet stand. Dann ließ ich davon ab und setzte mich.

»Ich denke, Bennett wollte seine Skizzen dauernd im Auge behalten?« erkundigte ich mich. »Haben Sie sich in sein Vertrauen eingeschlichen oder ihn bestochen?«

»Er ist essen gegangen. Seine Skizzen beschädige ich nicht. Verhalten Sie sich ruhig, stören Sie mich nicht – und kratzen Sie nicht!«

»Es juckt mich ja gar nicht mehr.«

»Na, Gott sei Dank!«

Ich setzte mich hin und vergnügte mich damit, verschiedene Kombinationen zur Lösung des Rätsels, das uns aufgegeben war, durchzuprobieren. Mittlerweile war ich dank verschiedener Hinweise, die Wolfe hatte fallenlassen, bereits in der Lage, einigermaßen plausible Antworten auf die meisten Fragen der Liste zu geben, stand aber immer noch völlig ratlos dem Problem gegenüber, was wohl die Zeichnungen, mit denen er sich abgab, zu bedeuten haben mochten. Ziemlich weit hergeholt und geradezu wahnwitzig schien der Gedanke, daß er eine von Bennetts Skizzen kopierte, um eine Beweisunterlage herzustellen, die einen Doppelmord aufklären, uns ein Honorar einbringen und sein Versprechen gegenüber Waddell einlösen könnte; doch sein Gesichtsausdruck ließ über seine Erwartungen keinen Zweifel. Nach seiner Berechnung war er nun im Begriffe, die Sache unter Dach und Fach zu bringen. Ich gab mir Mühe, das irgendwo in meinen Kombinationen unterzubringen, doch es wollte nicht recht hineinpassen.

Lew Bennett kam herein, einen Zahnstocher im Mund. Als Wolfe ihn sah, steckte er meinen Notizblock mit den noch nicht abgetrennten Seiten, auf denen er gearbeitet hatte, nebst dem Bleistift in seine Brusttasche. Dann seufzte er, schob seinen Stuhl zurück, erhob sich und machte eine Verbeugung zu Bennett hin.

»Vielen Dank, Mr. Bennett! Hier haben Sie Ihre Skizzen wohlbehalten zurück. Verwahren Sie sie! Heben Sie sie sorgfältig auf! Sie haben sie schon immer für wertvoll gehalten, jetzt aber sind sie es doppelt. Es ist eine kluge Vorsichtsmaßregel von Ihnen, daß sie auf jeden Fall mit Tinte ausgeführt werden müssen, denn dadurch wird jegliche Änderung unmöglich – oder aber sie ist leicht zu entdecken. Zweifellos wird auch Mr. Osgood Gelegenheit finden, Ihnen zu danken. Kommen Sie, Archie!«

Als wir gingen, beugte sich Bennett über den Tisch und betrachtete die Skizzen.

Unten auf dem Parkplatz setzte sich Wolfe neben mich auf den Vordersitz, was bedeutete, daß er mir einiges zu sagen hatte. Während ich mir langsam an den strömenden Menschenmassen vorbei einen Weg suchte, begann er: »Nun denn, Archie! Es kommt jetzt ganz auf die Ausführung an. Ich will es Ihnen kurz auseinandersetzen...«

20

Bei Pratts Haus angekommen, parkte ich den Wagen auf dem kiesbestreuten Platz vor der Garage, und wir stiegen aus. Wolfe ließ mich allein und ging aufs Haus zu. Drüben an der Ecke der Wiese sah ich Caroline, ganz in ihr Schlagtraining versunken, worin man wohl eine zweifelhafte Beschäftigung für eine junge Dame, und sei sie auch eine Golf-Spitzenspielerin, am Nachmittag der Beerdigung ihres ehemaligen Verlobten sehen mochte, doch ließ es unter den gegebenen Umständen verschiedenerlei Deutungen zu. Sie rief mir aus einiger Entfernung einen Gruß zu, als ich vorbeikam, um mich, wie telefonisch verabredet war, mit Lily Rowan zu treffen.

Lily blieb ruhig in der Hängematte liegen, streckte mir die Hand hin und musterte mich mit einem raschen und umfassenden Blick.

»Weit her ist es mit dir nicht«, sagte ich. »Wolfe hat deine Stimme am Telefon gestern abend erkannt.«

»Ach wo!«

»Doch.«

»Er hat sich aber immerhin bereit erklärt, sich heut morgen um sechs im Hotel mit mir zu treffen.«

»Pah! Mist hast du gemacht, weiter nichts. Immerhin, du hast ihn um Mitternacht aus dem Bett geholt, und das ist schon was wert. Schönen Dank, daß du mir den Gefallen getan hast! Jetzt will ich dir meinerseits einen tun, aber ich hab's eilig. Hättest du nicht Lust, mal ein bißchen kriminalistischen Unterricht zu bekommen?«

»Wer würde ihn mir denn geben?«

»Ich.«

»Na, mit Begeisterung!«

»Schön. Vielleicht ist das für dich der Anfang einer lohnenden Karriere. Der Unterrichtsstoff ist leicht, aber Beherrschung der Stimme und der Gesichtsmuskeln ist die Voraussetzung. Es kann auch sein, daß du gar nicht gebraucht wirst, vielleicht aber doch. Du mußt hierbleiben oder wenigstens in der Nähe. Im Laufe der nächsten ein oder zwei Stunden hol' ich dich vielleicht ab, oder ich schicke Bert.«

»Komm lieber selbst!«

»Meinetwegen. Ich werde dich zu Mr. Wolfe und noch einem Mann geleiten. Wolfe wird dir eine Frage stellen, und du wirst mit einer Lüge antworten. Es wird keine komplizierte Lüge sein, und es ist gar nicht möglich, daß du danebenhaust. Aber es wird dazu beitragen, jemandem einen Mord an den Hals zu hängen, und deshalb will ich dir nur versichern, daß da nicht etwa jemand fälschlich ans Messer geliefert wird. Der Mann ist schuldig. Wenn auch nur ein Millionstel Aussicht bestünde, daß er unschuldig ist...«

»Spar dir die Mühe!« Ihre Mundecke hob sich. »Leistet mir jemand Gesellschaft beim Lügen?«

»Ja, ich. Und außerdem Wolfe. Wir brauchen eben nur eine Bestätigung.«

»Dann ist es von mir aus gesehen gar keine Lüge. Wahrheit ist relativ. Wie ich sehe, hast du dir das Gesicht gewaschen. Gib mir einen Kuß!«

»Das Honorar schon vorneweg kassieren, was?«

»Nicht das ganze. Bloß *á conto.*«

Nach etwa 30 oder 32 Sekunden richtete ich mich wieder auf, räusperte mich und sagte: »Was sich zu tun lohnt, das muß man gleich richtig tun.«

Sie lächelte und schwieg.

»Das wär's«, sagte ich. »Jetzt laß mal das Lächeln und hör zu!«

Die Erklärung dauerte nicht lange. Vier Minuten später war ich schon wieder unterwegs zum Hause.

Wolfe saß mit Pratt, Jimmy und Monte McMillan auf der Terrasse. Jimmy machte einen mürrischen und geistesabwesenden Eindruck, und ich sah ihm an den Augen an, daß er zuviel Cocktails getrunken hatte. McMillan saß stumm da, die Blicke auf Wolfe geheftet.

Pratt kochte vor Wut. Anscheinend ärgerte er sich nicht nur darüber, daß das allgemeine Drunter und Drüber ihm sein geplantes Schlachtfest über den Haufen geworfen und die letzten Tage seines Landaufenthaltes verpfuscht hatte, sondern namentlich und ganz besonders auch über Wolfe – aus nicht ganz klaren, doch nicht weniger wirksamen Gründen, die wahrscheinlich indirekt auf Oberstaatsanwalt Waddell zurückgingen. Trotzdem behielten seine tieferen Instinkte die Oberhand, denn als ich kam, unterbrach er sich, um mir zuzunicken und nach Bert zu rufen.

Wolfe, der, wie ich bemerkt hatte, bereits eine Flasche Bier geleert hatte, schüttelte den Kopf zu mir hin und stand auf. »Nein«, sagte er. »Bitte Mr. Pratt! Ich verüble Ihnen Ihre Animosität nicht, glaube indessen, Sie werden bald von selbst einsehen, daß Sie in die falsche Richtung gelenkt haben. Vielleicht sind Sie mir dann sogar dankbar, aber auch das verlange ich nicht. Ich wollte Sie nicht belästigen. Ich brauchte nur eine Unterredung unter vier Augen mit Mr. McMillan. Als ich ihm das heute morgen am Telefon sagte und wir uns über einen Treffpunkt zu einigen suchten, der uns Ungestörtheit garantierte, bin ich so frei gewesen, Ihr Haus dafür vorzuschlagen. Dazu gab es einen besonderen Grund, nämlich den, daß möglicherweise Miss Rowans Anwesenheit wünschenswert erscheinen könnte.«

»Lily Rowan? Was, zum Kuckuck, hat denn die damit zu tun?«

»Das wird schon noch offenbar werden. Oder vielleicht auch nicht. Jedenfalls, Mr. McMillan hat eingewilligt, sich hier mit mir zu treffen. Wenn meine Anwesenheit Ihnen in der Tat unangenehm ist, so gehen wir anderswohin. Ich dachte, das Zimmer da oben wäre vielleicht...«

»Mir ist das ganz egal. Aber wenn mir irgendwas auf der Seele liegt, pflege ich mir Luft zu machen...«

»Später – wenn Sie so liebenswürdig sein wollen! Sie werden es schon noch so lange für sich behalten können. Wenn Sie uns gestatten wollen, das Zimmer da oben zu benutzen...?«

»Bitte sehr!« Pratt machte eine Handbewegung. »Sie werden etwas zu trinken brauchen. Bert! Hallo, Bert!«

Jimmy schloß die Augen und stöhnte.

Wir trennten uns. McMillan, der den Mund noch immer nicht aufgemacht hatte, folgte Wolfe, und ich bildete die Nachhut. Als wir den Fuß auf die Treppe setzten und der breite Rücken des Züchters hoch vor mir aufragte, zog ich meine Pistole aus dem Halfter, wo ich sie inzwischen wieder einquartiert hatte, und schob sie in die seitliche Rocktasche – in der Hoffnung, sie nicht herausreißen zu müssen.

Das Zimmer glänzte förmlich vor Sauberkeit und Ordnung, und durch die modernen Flügelfenster, die Wolfe so bewundert hatte, fiel schräg die Nachmittagssonne herein. Ich schob ihm den großen Polstersessel zurecht und stellte zwei andere für McMillan und mich hin. Bert erschien mit Bier und einer Auswahl von anderen Getränken.

Als all das erledigt und Bert verschwunden war, sagte McMillan: »Das ist jetzt das zweitemal, daß ich Fred Osgood zuliebe extra zu Ihnen komme. Das wird mir ein bißchen viel. Ich hab' in Crowfield sieben Kühe und einen Bullen stehen, die ich gerade gekauft hab', und müßte sie eigentlich nach Hause bringen.«

Er hielt inne. Wolfe sagte nichts dazu, sondern saß zurückgelehnt in dem großen Polstersessel, reglos, ließ seine Hände auf den polierten hölzernen Armlehnen ruhen und stierte den Züchter aus halbgeschlossenen Augen an. Durch nichts ließ er erkennen, daß er zu sprechen oder sich irgendwie zu rühren beabsichtigte.

Schließlich fragte McMillan: »Verdammt noch mal, was soll das eigentlich – wollen wir uns hier um die Wette gegenseitig anstarren?«

Wolfe schüttelte den Kopf. »Ich tue das durchaus nicht gern«, sagte er. »Glauben Sie mir bitte, es macht mir keinen Spaß. Ich habe keineswegs den Wunsch, es in die Länge zu ziehen, um das Bewußtsein des Sieges etwa möglichst lange auszukosten. Es hat ohnehin schon zuviel Verzögerung gegeben, viel zuviel.« Er fuhr mit der Hand in die Brusttasche, zog den Notizblock heraus und reichte ihn McMillan hin. »Bitte nehmen Sie das, und betrachten Sie die ersten drei Blätter! Gründlich. – Archie, ich möchte sie unversehrt wieder zurückhaben.«

Mit einem Zucken seiner breiten Schultern nahm McMillan den Block und sah ihn sich an. Er hielt den Kopf gesenkt, so daß ich sein Gesicht nicht sehen konnte. Nachdem er die Blätter zweimal betrachtet hatte, blickte er wieder auf.

»Steckt da irgendein Schlich dahinter?« fragte er.

»Ein Schlich würde ich nicht sagen.« Wolfes Ton nahm eine gewisse Schärfe an. »Erkennen Sie diese Skizzen wieder?«

»Ich hab' sie noch nie gesehen.«

»Natürlich nicht. Die Frage war schlecht gestellt. Erkennen Sie das Vorbild wieder, nach dem sie gezeichnet worden sind?«

»Nein. Müßte ich das? Sehr gut sind sie nicht.«

»Das ist richtig. Trotzdem hätte ich erwartet, Sie würden ihn darauf wiedererkennen. Es ist doch Ihr Bulle gewesen.

Heute habe ich diese Skizzen mit den Originalzeichnungen auf den Herdbuchanmeldungen verglichen, die Mr. Bennett mich hat einsehen lassen, und es war ganz offensichtlich, daß Hickory Buckingham Pell ihr Vorbild gewesen ist – Ihr Bulle, der vor einem Monat an Milzbrand eingegangen ist.«

»So?« McMillan sah sich die Blätter noch einmal in aller Ruhe an und wandte dann die Augen zu Wolfe. »Möglich ist es. Das ist ja interessant. Wo haben Sie diese Zeichnungen her?«

»Das eben ist der springende Punkt.« Wolfe verschränkte die Finger vor seinem Bauch. »Ich selbst habe sie gemacht. Sie haben doch von diesem widerwärtigen Zwischenfall am Montagnachmittag gehört, nicht lange bevor Sie kamen. Mr. Goodwin und ich wollten quer durch die Koppel gehen, und der Bulle ist uns dazwischengetreten. Mr. Goodwin konnte dank seiner Behendigkeit entkommen, ich aber bin auf den Felsen in der Mitte der Koppel gestiegen. Dort habe ich etwa eine Viertelstunde zugebracht, bis Miss Pratt mich erlöste. Ich lege Wert auf meine würdige Haltung, da aber bin ich mir lächerlich vorgekommen. Der Bulle stolzierte nicht weit davon hin und her, und da habe ich meinen Notizblock aus der Tasche gezogen und diese Skizzen von ihm angefertigt. Es mag ein kindischer Einfall gewesen sein, doch es hat mir eine gewisse Genugtuung verschafft. Es war... Nun ja, eine Art Rechtfertigung dafür, daß ich auf dem Felsen Stellung bezogen hatte. Möchten Sie mir den Block bitte wiedergeben?«

McMillan rührte sich nicht. Ich stand auf, nahm ihm den Block weg, anscheinend ohne daß er es bemerkte, und steckte ihn in meine Tasche.

McMillan sagte: »Bei Ihnen muß eine Schraube locker sein. Der Bulle in der Koppel war doch Caesar – Hickory Caesar Grindon.«

»Nein, Verehrter. Ich muß Ihnen widersprechen, denn

wiederum – das eben ist der springende Punkt. Der Bulle in der Koppel war Hickory Buckingham Pell. Die Skizzen, die ich Montag nachmittag angefertigt habe, beweisen es, aber ich war mir darüber schon im klaren, ehe ich Mr. Bennetts offizielle Unterlagen gesehen habe. Montag nachmittag habe ich es vermutet. Montag abend habe ich es gewußt. Ich wußte zwar nicht, daß es gerade Buckingham war, denn ich hatte ihn ja nie gesehen; doch daß es nicht Caesar war, das wußte ich.«

»Das ist eine unverschämte Lüge. Wer Ihnen das erzählt hat…«

»Niemand hat es mir erzählt.« Wolfe zog eine Grimasse. Er löste die verschränkten Finger und fuchtelte mit dem einen herum. »Lassen Sie mich einen Vorschlag machen, Verehrter! Wir haben es hier mit einer ernsten, einer todernsten Angelegenheit zu tun, und wir werden nichts gewinnen, wenn wir überflüssige Phrasen dreschen, um sie damit zuzuschütten. Sie wissen recht gut, was ich hier tue: Ich habe die Absicht darzulegen, daß Clyde Osgood und Howard Bronson durch Ihre Hand den Tod gefunden haben. Sie können meine Argumente nicht widerlegen, solange ich sie noch gar nicht vorgebracht habe, und Sie können mich nicht daran hindern, sie vorzubringen, indem Sie mich beschimpfen. Erweisen wir uns doch gegenseitig Achtung! Ich kann Ihre Schuld nicht nachweisen, indem ich Ihnen einfach das Wort ›Mörder‹ ins Gesicht schleudere, und Sie können nicht das Gegenteil beweisen, indem Sie mir das Wort ›Lügner‹ ins Gesicht schleudern. Und auch nicht, indem Sie sich überrascht stellen. Sie müssen doch gewußt haben, warum ich Sie gebeten habe, sich hier mit mir zu treffen.«

McMillans Blick blieb fest, desgleichen seine Stimme: »Sie haben also die Absicht, etwas zu beweisen.«

»Allerdings. Ich habe bereits den Beweis dafür erbracht, daß Caesar niemals in dieser Koppel gewesen ist.«

»Pah! Mit den Zeichnungen da? Den Schlich durchschaut doch jeder! Bilden Sie sich etwa ein, irgend jemand würde glauben, nachdem der Bulle Sie da auf den Felsen gejagt hatte, hätten Sie sich hingestellt und ihn abgemalt?«

»Ich meine doch.« Wolfes Augen bewegten sich. »Archie, holen Sie Miss Rowan!«

Ich hätte ihn nicht ohne weiteres mit McMillan allein gelassen, wenn er die Skizzen bei sich gehabt hätte, doch die steckten ja in meiner Tasche. Ich flitzte die Treppe hinunter, über den Rasen hinweg bis unter die Bäume zu der Hängematte, aus der sie herauskletterte, als sie mich kommen sah. Sie hakte sich bei mir unter, was ich aus dienstlichen Gründen geschehen lassen mußte, aber ich zwang sie zum Trab. Sie machte keine Einwände, doch war sie ein wenig außer Atem, als wir oben an unserm Ziel anlangten.

Sie war eine recht gelehrige Schülerin, das mußte ich zugeben, als ich sah, wie sie erst Wolfe und dann McMillan ganz harmlos zunickte. Keiner von beiden stand auf.

Wolfe sagte: »Miss Rowan! Ich glaube, Mr. Goodwin hat Sie darüber in Kenntnis gesetzt, daß wir Sie bitten würden, Ihr Gedächtnis ein wenig zu bemühen. Sie erinnern sich wohl noch, wie mich am Montag das temperamentvolle Verhalten des Bullen auf einen Felsblock in der Koppel hinaufgetrieben hat?«

Sie lächelte ihn an. »Freilich.«

»Wie lange bin ich auf dem Felsen gewesen?«

»Ach – ich schätze, eine Viertelstunde. So zehn bis zwanzig Minuten.«

»Was hat Miss Pratt während dieser Zeit getan?«

»Sie ist ihren Wagen holen gegangen und zur Koppel gefahren, hat sich mit Dave rumgezankt, weil er das Tor nicht aufmachen wollte, und ist dann reingefahren, um Sie zu holen.«

»Was hat Dave getan?«

»Der hat die Flinte geschwungen und sich mit Esca... mit Mr. Goodwin gezankt und auch mit Caroline und ist da so rumgehopst.«

»Was haben Sie getan?«

»Zugeguckt. Ich habe Sie beobachtet, weil Sie so ein herrliches Bild abgegeben haben – Sie und der Bulle.«

»Was habe ich getan?«

»Na ja, Sie sind auf den Felsen raufgeklettert und zwei oder drei Minuten da oben stehen geblieben, die Arme zusammengelegt und den Spazierstock überm Arm, und haben dann ein Notizbuch oder so was aus der Tasche gezogen, und es sah so aus, als ob Sie da drin irgendwas geschrieben oder gezeichnet haben. Sie haben immer auf den Bullen geguckt und wieder zurück auf das Buch oder was das war. Mir ist es schließlich so vorgekommen, als ob Sie eine Skizze von dem Bullen machten. Das schien zwar unter den Umständen kaum möglich, aber es hat jedenfalls ganz so ausgesehen.«

Wolfe nickte. »Ich glaube nicht, daß Sie jemals in die Lage kommen werden, all das in einem Gerichtssaal, vor Richter und Geschworenen, wiederholen zu müssen; wenn es aber dazu kommen sollte, würden Sie's dann tun?«

»Freilich. Warum denn nicht?«

»Unter Eid?«

»Natürlich. Spaß machen würd' es mir allerdings nicht.«

»Aber Sie würden es tun?«

»Ja.«

Wolfe wandte sich an den Züchter. »Legen Sie Wert darauf, in diesem Zusammenhang noch irgendwelche Fragen an die Dame zu richten?«

McMillan sah ihn nur an und gab kein Zeichen von sich. Ich ging hin, um die Tür aufzumachen, und sagte zu Lily: »Danke, Miss Rowan, das genügt.« Sie schritt durchs Zimmer, blieb aber neben mir noch einmal stehen und sagte:

»Führ mich wieder zu der Hängematte!« Ich murmelte ihr zu: »Geh Däumchen drehen! Die Schule ist aus.« Sie schnitt mir ein Gesicht und ging hinaus. Ich machte die Tür zu und setzte mich wieder auf meinen Sessel.

McMillan sagte: »Ich sage immer noch, es ist ein Schlich, und zwar ein ganz gemeiner. Was sonst noch?«

»Das wäre alles.« Wolfe seufzte. »Das wäre alles, Verehrter. Ich bitte Sie, zu überlegen, ob das nicht schon genug ist. Nehmen wir einmal an, es wird Anklage gegen Sie erhoben, und Sie stehen wegen Mordes an Clyde Osgood vor Gericht. Mr. Goodwin sagt aus, während ich auf dem Felsen war, habe er gesehen, wie ich den Bullen betrachtete und auf meinen Block skizzierte. Miss Rowan sagt aus, was Sie soeben gehört haben. Ich sage aus, daß ich diese Skizzen von dem Bullen bei dieser Gelegenheit angefertigt habe, und die Geschworenen erhalten die Möglichkeit, sie mit den offiziellen Skizzen von Caesar und Buckingham zu vergleichen. Wäre damit nicht hinlänglich erwiesen, daß Buckingham in der Koppel gewesen ist – Caesar aber nicht, weder zu diesem noch zu irgendeinem anderen Zeitpunkt?«

McMillan glotzte ihn nur an.

Wolfe fuhr fort: »Ich will auf Ihre Behauptung antworten, daß es ein Schlich sei. Und *wenn* es einer ist? Sind Sie denn in der Position, in der Sie sich über die Anwendung eines Schliches entrüsten könnten? Tatsächlich weiß ich aus eigenem Augenschein, daß der Bulle dort Buckingham gewesen ist. Ich habe Gelegenheit gehabt, ihn auf das genaueste zu betrachten. Vergessen Sie nicht, daß ich die offiziellen Skizzen studiert habe! Buckingham hatte einen weißen Fleck oben an der linken Schulter, Caesar nicht. Der Bulle in der Koppel hat ihn gehabt. Das weiße Dreieck an Buckinghams Kopf erstreckte sich bis weit unter Augenhöhe; bei Caesar war es kleiner und reichte nicht so tief hinab. Ich habe den Kopf des

Bullen nicht nur Montag nachmittag in der Koppel gesehen, sondern ihn auch am selben Abend mit Hilfe einer Taschenlampe aus der Nähe betrachtet. Es war Buckingham. Das wissen Sie, und ich weiß es auch, und wenn ich den Geschworenen dazu verhelfen kann, es zu wissen, indem ich einen Schlich mit Skizzen anwende, so werde ich das ganz gewiß tun. Da Mr. Goodwin und Miss Rowan bereit sind zu beschwören, daß sie gesehen haben, wie ich sie anfertigte, dürfen wir diesen Punkt, glaube ich, als gesichert betrachten.«

»Was sonst noch?«

»Das wäre alles. Das ist genug.«

McMillan erhob sich unvermittelt. Ich sprang ebenso schnell auf wie er und griff nach meiner Pistole. Er sah sie und grinste mich – durchaus nicht spaßhaft – an, wobei sein Zahnfleisch sichtbar wurde. »Na los, mein Junge, versuchen Sie mich mal aufzuhalten!« sagte er und trat – nicht schnell, jedoch auch nicht langsam – auf die Tür zu.

Ich schob mich an ihm vorbei zur Tür und stellte mich mit dem Rücken davor. Er machte drei Schritte entfernt halt.

Wolfe rief scharf: »Meine Herren! Bitte! Wenn Sie einen Aufruhr heraufbeschwören, Mr. McMillan, habe ich die Lage nicht mehr in der Hand. Darüber müssen Sie sich im klaren sein. Ein Ringkampf würde die Leute herbeilocken. Wenn Sie einen Schuß abbekommen, sind Sie lediglich kampfunfähig; Mr. Goodwin bringt nur ungern jemanden um. Kommen Sie wieder her, und sehen Sie den Tatsachen ins Auge! Ich will mit Ihnen reden.«

McMillan fuhr herum und fragte: »Zum Donnerwetter noch mal, was meinen Sie denn, was ich die letzten vier Wochen anderes gemacht habe als den Tatsachen ins Auge sehen?«

»Ich weiß. Aber Sie haben sich noch immer gesträubt. Jetzt ist es damit vorbei. Sie können dieses Zimmer nicht verlassen.

Mr. Goodwin läßt Sie nicht hinaus. Kommen Sie und setzen Sie sich hin!«

McMillan stand eine Minute lang da und sah ihn an. Dann bewegte er sich langsam, ging durchs Zimmer zu seinem Sessel, setzte sich hin, stemmte die Ellenbogen auf die Knie und bedeckte sein Gesicht mit den Händen.

Wolfe sagte: »Ich weiß nicht, wie Sie darüber denken. Sie haben mich gefragt, was sonst noch sei. Wenn Sie meinen, mit was für Beweisen ich sonst etwa noch aufzuwarten hätte, so wiederhole ich, daß mehr gar nicht vonnöten ist. Wenn Sie meinen, ob ich Ihrem Selbstbewußtsein wenigstens ein Pflästerchen liefern kann, so glaube ich, das kann ich. Sie haben es ausgezeichnet gemacht. Wenn *ich* nicht hier gewesen wäre, wären Sie nahezu mit Sicherheit auch dem Schatten eines Verdachtes entgangen.«

Wolfe verschränkte von neuem die Finger. Ich steckte die Pistole wieder in meine Tasche und setzte mich hin.

Wolfe fuhr fort: »Wie ich schon sagte, habe ich bereits Montag nachmittag vermutet, daß der Bulle in der Koppel nicht der Spitzenbulle Caesar war. Als Clyde nämlich Mr. Pratt eine Wette darauf anbot, daß er Hickory Caesar Grindon nicht schlachten werde, tat sich damit ein weites Feld anregender Spekulationen auf. Damit vergnügte ich mich, während ich mir Pratts Gefasel anhörte. Wie gedachte denn Clyde seine Wette zu gewinnen? Indem er den Bullen entführte und versteckte? Illusorisch. Der Bulle war ja unter Bewachung, und wo hätte er ihn denn bei einer Suchaktion versteckt halten können? Den Bullen durch einen weniger wertvollen ersetzen? Kaum weniger illusorisch. Denn wiederum – der Bulle war ja unter Bewachung, und obwohl sich möglicherweise ein Ersatztier hätte finden lassen, auf das andere hereingefallen wären, so wären doch Sie gewiß nicht hereingefallen, und Sie waren ja zur Stelle.

Ich habe andere Alternativen in Erwägung gezogen. Da war eine, die einfach und einleuchtend schien und keinerlei Hindernisse bot: nämlich die, daß der Bulle in der Koppel schon von Anfang an gar nicht Hickory Caesar Grindon gewesen sei und daß Clyde dies entdeckt habe. Er war gerade von der Koppel gekommen, er hatte ein Fernglas bei sich, und er verstand etwas von Vieh. Ich betrachtete das kleine Rätsel als gelöst und wandte meine Gedanken davon ab, da es mich ja nichts anging.

Als wir am Montagabend auf die Schüsse hin, die Mr. Goodwin abgefeuert hatte, alle auf die Koppel hinauseilten und Clyde tot vorfanden, ging es mich noch immer nichts an, doch das Rätsel gewann an Interesse und schien mir, einfach als Verstandesprobe, ein wenig Denkaufwand wert. Ich habe mir den Bullen näher angesehen, habe nach der Tatwaffe gesucht und sie auch gefunden, bin dann in dies Zimmer hier gekommen und habe mir überlegt, welche von den verschiedenen Möglichkeiten die wahrscheinlichste sei. Natürlich war das für mich nur eine Art privater Denksport, ohne den Anspruch einer juristisch exakten Beweisführung.

Erstens: Wenn der Bulle nicht Caesar war, so wußten Sie es sicherlich und hatten Pratt demnach betrogen. Wie und warum? Warum – um 45 000 Dollar zu bekommen. Wie – indem Sie ihm Caesar verkauften und ihm dann statt dessen einen anderen, weit weniger wertvollen Bullen lieferten, der ihm ähnlich sah. Wo aber war dann Caesar? Mußte es für Sie nicht höchst riskant sein, ihn in Ihrem Besitze zu haben, da er ja rechtmäßig verkauft und dann gebraten worden und verspeist gewesen wäre? Sie hätten ihn nicht Caesar nennen und hätten nicht riskieren können, daß irgend jemand ihn bei Ihnen sähe. Also hatten Sie ihn gar nicht in Ihrem Besitz. Niemand hatte ihn im Besitz. Caesar war tot.«

Wolfe machte eine Pause und fragte: »Ist Caesar nicht

schon tot gewesen, als Sie sich von Mr. Pratt die 45 000 Dollar haben zahlen lassen?«

McMillan, das Gesicht immer noch mit den Händen bedeckt, saß reglos da und gab keinen Laut von sich.

»Natürlich ist es so gewesen«, sagte Wolfe. »Er war an Milzbrand eingegangen. Pratt hat am Montag beim Abendessen erwähnt, daß er schon vor über sechs Wochen einmal den Versuch unternommen habe, Ihnen Caesar für sein merkwürdiges Schlachtfest abzukaufen, und daß Sie das empört abgelehnt hätten. Dann kam der Milzbrand. Ihre Zucht wurde nahezu völlig vernichtet. Eines Morgens haben Sie Caesar tot vorgefunden. In Ihrer Verzweiflung kamen Sie auf eine höchst sinnreiche Idee.

Buckingham, der Caesar oberflächlich ähnelte, jedoch nur einen Bruchteil seines Wertes darstellte, war noch heil und gesund. Sie ließen verlauten, Buckingham sei eingegangen, und der Kadaver wurde vernichtet; und dann haben Sie Pratt gesagt, er könne Caesar haben. Einen Züchter hätten Sie nicht einfach so betrügen können, denn der Schwindel wäre bald ans Licht gekommen. Doch für Pratt bedeutete der Betrug ja tatsächlich gar keine Schädigung, da schließlich Buckingham einen genauso guten Braten abgegeben hätte wie Caesar. Als ich mich Montag abend zum Spaß mit diesem Rätsel beschäftigte, wußte ich natürlich nichts von Buckingham, doch eine der Möglichkeiten, die mir als die wahrscheinlichste einleuchtete, war die, daß Sie Pratt an Caesars Stelle einen anderen Bullen geliefert hätten und daß Caesar tot sei.

Clyde hatte also den Schwindel entdeckt, und als Sie hörten, wie er Pratt die Wette antrug und die Wettbedingungen formulierte, ist Ihnen der Verdacht gekommen, er könne vielleicht Bescheid wissen. Sie sind ihm zu seinem Wagen nachgegangen und haben in einem kurzen Gespräch Ihren Verdacht bestätigt gefunden. Er sagte zu, später wiederzukommen und mit Ihnen darüber zu reden, und er ist auch wiedergekommen. Alle glaubten, Sie seien oben und schliefen; Sie haben heimlich das Haus verlassen und sich mit Clyde getroffen. Ich stelle es Ihnen jetzt so dar, wie ich es mir am Montagabend etwa gedacht habe. Clyde hat Ihnen mitgeteilt, daß er über den Schwindel Bescheid wisse und entschlossen sei, ihn bloßzustellen, um seine Wette gegen Pratt zu gewinnen. Damit sahen Sie sich nun freilich dem Verderben gegenüber.

Vielleicht hat er Ihnen auch ein Kompromißangebot gemacht: zum Beispiel, wenn Sie ihm zwanzigtausend Dollar von dem Geld gegeben hätten, das Pratt Ihnen gezahlt hatte, so hätte er mit der Hälfte davon seine Wette bezahlen, sich die andere Hälfte behalten und Ihr Geheimnis bewahren können. Ich weiß es nicht.

Jedenfalls haben Sie ihn dann durch einen Schlag bewußtlos gemacht, sich einen Plan zurechtgelegt, daß es so aussähe, als hätte der Bulle ihn umgebracht, und sind dann sogleich zur Ausführung geschritten. Als ich mir am Montagabend die Hörner des Bullen ansah, neigte ich zu der Annahme, Sie hätten ihm mit den Händen Blut daran geschmiert. Das hätten Sie wesentlich gründlicher besorgen müssen, aber ich vermute, Sie hatten es eilig, denn Sie mußten ja noch die Hacke abspülen und sich dann unbemerkt wieder ins Haus und in das Zimmer im oberen Stockwerk schleichen. Sie wußten natürlich nicht, ob Ihr Werk in fünf Minuten oder in fünf Stunden entdeckt werden würde – denn Mr. Goodwin war ja auf der anderen Seite der Koppel, in die Unterhaltung mit Miss Rowan vertieft.«

Wolfe machte die Augen auf. »Ist Ihnen das etwa langweilig oder gar lästig? Soll ich aufhören?«

Keine Bewegung und keine Antwort.

»Nun denn. So etwa habe ich mir des Rätsels Lösung am Montagabend zurechtgelegt, aber, wie gesagt, es ging mich ja nichts an. Es ging mich erst etwas an, als ich am Dienstagnachmittag Mr. Osgoods Auftrag annahm, den Mordfall aufzuklären, nachdem ich zunächst einmal dargelegt hatte, daß es sich um einen solchen handle. Zu diesem Zeitpunkt rechnete ich damit, die Angelegenheit innerhalb weniger Stunden erledigen zu können. Nur zweierlei brauchte zu geschehen, um die Lösung zu bestätigen, zu der ich gelangt war.

Erstens waren alle zu verhören, die Montag abend auf Pratts Grundstück gewesen waren, denn wenn sich etwa herausstellte, daß Sie gar nicht in der Lage gewesen wären, das Haus heimlich zu verlassen – zum Beispiel wenn jemand dauernd mit Ihnen zusammen gewesen wäre –, hätte ich neue Zusammenhänge in Erwägung ziehen müssen. Und zweitens war die Identität des Bullen festzustellen.

Das erste war eine normale bürokratische Prozedur, und ich habe sie Mr. Waddell überlassen, weil das schließlich seine Domäne ist, während ich unterdessen Clydes Hintergründe zu erforschen trachtete, zu welchem Zweck ich mich mit seinem Vater und seiner Schwester unterhielt. Das zweite – den Beweis dafür, daß der Bulle gar nicht Caesar war – beabsichtigte ich mit Mr. Bennetts Hilfe zu beschaffen, sobald ich vom Oberstaatsanwalt Bescheid bekäme. Diese Verzögerung aber war barer Unsinn. Denn kaum drei Stunden, nachdem ich den Fall übernommen hatte, habe ich dann aus Ihrem eigenen Munde gehört, daß der Bulle tot sei und sein Kadaver sofort vernichtet werden solle.

Ich habe noch einen Versuch gemacht; ich habe Mr. Bennett angerufen und von ihm erfahren, daß Guernsey-Bullen keinerlei Kennzeichen oder Brandmale haben, und Mr. Goodwin ist hinübergeeilt, um Aufnahmen zu machen; doch der Bulle war bereits halb von den Flammen verzehrt. Da hatten Sie rasch gehandelt – und rechtzeitig. Den Milzbrand haben Sie ihm natürlich selbst beigebracht. Es wäre – vielleicht erzählen Sie mir einmal, wie und wann Sie das gemacht haben?«

McMillan schwieg.

Wolfe zuckte mit den Achseln. »Jedenfalls haben Sie prompt und entschlossen gehandelt. Solange noch die Absicht bestand, den Bullen zu braten und zu verspeisen – das war übrigens der Tag, an dem dies vor sich gehen sollte –, brauchten Sie eine Bloßstellung kaum zu befürchten. Doch als jeder Gedanke an das Schlachtfest aufgegeben und der Verdacht entstanden war, Clyde sei ermordet worden, war das Vorhandensein des Bullen, ob lebend oder tot, eine tödliche Gefahr für Sie. Sie haben auf der Stelle gehandelt. Sie haben ihn nicht nur getötet, Sie haben es auf eine Weise getan, die in sich die Sicherheit barg, daß sein Kadaver sofort vernichtet werden würde. Sie müssen auf alle Eventualitäten vorbereitet gewesen sein.

Was mich betrifft, so stand ich ratlos da. Sie hatten meine Berechnungen durchkreuzt. Wenn von dem Bullen nichts weiter übrig war als seine nackten Knochen, so mußte es ja ausgeschlossen erscheinen, daß Ihr Motiv für Clydes Ermordung jemals nachzuweisen wäre. Ich hatte keinerlei Beweismittel in der Hand, nicht einmal um zu meiner eigenen Beruhigung festzustellen, daß meine Mutmaßung richtig gewesen – nämlich daß der Bulle nicht Caesar gewesen sei. Dienstag abend tappte ich im luftleeren Raum herum. Ich hatte eine Unterredung mit Ihnen und versuchte etwas aus Ihnen herauszubekommen, indem ich absurde Theorien vorbrachte, aber Sie waren zu gut auf Ihrer Hut. Sie haben mir vorgeworfen, ich wolle Ihnen ›etwas von dem Schlamassel in die Schuhe schieben‹ – so drückten Sie sich aus –, und sind einfach losgegangen.

Darauf habe ich es bei Bronson versucht, in der Hoffnung, etwas zu finden – irgend etwas. Leute seines Schlages sind immer undurchschaubar, solange man ihnen nicht mit Fakten aufwarten kann, und Fakten besaß ich nicht. Allerdings bin ich durch ihn auf einige Mutmaßungen gekommen: daß Clyde ihm gesagt habe, wie und weshalb er die Wette zu gewinnen hoffe, daß Bronson daher gewußt habe, daß Sie der Täter seien – vielleicht ist er im Dunkeln dabeigewesen – und daß er Sie zu erpressen suche. All das habe ich vermutet, aber er hat nichts davon zugegeben, und einwandfrei beweisen konnte ich es natürlich nicht.

Gestern morgen habe ich mich an Bennett gehängt. Ich wollte mich so genau wie möglich darüber unterrichten, auf welche Weise man Bullen identifiziert. Er hatte zu tun. Mr. Goodwin konnte ihn mir nicht heranschaffen. Nach dem Essen wartete ich noch immer auf ihn. Endlich kam er, und ich habe eine Menge Auskünfte von ihm erhalten, doch nichts, das ein Beweismittel hätte abgeben können. Dann kam die Nachricht, daß Bronson ermordet worden sei. Da war die Sache natürlich klar. Ich hatte vermutet, daß er versuchen würde, Sie zu erpressen. Deshalb hatte ich dem Menschen gesagt, er sei ein Dummkopf, und er hatte nun bewiesen, wie recht ich hatte.

Auch in diesem Falle haben Sie prompt und entschlossen gehandelt. Leute wie Sie, mein Verehrter, werden, wenn einmal eine schwierige Situation sie hinreichend aus dem Gleichgewicht bringt, ungemein gefährlich. Sie bringen jegliche Verzweiflungsakte und Gewalttaten fertig, doch sie verlieren nicht den Kopf. Es würde mir nichts ausmachen, wenn Mr. Goodwin mich hier mit Ihnen im Zimmer allein ließe, weil ja bekannt ist, daß wir hier sind; aber ich würde Ihnen nicht die geringste Gelegenheit bieten, wenn auch nur im mindesten Spielraum für Ihre sinnreichen Einfälle gegeben wäre.«

McMillan brach sein langes Schweigen. »Ich bin erledigt.«

Wolfe nickte. »Ja, so scheint es mir auch. Möglicherweise

hätte ein Schwurgericht Hemmungen, Sie nur auf meine Skizzen hin des Mordes schuldig zu sprechen, aber wenn Pratt Sie wegen der 45 000 Dollar anzeigt, mit der Begründung, Sie hätten ihm nicht den Bullen geliefert, den Sie ihm verkauft hatten, so glaube ich wohl, daß die Skizzen einen derartigen Fall hinlänglich erhärten würden. Wenn Sie wegen dieses Betruges verurteilt würden, wären Sie ohnehin erledigt.

Apropos Skizzen: Das mußte ich tun. Vor drei Stunden existierte kein Fetzchen Beweismaterial, das Sie mit den Morden, die Sie begangen haben, hätte in Verbindung bringen können. Doch sobald ich die offiziellen Skizzen von Bukkingham und Caesar geprüft hatte, brauchte ich die Identität des Bullen, der in der Koppel war, nicht mehr nur zu vermuten oder zu folgern – nun wußte ich es. Ich hatte mit eigenen Augen den weißen Fleck an der Schulter gesehen, und ich hatte auch gesehen, wie weit das weiße Dreieck an seinem Kopf hinabreichte. Ich habe die Skizzen angefertigt, um das, was ich wußte, zu untermauern. Sie werden in der vorhin erwähnten Weise eingesetzt werden, wobei Miss Rowans und Mr. Goodwins Aussagen die meinen unterstreichen werden. Man wird Sie mit Sicherheit des Betruges, wenn nicht des Mordes schuldig sprechen.«

Er sah Wolfe an und sagte: »Erweisen Sie mir eine Gefälligkeit! Ich möchte einen Augenblick hinaus zu meinem Wagen gehen. Allein.«

Wolfe murmelte: »Sie würden nicht zurückkommen.«

»Doch, ich komme zurück. Mein Wort hat mehr als fünfzig Jahre lang gegolten. Jetzt gilt es wieder. Ich bin in fünf Minuten zurück.«

»Bin ich Ihnen denn eine Gefälligkeit schuldig?«

»Nein. Aber ich werde Ihnen meinerseits auch eine erweisen. Ich werde etwas niederschreiben und meinen Namen daruntersetzen. Alles, was Sie wollen. Sie haben ja so ziemlich alles richtig ’rausbekommen. Das tue ich aber erst, wenn ich zurückkomme.«

Wolfe sprach zu mir, ohne den Kopf oder die Augen zu bewegen: »Machen Sie ihm die Tür auf, Archie!«

Ich rührte mich nicht. Aber bereits nach einem Augenblick fuhr er mich an: »Nanu?«

Ich erhob mich und machte die Tür auf. McMillan ging mit schwerem Schritt, doch ohne Anzeichen von Taumeligkeit hinaus. Ich stand da und blickte ihm nach, bis er die Treppe hinunter verschwunden war. Dann drehte ich mich zu Wolfe um und sagte sarkastisch: »Hellsehen und dazu auch noch Charakterlesen! Wäre ja ganz nett, wenn man erklären…«

»Halten Sie den Mund!« Ich stieß die Tür noch etwas auf, blieb daran stehen und horchte nach dem Knall eines Pistolenschusses oder dem Dröhnen eines Motors oder was ich sonst etwa von ihm hören könnte. Aber das erste Geräusch, das ich innerhalb der fünf Minuten hörte, waren seine Schritte, die wieder die Treppe heraufkamen.

»Das wollte ich Ihnen zeigen.« Er schien mehr außer Atem, als sich mit der Anstrengung seines kurzen Weges erklären ließ, sonst aber durchaus beherrscht. »Damit hab’ ich Bukkingham umgebracht.« Er wandte die Augen zu mir. »Ich hab’ keinen Bleistift und kein Papier da. Wenn Sie mir mal Ihren Block geben wollen…«

Wolfe hielt das Ding geziert zwischen Daumen und Zeigefinger und betrachtete es – eine große Injektionsspritze. »Sie haben Milzbranderreger darin gehabt?«

»Ja. Fünf Kubikzentimeter. Eine Kultur, die ich an dem Morgen, als ich Caesar tot vorfand, aus seinem Herzgewebe selber hergestellt habe.« Er zuckte mit den Achseln. »Ich hab’ das gemacht, ehe ich auf den Gedanken gekommen war zu sagen, der Kadaver wär’ Buckingham und nicht Caesar. Ich hab’ selber nicht recht gewußt, was ich an dem Morgen machte, aber ich hatte wohl im Sinn, das Zeug für mich selber zu verwenden – das Gift aus Caesars Herzen. Sehen Sie sich vor beim Anfassen! Sie ist jetzt leer, aber es könnte ja noch ein Tropfen an der Nadel sein, wenn ich sie auch abgewischt habe.«

»Können auch Menschen an Milzbrand sterben?«

»Ja. Wie schnell das geht, hängt davon ab, wie man's bekommt. Bei mir wird der Zusammenbruch ungefähr in zwanzig Minuten dasein, weil ich mir mehr als zwei Kubikzentimeter von diesem Konzentrat in die Ader hier gespritzt hab'.« Er tippte sich mit einem Finger auf den linken Unterarm. »Direkt in die Ader. Ich hatte bei Buckingham bloß die Hälfte genommen.«

McMillan sah mich wieder an. »Geben Sie mir lieber Ihren Block, damit ich anfangen kann!«

Ich holte den Block heraus, riß die drei obersten Blätter mit den Skizzen ab und reichte ihn ihm, dazu meinen Füllfederhalter. Er nahm beides, kratzte mit der Feder ein paarmal auf dem Papier herum, um sie auszuprobieren, und fragte Wolfe: »Wollen Sie's mir diktieren?«

»Nein. Lieber in Ihren eigenen Worten. Bloß – es genügt, wenn es ganz kurz ist. Sind Sie sicher, daß der Milzbrand so wirkt?«

»Ja. Ein guter Züchter muß sich mit allem auskennen.«

Wolfe seufzte und schloß die Augen.

Ich setzte mich hin und sah zu, wie die Feder in McMillans Hand über das oberste Blatt des Blockes fuhr. Offenbar ging es bei ihm langsam mit dem Schreiben.

Die Pistole in meiner Tasche zog meine Jacke nach unten, und ich steckte sie wieder in die Pistolentasche, während ich immer noch die schreibende Feder beobachtete. Wolfe saß mit geschlossenen Augen da.

Das ist nun zwei Monate her.

Gestern, als ich hier im Büro saß und aus meinem Stenogrammheft Wolfes Bericht über den Fall Crampton-Gore in die Schreibmaschine übertrug, klingelte das Telefon. Wolfe nahm das Gespräch entgegen.

Nach einer Sekunde gab er einen Grunzlaut von sich. »Sie verlangt Escamillo.«

Ich nahm meinen Hörer ab. »Hallo, Puppe! Ich hab' viel zu tun.«

»Du hast immer viel zu tun.« Die Stimme klang energisch. »Jetzt hörst du mir mal einen Augenblick zu! Wahrscheinlich weißt du nicht, oder du interessierst dich nicht dafür, daß ich bei meiner Post immer nur gucke, ob nicht ein Brief von dir dabei ist, ansonsten kümmere ich mich nicht viel drum. Aber eben stellte ich fest, daß ich nun doch eine Einladung zur Hochzeit von Nancy und Jimmy bekommen hab'. Sie ist morgen. Ich weiß, daß du auch eine gekriegt hast. Wir beide fahren zusammen hin. Du kannst kommen und...«

»Halt! Halt mal die Luft an! Ich weiß nicht recht, ob ich überhaupt zu meiner eigenen hingehen würde.«

»Vielleicht doch. Vielleicht hast du sogar Gelegenheit dazu. Für eine Glasperlenkette würde ich selbst dich heiraten. Aber diese Hochzeit da wird ganz lustig. Der alte Pratt und der alte Osgood werden dasein, und du kannst zusehen, wie die beiden sich die Hände reichen.«

Ich legte den Hörer auf und setzte mich wieder an meine Schreibmaschine.

Wolfes Stimme kam: »Archie!«

»Ja?«

»Nehmen Sie das Lexikon, und schlagen Sie mal nach, was ›platonisch‹ bedeutet!«